हिन्द पॉकेट बुक्स

संघर्ष

एन्टन चेखव रूसी कथाकार और नाटककार थे। अपने छोटे से साहित्यिक जीवन में उन्होंने रूसी भाषा को चार कालजयी नाटक दिए, जबकि उनकी कहानियाँ विश्व के समीक्षकों और आलोचकों में बहुत सम्मान के साथ सराही जाती हैं। चेखव अपने साहित्यिक जीवन के दिनों में ज़्यादातर चिकित्सक के व्यवसाय में लगे रहे। वे कहा करते थे कि चिकित्सा मेरी धर्मपत्नी है और साहित्य प्रेमिका। आजकल भी चेखव के सभी नाटकों का रूस के अनेक थियेटरों में प्रदर्शन किया जाता है। चेखव के निवास स्थानों पर मास्को, यालता, तागनरोग और मेलिखेव में चेखव म्यूज़ियम खुले हुए हैं। भारत में चेखव की अनेक कहानियाँ और नाटक बहुत सी भाषाओं में प्रकाशित हुए हैं।

संघर्ष

विश्व के महान उपन्यासकार एन्टन चेखव
के क्लासिक उपन्यास डुएल
का अविकल हिन्दी अनुवाद

एन्टन चेखव

हिन्द पॉकेट बुक्स
पेंगुइन रैंडम हाउस इम्प्रिंट

हिन्द पॉकेट बुक्स

यूएसए | कनाडा | यूके | आयरलैंड | ऑस्ट्रेलिया | सिंगापुर
न्यू ज़ीलैंड | भारत | दक्षिण अफ्रीका | चीन

हिन्द पॉकेट बुक्स, पेंगुइन रैंडम हाउस ग्रुप ऑफ़ कम्पनीज़ का हिस्सा है,
जिसका पता global.penguinrandomhouse.com पर मिलेगा

पेंगुइन रैंडम हाउस इंडिया प्रा. लि.,
चौथी मंजिल, कैपिटल टावर -1, एम जी रोड,
गुड़गांव-122002, हरियाणा, भारत

पेंगुइन
रैंडम हाउस
इंडिया

प्रथम संस्करण हिन्द पॉकेट बुक्स द्वारा 2012 में प्रकाशित
यह संस्करण हिन्द पॉकेट बुक्स में पेंगुइन रैंडम हाउस द्वारा 2022 में प्रकाशित

10 9 8 7 6 5 4 3 2

ISBN 9789353496418

www.penguin.co.in

FSC www.fsc.org MIX Paper from responsible sources FSC® C047271

This is a legitimate digitally printed version of the book and therefore might not have certain extra finishing on the cover.

परिचय

चेखव की ज़िंदगी की शुरूआत ही प्रताड़नाओं की सिहरन से भरी थी, जिसकी छाया अंत तक चली। वह कुल 44 वर्ष जिए। ज़िंदगी में जब-जब भी उन्हें सबक सीखने को मिले, एक तिलमिलाहट जन्म लेती रही। उन्होंने लज़ारेव ग्रुज़िस्की को लिखा-काश! मुझे चालीस साल और मिल जाते, तो मैं खूब पढ़ता और मेहनत के साथ लिखना सीखता। अब क्या है? जैसे दूसरे बौने हैं, वैसा एक मैं हूं। अभी तक मैंने जो कुछ लिखा है, पांच-दस साल में लोग सारा कुछ भूल जाएंगे, फिर भी मुझे यह संतोष है कि मैंने जो रास्ता दिखा दिया है, वह ज़िंदा रहेगा। लेखक की दृष्टि से यह मेरी सबसे बड़ी सफलता है।

शुरूआती दौर ने जो उनके साथ मज़ाक़ किया, उससे वह बच नहीं सकते थे, क्योंकि संतान को वह सब भोगना ही पड़ता है, जो पिता से मिलता है। एक गुलाम मिखाइलोविच चेखव के बेटे पावेल इगोरोविच चेखव के यहां जन्म लिया था एन्टन चेखव ने। दादा ने स्वयं को गुलामी से मुक्त करा लिया था। 3500 रूबल भरकर। अपने बेटे को काम कराना था, सो खुलवा दिया एक जनरल स्टोर। पिता से प्यार की जगह मिलती मार और दुआओं की जगह गालियां। उन समेत पांच भाइयों और एक बहन को यह जुल्म भुगतना पड़ता। जनरल चैरत्खोव बहुत ज़ालिम था। वह अपने यहां के लोगों का यही हाल करता था। पावेल ने वही कुछ देखा और वैसा ही करने लगे। वह कुंठित व्यक्ति लगे। यह कुंठा गुलामी की छाया के कारण थी, लेकिन जब पैसा आया, तो फूल गए। पैसे वालों जैसा ही चलन। कोंच-कोंच कर सभी बच्चों को गिरजा-घर भेजना। हर बात के लिए कोसना-पीटना। कुछ

बिगड़ जाए, तो फिर बला की मार। पावेल की इस सनक ने चेखव को छुटपन से सही-ग़लत की ख़ासी समझ दे दी। वह उनकी धार्मिक रुचि के प्रति विरक्त हो गए और धीरे-धीरे नास्तिक होते चले गए।

और फिर पूरा कुनबा क़र्ज़ में डूब गया। मुसीबतों का एक दौर फिर से शुरू हुआ। फ़र्क़ इतना हुआ कि अभी चेखव की पढ़ाई तागनरोग में ही जारी थी। पढ़ने में फ़िक्र्क़ लड़का पता नहीं कैसे स्कूल से डॉक्टरी तक पहुंच गया। यह बड़ा कठिन दौर था। एक तरफ़ अपनी पढ़ाई, दूसरी तरफ पूरा परिवार चलाना, तीसरे अपने भाइयों की करतूतों, उनकी बुरी लतों की भी भती पूरी करना। ऐसे में भला कोई दिमाग़ चैन पा सकता था, या लिखने-पढ़ने की सोच भी सकता था! पर चेखव ने वह सब सहा। उन्होंने ज़िंदगी में दुख-ही-दुख उठाए। जैसे सारा अस्तित्व किसी अभिशाप से ग्रस्त होकर रह गया हो। इसी की उपज है 'तीन वर्ष' जैसी लंबी कहानी। इसमें लैवितन है, जिस पर चेखव के जीवन की ही छाया है।

'एक समझदार पड़ौसी' चेखव की सबसे पहली रचना थी। उसके बाद वह लगातार लिखते-छपते रहे। बस, अपनी धुन में मस्त। कुछ पता ही नहीं कि लोग उन्हें किस रूप में ले रहे हैं। पता तो तब चला, जब सेंट पीटर्सबर्ग पहुंचे। उन्हें हाथों हाथ कंधों पर उठा लिया। ज़बरदस्त अभिनंदन समारोह हुआ। सिर्फ़ उन्हें देखने-भर के लिए भीड़ उमड़ पड़ी। तब वह एन्टन चेखव नहीं ए. चेखोन्ते ही थे। इसी नाम के लेखक। अब अलेक्सी सुवोरिन के 'नया ज़माना' में नियमित लेखन शुरू किया। पैसे भी अच्छे मिलने लगे। उन्होंने 'अलार्मक्लॉक' तथा 'ड्रेगनफ़्लाई' जैसी पत्र-पत्रिकाओं में भी लिखा। लेखन ने ही उन्हें जूझने की ताक़त दी। आख़िर 1888 में उन्हें 'पुश्किन पुरस्कार' जैसा प्रतिष्ठित सम्मान मिल गया। अब तक वह ऐसे लेखक बन चुके थे, जो नयों में सर्वाधिक प्रतिभाशाली, बल्कि उनसे अधिक ऊंचा दर्जा रखने वाले थे। वह स्थापित हो चुके थे। गोर्की और टॉल्स्टॉय जैसे लेखक उन पर टिप्पणियां कर रहे थे। उनके लिए यह मामूली बात नहीं थी।

पेशे से वह डॉक्टर थे। डॉक्टरी को उन्होंने अपनी वैध पत्नी कहा, जबकि साहित्य उनकी प्रेमिका था। वह जब मिलीखोवे में बस गए, तो रोज़ तीन घंटे मरीज़ देखते थे। मरीज़ों से पैसा-वैसा कभी नहीं लिया। फिर भी डॉक्टरी के प्रति वह उतने समर्पित नहीं थे, जितना वैध पत्नी के प्रति हुआ जाता है।

हां, डॉक्टरी के लिए एक दुःसाहसी यात्रा रूर याद की जा सकती है। वह शाखालिन द्वीप के लिए निकल पड़े, जो साढ़े छः हज़ार मील दूर था। बड़ी दुर्गम यात्रा थी। घोड़े, घोड़ा-गाड़ी और नाव के सिवा कुछ नहीं। बीमारी की हालत, पर परवाह किसे थी! इस यात्रा से डॉक्टरी को नया कुछ देने की धुन सवार थी। इसलिए

बर्फ़ की आंधियों, दलदलों और बाढ़ों की परवाह नहीं की। उन्होंने शाखालिन पहुंच कर ही दम लिया। वहां रूस में उम्र क़ैद पाए क़ैदी रखे जाते थे। सिहरा देने वाली यात्रा पूरी करके तीन माह में लौटे। डॉक्टरी को तो उन्होंने जो दिया, सो दिया, पर विश्व साहित्य को ज़रूर समृद्ध कर दिया। चेखव ने इस यात्रा के दौरान अपनी बहन मारिया कैसीलेव और प्रसिद्ध लेखक अलेक्सी सुवोरिन को ढेर सारे पत्र लिखे। इन पत्रों में संपूर्ण यात्रा वृत्तांत विस्तार से दिया है। साहित्य के महारथियों ने इन्हें पत्र-साहित्य के रूप में भी प्रतिष्ठित कर दिया। उन्होंने 'शाखालिन' किताब लिखी। वहां क़ैदियों को कड़कड़ाती ठंड में मरे हुए चूहों की तरह रखा जाता था। उनके साथ जंगली जानवरों से भी बदतर व्यवहार किया जाता। उन सिसकती लाशों को देखने-जानने के अनुभव ने चेखव की आत्मा को बुरी तरह ज़ख़्मी कर दिया। उपन्यास 'संघर्ष' में उनके भीतर पल रही इस बेचैनी का आभास होता है। 'वार्ड नं. 6' और 'मेरा जीवन' अलग तरह की विश्वसनीयता लिए हुए हैं।

लिडिया एविलोव चेखव की मित्र रही हों या प्रेमिका, जो भी हो, उनका अपना महत्व है। एविलोव को उन्होंने ढेरों पत्र लिखे, जिनको पढ़कर चेखव का अंतर और बाह्य खुलता है, तो 'मेरे जीवन में चेखव' लिखा एविलोव ने, जिसमें चेखव पर्त-दर-पर्त और भी खुलते चले गए हैं। यह महिला उनकी साली और एक बच्चे की मां थी। विचित्र प्रेम था दोनों का। एक-दूसरे के बग़ैर रह भी नहीं सकते थे और मिलने पर ख़ासी तकरार हो जाती। आख़िर 'सीगल' नाटक के प्रदर्शन के दिन लिडिया के न पहुंचने ने इन मुलाक़ातों को अंतिम रूप दे दिया। निराश-हताश चेखव भटकने के लिए निकल पड़े शाखलिन द्वीप की तरफ़। ओल्गा निपर लीडिया की बहन थी। वह 'मास्को आर्ट थियेटर' में अभिनेत्री थी। अपने काम में माहिर और लोकप्रिय। चेखव के नाटक लगातार थियेटर में खेले जाते थे। 'सीगल' में ओल्गा निपर ने अभिनय किया था। धीरे-धीरे दोनों में प्यार की समझ विकसित हुई और एक दिन विवाह कर लिया।

गोर्की और टॉल्सटॉय उनके गहरे दोस्त थे। ओल्गा पत्नी और लीडिया प्रेमिका। जिंदगी सरस भी थी, बौद्धिक भी। चेखव केवल स्वभाव के कारण ही हरदिल अज़ीज़ नहीं हुए। वह ओछे, घटिया और नीच लोगों से नफ़रत करते थे। इसी कारण उन्हें मिलनसार नहीं समझ जाए और उनके संग-साथ वाले घट जाएं, तो घट जाएं, क्या फ़र्क पड़ता है? गोर्की से तो उन्होंने बहुत प्यार किया, लेकिन उनके साहित्य की आलोचना भी जमकर की। फिर भी प्यार अपनी जगह था। तभी तो जब 'ज़ार' ने गोर्की को 'साइंस अकादमी' की सम्मानजनक सदस्यता से हटवा दिया, तो चेखव ने अपनी सदस्यता वापिस करने में एक मिनट की भी देर नहीं लगाई।

चेखव विश्व के सर्वश्रेष्ठ, कहानी लेखकों की पांत में बैठ गए। 'चुम्बन', 'दलदल', 'अपराधो', 'घोड़ा चोर', 'चुड़ैल' और 'दिल का दर्द' जैसी कहानियों के लेखक ने यह साबित कर दिया कि बहुत सादगी से कहानी कहने का कमाल सिर्फ़ उन्हीं के पास है। उनके यहां मार्मिकता है और रुला देने वाला व्यंग्य भी। साहित्य की एक और विधा में उन्होंने विशिष्ट स्थान, पाया। वह है नाटक। पहले वह हास्य रस के प्रसिद्ध लेखक थे 'एन्टोन चेखोन्ते'। अब यह 'आइवानोव' लेकर कौन चेखव आ गया! लोगों ने 'सीगल' जैसे नाटक को बुरी तरह पीट दिया। थियेटर में आग लगाने पर दर्शक उतारू हो गए। चेखव को कान दबाकर चुपचाप वहां से भागना पड़ा। वही चेखव थे, जिनके 'चेरी ऑचर्ड', 'थ्री सिस्टर्स', 'अंकल वान्या' और 'सीगल' जैसे नाटकों ने बाद में ऐतिहासिक सफलता पाई। यह वह समय था, जिसमें चेखव के नाटकों ने एक नई धारा को जन्म दिया था। जिन थियेटरों को उन्होंने 'शहर की बीमारियाँ' कह दिया था, वही चेखव के स्पर्श से नया इतिहास बन गए।

चेखव ने तीसरा सर्वोच्च स्थान पाया पत्र-साहित्य में। ओल्गा, लीडिया, सवोरिन, टॉल्स्टॉय, गोर्की वग़ैरह को लिखे उनके व्यक्तिगत पत्र साहित्य के रक्त में रच-बस कर अमर हो गए।

जनवरी महीने की 17 तारीख थी और सन् था 1860 जब इस महान् कथा-पुरुष ने जन्म लिया था। तब किसे पता था कि आगे चलकर यही बच्चा विश्व कथा-साहित्य का इतिहास बन जाएगा। वह अंतिम समय तक हालात से लड़ते रहे और लिखते रहे। उन्हें लगता रहा कि अभी बहुत कुछ करना बाक़ी है, लेकिन अफ़सोस कि इतनी उम्र नहीं। चेखव को मास्को से बहुत प्यार था, पर क्या करते? बीमार शरीर वहां टिकने की इजाज़त नहीं देता था। उन दिनों भी मास्को में कुछ समय गुज़ारने का मन था, पर बुरी तरह बीमार पड़ गए। आख़िर उन्हें ओल्गा निपर के साथ जर्मन जाना पड़ा। वहां बीदनकीलर क्लीनिक में भर्ती हो गए और बीमारी से लड़ते रहे। उस दिन क्लीनिक में वह पत्नी ओल्गा को मज़ेदार क़िस्से सुना रहे थे कि ज़बरदस्त दौरा पड़ा। डॉक्टर दौड़ पड़े, पर कुछ नहीं, जिसे जाना था, वह चला ही गया। वह जुलाई के महीने की 2 तारीख थी और साल सन् 1904। उस दिन दौरे की हालत में उन्होंने डॉक्टर को शैम्पेन खोलकर दी, मुस्कराए और बोले, "अब मैं जा रहा हूं।" और सचमुच वह चले गए।

एक

सुबह के आठ बजे थे–इसी वक्त फौजी अफसर, स्थानीय अधिकारी और यात्री लोग, गर्म और दम घोंटने वाली उमस भरी रात के बाद अक्सर समुद्र में नहाने आते थे और फिर चाय या कॉफी पीने पैविलियन* में चले जाते थे। आन्द्रीच लायवस्की–जो अट्ठाईस बरस का दुबला, गोरा नौजवान था और जिसने सिर पर वित्त मंत्रालय के क्लर्क की टोपी और पैरों में स्लीपर पहन रखे थे—समुद्र में नहाने आया। किनारे पर उसे बहुत से परिचित मिल गए, जिनमें उसका दोस्त सेमोयलेंको भी था जो फौजी डॉक्टर था।

सेमोयलेंको के बड़े मुंडे हुए सिर, छोटी गर्दन, लाल चेहरे, बड़ी नाक, खुरदरी काली भौंहों, सफेद गलमुच्छों, फूले हुए हष्ट-पुष्ट शरीर और भर्राई फौजी आवाज से हर नए आदमी को यह महसूस होता था कि वह बड़ा अक्खड़ और बदमाश आदमी है। लेकिन उससे परिचित होने के दो या तीन दिन बाद ही उसका चेहरा बेहद खुशमिजाज, दयालु, यहां तक कि खूबसूरत नजर आने लगता था। अपनी फूहड़ और अक्खड़ आदतों के बावजूद वह शांतिप्रिय व्यक्ति था, दिल का बेहद नेक और दयालु, हमेशा औरों की सहायता के लिए तैयार रहने वाला। शहर में उसका सब लोगों से अपनापा था। वह हरेक आदमी को कर्ज देता, हरेक की बीमारी का इलाज करता, शादी के लिए जोड़ियां मिलाता, झगड़ों का फैसला कराता था और पिकनिकों का आयोजन करता था। वह हमेशा और लोगों के मामलों में दिलचस्पी लेता था, उन्हें सुलझाता था और दूसरे लोगों को भी उन मामलों में दिलचस्पी लेने के लिए उकसाता था, और स्वयं हमेशा प्रसन्नता से गदगद रहता था। उसके बारे में आम राय थी कि उसका चरित्र एकदम निर्दोष है। उसमें सिर्फ

---

* मंडपाकार इमारत या शामियाना

दो ही कमजोरियां थीं; उसे अपनी सहदयता पर संकोच होता था और अपनी सहृदयता छिपाने के लिए वह कर्कशता और कठोरता का अभिनय करता था। वह चाहता था कि उसके सहकारी और सिपाही उसे 'योर एक्सेलेंसी' कहकर पुकारें, हालांकि वह सिर्फ एक सिविल काउंसिलर था।

जब दोनों मित्र कंधों तक पानी में डूब गए तो लायवस्की ने सेमोयलेंको से कहा, "मेरे एक सवाल का जवाब दो अलेक्ज़ांद्र देविदिच, मान लो तुम किसी औरत से प्यार करते हो और दो-तीन बरस से उसके साथ रहते आए हो और फिर तुम्हारे दिल में उसके लिए कोई जगह नहीं रहती, जैसा कि अक्सर होता है, और तुम्हें महसूस होने लगता है कि उस औरत में और तुम में कोई भी समानता नहीं है। ऐसी स्थिति में तुम क्या करोगे?"

वाह, यह तो बड़ा सीधा मामला है। मैं कहूंगा, 'श्रीमती जी, यहां से तशरीफ ले जाइए' बस।"

"यह कहना तो बहुत आसान है। लेकिन उसके पास जाने के लिए कोई जगह न हो, तब? मान लो, वह ऐसी औरत हो जिसका न कोई दोस्त हो, और न रिश्तेदार। पास में फटी कौड़ी न हो, और ऐसा भी न हो कि कहीं काम कर सके..."

"ऐसी बात है? तो पांच सौ रूबल नकद या पच्चीस रूबल हर महीने–बस, यह तो सीधा मामला है!"

"मान लो, तुम्हारे पास पांच सौ रूबल हैं और पच्चीस रूबल माहवार भी दे सकते हो। लेकिन मैं जिस औरत की बात कर रहा हूं वह पढ़ी-लिखी और स्वाभिमानी है। क्या तुम सचमुच उसके आगे यह प्रस्ताव रख सकोगे? कैसे करोगे?"

सेमोयलेंको जवाब देने वाला था कि एक बड़ी सी लहर उन दोनों के ऊपर से होती हुई पथरीले किनारे पर जोर से टकराकर बिखर गई। दोनों दोस्त पानी से निकल आए और कपड़े पहनने लगे।

सेमोयलेंको ने बूटों में से रेत निकालते हुए कहा, "इसमें शक नहीं कि जिस औरत को तुम प्यार नहीं करते, उसके साथ रहना मुश्किल है। लेकिन इस मामले को मानवीय दृष्टिकोण से देखना चाहिए वान्या; अगर मैं होता तो उसे हरगिज यह न मालूम होने देता कि मैं उसे प्यार नहीं करता और जिंदगी भर उसके साथ वैसे ही रहता।"

फौरन उसे अपने शब्दों पर संकोच हो आया और उसने अपने को संभालकर कहा —

"जहन्नुम में जाएं सारी औरतें! मुझे क्या!"

दोनों दोस्त कपड़े पहनने के बाद पैविलियन में चले गए। सेमोयलेंको वहां बड़ी बेतकल्लुफी से पेश आ रहा था। उसके आगे स्पेशल प्याला और तश्तरी रखी गई।

रोज सुबह एक ट्रे में उसके आगे एक प्याला कॉफ़ी, लंबे कट-ग्लास में बर्फ वाला पानी और एक छोटा ब्रांडी का ग्लास लाया जाता था। वह पहले ब्रांडी पीता, फिर गर्म कॉफी और बाद में बर्फ का पानी। जरूर पानी में कोई विशेषता रहती होगी क्योंकि पानी के बाद उसकी आंखें खुशी से नम हो जाती थी और वह दोनों हाथों से मूंछों पर ताव देता हुआ समुद्र की तरफ देखकर कहता

"कैसा आश्चर्यजनक, शानदार दृश्य है!"

रात भर नीरस और व्यर्थ की उधेड़-बुन के कारण लायवस्की सो नहीं पाया था। उसे अंधेरा और उमस और भी ज्यादा गहरी मालूम दी थी। वह निरुत्साह और थकान से चूर-चूर हो गया था। नहाने और कॉफी पीने से भी उसकी तबीयत नहीं सुधर सकी थी।

"आओ अपनी बातचीत जारी रखें, अलेक्ज़ांद्र देविदिच! मैं तुमसे कुछ नहीं छिपाऊंगा। दोस्त की तरह दिल खोलकर बात करूंगा। नादेज़्दा फ़्योदोरोव्ना और मेरा संबंध कुछ बिगड़-सा गया है...बहुत फर्क आ गया है। माफ करना, मैं अपनी व्यक्तिगत समस्याएं जबर्दस्ती तुमपर लाद रहा हूं, लेकिन मैं बिना अपने दिल की बात कहे नहीं रह सकता।"

सेमोयलेंको ने आने वाले प्रसंग की कल्पना करके आंखें नीची कर ली और उंगलियों से मेज पर तबला बजाने लगा।

"मैं उसके साथ दो बरस से रह रहा हूं। और मेरा मन उससे ऊब गया है, या यूं कहा जा सकता है कि अब मुझे यह अहसास होने लगा है कि मैंने उससे कभी प्यार नहीं किया था...पिछले दो बरसों में जो हुआ गलत हुआ।"

लायवस्की की आदत थी कि बोलते वक्त वह अपनी गुलाबी हथेलियों को देखता था, अपने नाखून काटता था या आस्तीने नोचता था। इस वक्त भी वह यही कर रहा था।

"मैं अच्छी तरह जानता हूं कि तुम मेरी मदद नहीं कर सकते। लेकिन मैं तुम्हें यह सारी बातें इसलिए बता रहा हूं, क्योंकि मुझ जैसे असफल और निकम्मे लोगों को बोलने से ही सान्त्वना मिलती है। मैं जो भी करता हूं मुझे उसका सिद्धांत बनाना पड़ता है। मुझे अपने निरर्थक अस्तित्व को सही ठहराने और उसकी सफाई देने के लिए किसी दूसरे के सिद्धांतों में आश्रय लेना पड़ता है, साहित्य के प्रतिनिधि पात्रों में–मिसाल के लिए इस विचार में कि हम उच्चवर्ग के रूसी लोगों का ह्रास हो रहा है–वगैरह-वगैरह। मैं अपने दिल को तसल्ली देने के लिए कल रात भर सोचता रहा–'आह! तॉलस्तॉय में कितना सत्य है : कितना निर्मम सत्य!' और इस विचार से मेरी तबीयत कुछ अच्छी हो गई। हां भाई, सचमुच तॉलस्तॉय महान् लेखक है, तुम जो चाहो कहो!"

सेमोयलेंको ने, जिसने आज तक तॉलस्तॉय की कोई कृति नहीं पढ़ी थी,

लेकिन जो रोज उन कृतियों को पढ़ने का इरादा करता था, कुछ झेंपकर कहा –

"हां, बाकी सारे लेखक कल्पना से लिखते हैं, लेकिन तॉलस्तॉय सीधा अपने हृदय से लिखता है।"

लायवस्की ने एक ठंडी आह भरी, "माई गॉड, हम सब लोगों को सभ्यता ने कितना विकृत कर दिया है; मुझे एक विवाहिता स्त्री से प्यार हो गया और उसे मुझसे...शुरू में तो चुंबनों, खामोश रातों, कसमों, स्पेंसर की पुस्तकों और आदर्शों ने हमें एकता के सूत्र में बांधा।...कैसा धोखा था! हम दरअसल उसके पति को छोड़कर एकसाथ भाग आए थे, लेकिन हमने अपने प्रति झूठ बोला था और हम सोचते थे कि हम शिक्षित-वर्ग के खोखलेपन से भागकर आए हैं। शुरू-शुरू में जब हम काकेशस में थे और उस शहर के और लोगों से परिचय प्राप्त कर रहे थे, तो हम दोनों ने भविष्य की यूं कल्पना की थी कि मैं सरकारी वर्दी पहनकर नौकरी करूंगा, फिर आराम से हम जमीन का कोई टुकड़ा तलाश करेंगे, अपने खून और पसीने की मेहनत से अंगूरों का एक बाग और खेत बनाएंगे। मेरी जगह अगर तुम या तुम्हारा वह पशुशास्त्री वॉन कोरेन होता तो तुम नादेज़्दा फ्योदोरोव्ना के साथ तीस बरस काट सकते थे और विरासत में अपने बच्चों के लिए एक शानदार अंगूरों का बाग और तीन हजार एकड़ मकई के खेत छोड़ जाते, लेकिन मुझे तो पहले ही दिन दिवालियापन-सा महसूस होने लगा। शहर में असह्य गर्मी, नीरसता है, कोई अच्छी सोसाइटी नहीं। अगर आप देहात में जाते हैं तो आपको हर पत्थर के नीचे; हर झाड़ी के पीछे, खेतों, पहाड़ों और रेतीली जमीन में जहरीले मकड़ों, बिच्छुओं और सांपों के छिपे रहने का वहम हो जाता है। परदेसी लोग, परदेस, मनहूस सभ्यता–यह सब इतना आसान नहीं, जितना नेव्स्की प्रॉस्पेक्ट पर समूर का कोट पहने नादेज़्दा फ़्योदोरोव्ना की बांहों में बांहें डाल कर सुनहरे दक्षिण के सपने देखते हुए सैर करना। यहां जरूरत है जिन्दगी और मौत के संघर्ष की और मैं संघर्ष करने वाला आदमी नहीं हूं। एक मनहूस, विक्षिप्त और आलसी भद्रपुरुष हूं..मैं पहले ही दिन समझ गया कि मेरे मेहनत करने और अंगूरों के बाग लगाने के सपने बेकार हैं। रही मुहब्बत की बात, तो मैं तुम्हें बता दूं कि एक ऐसी औरत के साथ रहना जिसने स्पेंसर की फिलॉसफी पढ़ी है, और जो धरती के छोर तक तुम्हारा पीछा कर चुकी है, किसी अकुलीना के साथ रहने के ही समान है। वही कपड़ों पर इस्त्री करने की और दवाइयों की गंध, हर सुबह बाल घुंघराले करने के वही कागज, वही आत्म-प्रवंचना!"

"घर में बिना इस्त्री के काम नहीं चल सकता," सेमोयलेंको ने कहा। लायवस्की ने एक परिचित महिला के बारे में इतने खुले ढंग से बात की थी, इस वजह से सेमोयलेंको का चेहरा सुर्ख हो गया। "देखता हूं, आज तम बदमिजाज हो रहे हो वान्या। नादेज़्दा फ्योदोरोव्ना बड़ी शानदार और पढ़ी-लिखी महिला है और

तुम खुद ऊंचे बौद्धिक स्तर के व्यक्ति हो। इतना जरूर है कि तुम्हारी शादी नहीं हुई," सेमोयलेंको ने पास वाली मेजों पर एक नजर डाली, "लेकिन इसमें तुम्हारा कोई कसर नहीं। इसके अलावा...इंसान को दकियानूसी अंधविश्वासों से निकलकर आधुनिक विचारों के स्तर पर आना चाहिए। मैं खुद स्वच्छंद प्रेम में विश्वास रखता हूं...लेकिन मेरी राय में अगर एक बार इंसान किसी औरत के साथ बस गया है तो उसे जिंदगी भर उसी तरह रहना चाहिए।"

"बिना प्यार के?"

"मैं तुम्हें साफ बात बताता हूं। आठ बरस पहले यहां एक बूढ़ा एजेंट रहता था-बड़ा ही समझदार आदमी था। खैर, वह कहा करता था कि विवाहित जीवन में सबसे बड़ी चीज धैर्य है। तुमने सुना वान्या? प्यार नहीं, धैर्य। प्यार बहुत दिनों तक नहीं टिक सकता। तुम दो बरस तक प्यार की जिंदगी बसर कर चुके हो और अब स्पष्ट है कि तुम्हारा विवाहित जीवन उस अवस्था में पहुंच गया है जिसमें संतुलन बनाए रखने के लिए तुम्हें अपने पूरे धैर्य से काम लेना चाहिए..."

"तुम्हें अपने बूढ़े एजेंट की बात पर यकीन है। लेकिन मुझे उसके शब्द बेमानी मालूम होते हैं। तुम्हारा बूढ़ा एजेंट पाखंडी था। वह धैर्य के गुण का अभ्यास कर सकता था, और उसने ऐसा किया इसलिए वह अपने नैतिक अभ्यास के लिए उस औरत को जरूरी समझता था जिससे उसे प्यार नहीं था। लेकिन मेरा अभी तक इतना पतन नहीं हुआ। अगर मेरे मन में धैर्य के व्यायाम की इच्छा हुई तो मैं मुद्‌गर या तेज घोड़ा खरीद लूंगा, लेकिन इंसानों को परेशान नहीं करूंगा।"

सेमोयलेंको ने सफेद शराब और बर्फ मंगवाई। जब दोनों एक-एक गिलास पी चुके तो अचानक लायवस्की ने पूछा–

"मेहरबानी करके बताओ कि दिमाग के पिलपिले होने का क्या अर्थ होता है?"

"मैं तुम्हें कैसे समझाऊं...यह एक बीमारी होती है, जिसमें दिमाग पोला हो जाता है...एक किस्म से पिघल जाता है।"

"क्या इस बीमारी का कोई इलाज है?"

"हां, लापरवाही न दिखाई जाए। ठंडे पानी से धोना, छाले!...कुछ अंदरूनी चीज भी..."

"ओह...! अच्छा तो मेरी हालत देखो। मैं उसके साथ नहीं रह सकता। यह मेरे बस के बाहर की बात है। तुम्हारे पास रहकर मैं इस बारे में दार्शनिकता बघार सकता हूं और मुस्करा भी सकता हूं, लेकिन घर में मैं बिलकुल हिम्मत हार बैठता हूं। मुझे इतनी कोफ्त होने लगती है कि अगर मुझे कोई कहे कि मुझे एक महीना और उस औरत के साथ रहना पड़ेगा तो मैं अपने सिर में गोली मार लूंगा। लेकिन साथ ही उसे छोड़ने का सवाल ही नहीं पैदा होता। उसका न कोई दोस्त है न

रिश्तेदार; वह नौकरी नहीं कर सकती। हम दोनों में से किसी के पास पैसा नहीं है...उसका क्या बनेगा? वह किसके पास जाएगी...मुझे तो कुछ नहीं सूझ रहा... बताओ भी, मैं क्या करूं?"

"हूँ", सेमोयलेंको गुर्राया। उसकी समझ में नहीं आ रहा था कि वह इस बात का क्या जवाब दे। "वह तुमसे प्यार करती है?"

"हां, उसकी उम्र में और उसके स्वभाव के मुताबिक उसे किसी मर्द की जितनी जरूरत है, उतना वह मुझे चाहती है। उसके लिए मेरे बगैर रहना उतना ही मुश्किल है जितना पाउडर या बाल घुंघराले करने वाले कागजों के बगैर। मैं उसके लिए उसके निजी कमरे का नितांत जरूरी सामान हूं।"

सेमोयलेंको को झिझक महसूस हो रही थी। उसने कहा, "वान्या, आज तुम्हारा मिजाज ठीक नहीं है। जरूर तुम रात ठीक से सो नहीं सके।"

"हां, मुझे नींद नहीं आई...मुझे बड़ी कोफ्त हो रही है भाई। मेरा दिमाग जैसे खाली हो गया है, मेरा दिल डूबता है, कमजोरी महसूस होती है– मुझे भाग जाना चाहिए।"

"कहां भाग जाना चाहिए?"

"वहां उत्तर में, जहां चीड़ के दरख्त और कुकुरमुत्ते हैं, जहां लोग हैं, विचार हैं..मॉस्को और तुला की किसी छोटी सी नदी में नहाने के लिए मैं अपनी आधी जिंदगी दे सकता हूं। जहां मुझे ठंडक मिल सके, जिसके बाद मैं तीन घंटे तक किसी विद्यार्थी के साथ चहलकदमी करते हुए लगातार बातें कर सकूं, चाहे वह विद्यार्थी कितने ही कमजोर दिमाग का क्यों न हो...और जहां सूखी घास की सुगंध हो! तुम्हें वह सुगंध याद है, जब शाम को बाग में सैर करते समय घर में से प्यानो के स्वर सुनाई देते हैं; किसी ट्रेन के गुजरने की आवाज आती है?..."

लायवस्की खुशी से हंसने लगा। उसकी आंखों में आंसू आ गए, जिन्हें छिपाने के लिए वह अपनी जगह से उठे बगैर ही साथ वाली मेज से माचिस उठाने के लिए झुक गया।

"मैं अट्ठारह बरसों से रूस नहीं गया। मैं यह भी भूल गया हूं कि रूस कैसा है। मेरे ख्याल में तो काकेशस से ज्यादा शानदार देश संसार में कहीं नहीं है।", सेमोयलेंको बोला।

"वेरेश्चोर्गन के पास एक तस्वीर है, जिसमें फांसी की सजा पाए हुए कुछ व्यक्ति एक बहुत गहरे कुएं के नीचे पड़े तड़प रहे हैं। तुम्हारा शानदार काकेशस मुझे बिलकुल उस कुएं की तरह मालूम होता है। अगर मुझसे कोई पूछे कि तुम पीटर्सबर्ग में रहकर चिमनी साफ करने वाले मजदूर बनना चाहते हो या काकेशस के प्रिंस, तो मैं चिमनी साफ करने का काम ज्यादा पसंद करूंगा।"

-यह कहकर लायवस्की किसी सोच में डूब गया। उसका झुका हुआ शरीर,

एक ही बिंदु पर केंद्रित स्वप्निल आंखें, पसीने से तर पीला चेहरा, धंसी हुई कनपटियां, कटे हुए नाखूनों, पैर से सरक गए स्लीपरों को देखकर, जिसमें से एक पांव में भद्दी तरह रफ किय गया मोजा दीख रहा था, यह सब देखकर सेमोयलेंको का हृदय दया से द्रवित हो गया। शायद लायवस्की को देखकर उसे किसी अनाथ और असहाय बच्चे का ख्याल आ रहा था, उसने पूछा

"क्या तुम्हारी मां जिंदा हैं?"

"हां, लेकिन हमारी पटती नहीं। इस किस्से के लिए वे मुझे कभी माफ नहीं कर सकेंगी।"

सेमोयलेंको को अपने दोस्त से बहुत स्नेह था। वह लायवस्की को खुशमिजाज और अक्लमंद विद्यार्थी समझता था, जिसके साथ बैठकर शराब पी जा रही है, हंसी-मजाक हो सकता है और बिना किसी संकोच के बात की जा सकती है। लायवस्की के चरित्र के जिन पहलुओं को वह समझता था वे उसे नापसंद थे। लायवस्की बेहद शराब पीता था और गलत मौकों पर पीता था। वह जुआ भी खेलता था। उसे काम से नफरत थी और वह अपनी हैसियत से ज्यादा खर्च करता था। अक्सर बातचीत में वह अनुचित शब्दों का प्रयोग करता था। स्लीपर पहने गलियों में घूमता था और सब लोगों के सामने नादेज़्दा फ़्योदोरोवना से झगड़ता था– सेमोयलेंको को ये सारी बातें नापसंद थीं। लेकिन चूंकि लायवस्की कभी कानून का विद्यार्थी रह चुका था, दो मोटी रिव्यू पत्रिकाओं को चंदा भेजता था, अक्सर इतनी विद्वत्तापूर्ण बातें बघारता था कि बहुत कम लोग उसकी बातों का अर्थ समझ सकते थे, और एक पढ़ी-लिखी महिला का प्रेमी था ये सारी बातें सेमोयलेंको की समझ में नहीं आती थीं, इसलिए वह लायवस्की को अपने से ऊंचा समझकर उसे पसंद करता था और उसकी इज्जत करता था।

लायवस्की ने सिर हिलाकर कहा, "एक बात और भी है, लेकिन वह हम दोनों के सिवा किसी को नहीं मालूम होनी चाहिए। मैं नादेज़्दा फ़्योदोरोव्ना से भी फिलहाल यह बात छिपा रहा हूं...कहीं उसके सामने यह भेद मत खोल देना...परसों मेरे पास एक खत आया था जिसमें लिखा था कि दिमाग पिलपिला हो जाने के कारण उसके पति की मृत्यु हो गई है।"

"ईश्वर करे उसे स्वर्ग का साम्राज्य मिले, लेकिन तुम नादेज़्दा फ़्योदोरोव्ना से यह बात क्यों छिपा रहे हो?" सेमोयलेंको ने एक सर्द आह भरकर कहा।

"उसे यह खत दिखाने का मतलब होगा–'आओ चलकर गिर्जाघर में शादी कर लें!' सबसे पहले हमें अपना रिश्ता साफ-साफ समझ लेना चाहिए। जब वह समझ जाएगी कि हम एकसाथ नहीं रह सकते तो मैं उसे खत दिखा दूंगा, तब कोई खतरा नहीं रहेगा।"

"जानते हो वान्या, तुम्हें क्या करना चाहिए?" सेमोयलेंको ने कहा और उसके

चेहरे पर एक उदासी और विनति भरा भाव आ गया। मालूम होता था कि वह कोई मार्मिक प्रसंग उठाने वाला था, लेकिन इनकार के डर से चुप रह गया था। "उससे शादी कर लो मेरे अजीज।"

"क्यों?"

"उस शानदार महिला के प्रति अपने फर्ज को पूरा करो! उसके पति की मृत्यु हो गई है और खुद किस्मत ने तुम्हें रास्ता दिखाया है।"

"लेकिन तुम अजीब आदमी हो, अच्छी तरह समझ लो कि यह नामुमकिन बात है। बिना प्यार के शादी करना इंसान के लिए उतना ही अशोभनीय है, जितना कि आस्था के बग़ैर प्रार्थना करना।"

"लेकिन यह तुम्हारा फर्ज है।"

"मेरा फर्ज कैसे है?" लायवस्की ने चिढ़कर पूछा।

"क्योंकि तुम उसे उसके पति से छीन लाए थे और तुमने उसकी जिम्मेदारी अपने ऊपर ले ली थी।"

"लेकिन अब मैं तुम्हें साफ-साफ बता रहा हूं कि मैं उसे प्यार नहीं करता!"

"अच्छा अगर प्यार नहीं करते तो उसकी इज्जत करो, उसकी इच्छाओं का ख्याल रखो..."

"उसकी इज्जत करो! उसकी इच्छाओं का ख्याल रखो!" लायवस्की ने नकल लगाते हुए कहा, "वह जैसे कोई औरत नहीं, मदर सुपीरियर* हो! तुम अगर सोचते हो कि कोई मर्द लिहाज और इज्जत दिखाकर ही किसी औरत के साथ रह सकता है तो तुम मनोविज्ञान और शरीर-विज्ञान के बारे में अनाड़ी हो। औरत को सबसे ज्यादा ख्याल रहता है अपने सोने के कमरे का।"।

"वान्या! वान्या!" सेमोयलेंको बोला। वह बुरी तरह घबरा गया था।

"तुम बुजुर्ग होते हुए भी बच्चे हो, कोरे सिद्धांतवादी हो, जबकि मैं उम्र में छोटा होते हुए भी बुजुर्ग हूं, दुनियादार हूं। हम दोनों एक-दूसरे को कभी नहीं समझ पाएंगे। मुस्तफा! बिल लाओ।" लायवस्की ने बेयरा को आवाज दी।

"नहीं, नहीं..." डॉक्टर ने घबराकर लायवस्की की बांह पकड़ ली। "मैं बिल चुकाऊंगा। मैंने आर्डर दिया था। मेरे नाम बिल बनाओ!" डॉक्टर ने चिल्लाकर मुस्तफा से कहा।

दोनों दोस्त उठ खड़े हुए और खामोशी से समुद्र के किनारे चले गए। चौड़ी सड़क पर पहुंचकर दोनों ने रुककर हाथ मिलाए।

सेमोयलेंको ने ठंडी सांस लेकर कहा, "तुम बेहद बिगड़े हुए आदमी हो, मेरे दोस्त! किस्मत ने तुम्हारे पास एक जवान, खूबसूरत और कल्चर्ड औरत भेजी है

---

* ईसाई मठ की अध्यक्षा

और तुम इस तोहफे को ठुकरा रहे हो। अगर ईश्वर मुझे एक बदसूरत बुढ़िया भी देता और वह मुझसे प्यार और हमदर्दी दिखाती तो मैं कितना खुश होता। मैं अपने अंगूर के बाग में उसके साथ रहता और..."

सेमोयलेंको ने ज़रा रुककर अपनी अधूरी बातें पूरी की, "और वह खूसट बुढ़िया मेरे लिए समावार में चाय तैयार करती!"

लायवस्की से विदा लेकर वह सड़क पर घूमने लगा। जब वह कठोर मुद्रा बनाकर, सीना ताने, अपने भरकम रौबीले शरीर पर सफेद ढीला कोट (जिस पर एक फीते से ब्लादीमीर क्रास लटका रहता था) और चमचमाते बूट पहनकर सड़क से निकलता था तो उसे एक विचित्र आत्म-तुष्टि की भावना होती थी और ऐसा महसूस होता था कि सारी दुनिया खुशी से उसकी तरफ देख रही है। बिना गर्दन घुमाए उसने दोनों तरफ देखा और सोचा कि सचमुच सड़क बहुत अच्छी बनी है, नन्हे साईप्रस और युक्लिप्टस के पेड़ और बदसूरत कांतिहीन खजूर के पेड़ सब बड़े खूबसूरत हैं और कभी उनकी छाया बड़ी सघन होगी। वह सोच रहा था कि सरकेशियन लोग बड़े ही ईमानदार और अतिथिसत्कारी होते हैं।

ताज़ुब्ब है कि लायवस्की काकेशस को पसंद नहीं करता। बड़ी अजीब बात है', उसने मन ही मन सोचा।

पांच सिपाही राइफलें लिए हुए आए और उन्होंने सेमोयलेंको को सैल्यूट किया। सड़क की दाईं तरफ एक स्थानीय अफसर की पत्नी अपने बेटे के साथ चल रही थी। बेटा स्कूल का विद्यार्थी था।

"गुड मार्निंग मारया कोन्स्तेन्तीनोवा! आप नहीं आई। हा, हा, हा...! निकोदीम अलेक्ज़ेंद्रिच से मेरा नमस्कार कहना!" सेमोयलेंको ने एक मनोहर मुस्कान के साथ कहा।

वह मुस्कराता हुआ आगे बढ़ा, लेकिन फौजी अस्पताल के एक असिस्टेंट को अपनी तरफ आते देखकर उसके माथे की त्यौरियां चढ़ गईं। उसने असिस्टेंट को रोककर पूछा–

"अस्पताल में कोई है?"

"कोई नहीं, योर एक्सेलेंसी!"

"क्या कहा?"

"कोई नहीं, योर एक्सेलेंसी!"

"अच्छी बात है, भाग जाओ..."

रौब से चलकर लेमोनेड की दुकान पर पहुंचा, जहां भरे वक्ष वाली एक बुढ़िया यहुदिन बैठी थी, जो अपने को ज्योर्जियन बताती थी। सेमोयलेंको ने ऊंची आवाज में, जैसे किसी रेजीमेंट को हुक्म देते हुए कहा–

"मेहरबानी करके मुझे सोडावाटर दो!"

दो

लायवस्की को नादेज़्दा फ़्योदोरोव्ना से प्यार नहीं रहा था। उसका सबसे बड़ा सबूत यह था कि उसकी हर बात लायवस्की को झूठ मालूम देती थी, और वह औरतों और प्यार के खिलाफ जो कुछ भी पढ़ता था, तो उसे लगता था कि सारी बातें नादेज़्दा फ़्योदोरोव्ना पर, उसके पति पर और खुद उसके ऊपर भी लागू होती थीं। जब वह घर लौटा तो नादेज़्दा खिड़की के पास बैठी थी, उसके बाल संवरे हुए थे और वह कॉफ़ी के घूंट भरती हुई किसी मोटी-सी पत्रिका के पन्ने उलट रही थी। उसके चेहरे से मालूम होता था कि वह बड़ी व्यस्त है। लायवस्की ने सोचा कि कॉफी पीना कोई ऐसी महत्त्वपूर्ण घटना नहीं है जिसके लिए चेहरे को गंभीर बनाने की जरूरत पड़ती हो। वह अपने बालों को फैशनेबल ढंग से संवारने में वक्त बर्बाद करती रही है। क्योंकि यहां कोई ऐसा आदमी नहीं है जिसे आकर्षित किया जा सकता है, इसलिए बनाव-सिंगार की कोई जरूरत नहीं। पत्रिका में लायवस्की को सिवा झूठ के कुछ नजर नहीं आया। उसने सोचा कि नादेज़्दा ने इसलिए बनाव-सिंगार किया है ताकि वह खूबसूरत दिखाई दे, और वह अपनी योग्यता का रौब डालने के लिए पत्रिका पढ़ रही है।

"अगर आज समुद्र में नहाने जाऊं तो ठीक रहेगा न?" नादेज़्दा ने पूछा।

"क्यों? मेरे ख्याल में तुम जाओ या न जाओ, इससे कोई भूचाल नहीं आएगा।"

"नहीं, मैं इसलिए पूछ रही हूं कि कहीं डॉक्टर नाराज न हो जाए।"

"अच्छा तो फिर डॉक्टर से जाकर पूछो, मैं डॉक्टर नहीं हूं।"

इस वक्त लायवस्की को जो चीज सबसे बुरी मालूम हो रही थी वह थी नादेज़्दा की सफेद गर्दन और सिर के पीछे लटकी घुंघराली लटें। उसे याद आया कि जब अन्ना कैरेनीना का मन अपने पति से ऊब गया था तो उसे अपने पति

के कानों को देखकर नफरत होती थी। वह मन ही मन सोचने लगा, 'इस बात में कितनी सचाई है!"

उसे कमजोरी महसूस हो रही थी और उसका सिर जैसे बिल्कुल खोखला हो गया था। वह अपने स्टडी रूम में जाकर सोफे पर लेट गया और उसने मक्खियों से बचने के लिए एक रूमाल से अपना चेहरा ढांप लिया। निराशा और आतंक से भरे विचार, उसके दिमाग में, उदास पतझड़ की शाम के वक्त गाड़ियों की कतार की तरह, धीमी चाल से चल रहे थे। उसे ऐसा लग रहा था कि उसने नादेज़्दा फ्योदोरोव्ना और उसके पति को नुकसान पहुंचाया है, और नादेज़्दा के पति की मौत के लिए भी वही जिम्मेदार है। उसे लगा कि उसने अपनी जिंदगी के खिलाफ भी पाप किया है–अपनी जिंदगी बर्बाद कर डाली है, उसने उदात्त विचारों, विद्या और श्रम की दुनिया के साथ विश्वासघात किया है। उसे वह दुनिया सच्ची, शानदार और संभव मालूम दे रही थी। लेकिन वह दुनिया इस समुद्र के किनारे नहीं थी जहां भूखे तुर्क और आलसी पर्वतारोही घूमते हैं, बल्कि उत्तर में थी जहां ऑपेरा, थियेटर, अखबार और हर किस्म की बौद्धिक सरगर्मियां थीं। सिर्फ उस दुनिया में रहकर ही यहां नहीं इंसान ईमानदार, प्रतिभाशाली, उदात्त और पवित्र हो सकता है। उसने अपने ऊपर इल्जाम लगाया कि उसके सामने आदर्श नहीं, जिंदगी का कोई सिद्धांत नहीं जो उसका पथ-प्रदर्शन कर सके, हालांकि इसकी धुंधली-सी रेखा अब उसे दिखाई देने लगी थी। दो बरस पहले जब नादेज़्दा फ़्योदोरोव्ना से उसका प्यार हुआ था, उसे ऐसा महसूस हुआ था कि नादेज़्दा को पत्नी बनाकर काकेशस चले जाने मात्र से ही वह जिंदगी के खोखलेपन और व्यर्थता से बच जाएगा, उसी तरह आज उसे पक्का यकीन हो गया था कि नादेज़्दा फ़्योदोरोव्ना से अलग होकर अगर वह पीटर्सबर्ग चला जाएगा तो उसके मन की सारी मुरादें पूरी हो जाएंगी।

'भाग जाऊ!' वह उठ बैठा और अपने नाखून कुतरता हुआ बोला, 'हां, मुझे भाग जाना चाहिए।'

उसने मन ही मन कल्पना की कि वह स्टीमर पर सवार होगा, लंच खाएगा, ठंडी बीयर पिएगा, डेक पर महिलाओं से बातचीत करेगा, फिर सेवस्तोपोल पहुंचकर ट्रेन पकड़ लेगा। हर्रा, इस आजादी पर। एक-एक करके स्टेशन गुजरते जाएंगे, हवा में ताजगी और ठंडक आती जाएगी, फिर भोजपत्र और फर के वृक्ष, फिर कुर्स्क, मॉस्को...रेस्तराओं में गोभी का शोरबा, गोश्त और काशा मछली, बीयर, एशियाईपन खत्म हो जाएगा और वहां रूस होगा, असली रूस। ट्रेन के मुसाफिरों में चर्चा होगी, व्यापार की, नए गायकों की, फ्रांस और रूस की दोस्ती की, चारों तरफ सुसंस्कृत, बौद्धिक, जीवन का सजीव वातावरण होगा...बढ़े चलो, और भी आगे! फिर आएगा नेवस्की प्रोस्पेक्ट, ग्रेट मोर्सकाया स्ट्रीट और कोवेन्सकी प्लेस जहां वह किसी जमाने में रहता था, जब वह विद्यार्थी था; प्यारा भूरे रंग का आसमान, बूंदाबांदी, बारिश

में भीगे कोचवान...।

किसी ने पास वाले कमरे से आवाज दी, "ईवान एंद्रीच, तुम घर में हो?"

"मैं यहां हूं, क्या काम है?" लायवस्की ने पूछा।

"कागजात चाहिए।"

लायवस्की अलसाए ढंग से उठा। उसका सिर चकरा रहा था। वह उबासी लेते हुए, अपने स्लीपरों की आवाज करता हुआ साथ वाले कमरे में पहुंचा। वहां खिड़की के पास, जो गली में खुलती थी, उसका एक साथी क्लर्क खिड़की की चौखट पर कुछ सरकारी कागजात निकालकर रख रहा था।

"एक मिनिट ठहरो दोस्त," लायवस्की ने धीमी आवाज में कहा और वह स्याही तलाश करने लगा। फिर खिड़की के पास लौटकर उसने बिना देखे ही कागजों पर दस्तखत कर दिए और कहा, "बड़ी गर्मी है!"

"हां, तुम आज दफ्तर आ रहे हो?"

"शायद नहीं...मेरी तबीयत ठीक नहीं है। शेस्कोवस्की से कह देना कि मैं उसे खाने के बाद मिलूंगा।"

क्लर्क चला गया। लायवस्की फिर सोफे पर लेटकर सोचने लगा–'मुझे सारी परिस्थितियों पर अच्छी तरह सोच-विचार कर लेना चाहिए। यहां से जाने से पहले मुझे अपने कर्ज चुका देने चाहिए। मुझे करीब दो हजार रूबल देने हैं। मेरे पास इस वक्त कुछ भी नहीं...खैर यह कोई बड़ी बात नहीं; कुछ हिस्सा मैं अभी अदा कर दूंगा किसी न किसी तरह; और बाकी पीटर्सबर्ग पहुंचकर भेज दूंगा। सबसे बड़ी समस्या तो नादेज़्दा फ़्योदोरोव्ना है...सबसे पहले हमें अपने रिश्ते की सफाई कर लेनी चाहिए...हां!"

कुछ देर के बाद उसे ख्याल आया कि सेमोयलेंको से सलाह लेना बेहतर रहेगा।

'मैं उसके पास जा सकता हूं, लेकिन जाने का क्या फायदा होगा? मैं औरतों के कमरों के बारे में कोई न कोई अंटशंट बात कह बैठूंगा और ईमानदारी-बेईमानी पर बहस करने लगूंगा। इस बहस में पड़ने से क्या फायदा, जब इस मनहूस गुलामी में मेरा दम घुट रहा है और मैं अपनी जिंदगी तबाह कर रहा हूं, जब मुझे अपनी जिंदगी बचाने के लिए जल्दी ही कोई कदम उठाना चाहिए...? इंसान को कभी न कभी यह अहसास जरूर होना चाहिए कि जैसी जिंदगी मैं बसर कर रहा हूं, वह इतनी खूंख्वार और नीचतापूर्ण है कि इसके सामने बाकी सारी चीजें घटिया और क्षुद्र मालूम होती हैं।' वह बैठकर बड़बड़ाने लगा, "भाग चलूं, भाग चलूं!"

समुद्र के उजाड़ किनारे असह्य गर्मी और धुएं से भरे, बैंगनी रंग के पहाड़ों की खामोशी, एकांत और एकरसता से उसके मन में अवसाद छा गया था, उसके रोम-रोम में जैसे नींद और आलस्य भर गया था जिसने उसकी शक्ति को चूस लिया

था। शायद वह बहुत प्रतिभाशाली, सुयोग्य और ईमानदार व्यक्ति था। अगर इन पहाड़ों और समुद्र ने उसे सब तरह से घेर न लिया होता तो शायद वह एक शानदार ज़ेम्स्तवो नेता, शासक, वक्ता, राजनीतिक, लेखक या संत बन सकता था, कौन जानता है? अगर यह सच है तो किसी प्रतिभाशाली व्यक्ति के लिए वह संगीतकार हो या आर्टिस्ट, अपनी कारा की दीवारें तोड़कर, अपने जलरों को धोखा देना ईमानदारी है या बेईमानी–इस बहस में पड़ना क्या बेवकूफी नहीं है? ऐसी परिस्थितियों में कुछ भी करना ईमानदारी होगी।

दो बजे लायवस्की और नादेज़्दा फ़्योदोरोव्ना खाना खाने बैठे। जब रसोइए ने उनके आगे चावल और टमाटर का शोरबा लाकर रखा तो लायवस्की बोला–

"हर रोज एक ही चीज पकती है। गोभी का शोरबा क्यों नहीं पकाया जाता?"

"बाजार में गोभी नहीं है।"

"ताज्जुब है। सेमोयलेंको को गोभी का शोरबा मिलता है, मारया कोन्स्तेंतीनोव्ना को गोभी का शोरबा मिलता है। सिर्फ मुझे ही यह गंदा लिबलिबा शोरबा खाना पड़ता है। अब इस तरह गुजारा नहीं होगा, डार्लिंग!"।

शुरू-शुरू में एक भी खाने का वक्त ऐसा नहीं गुजरता था जब दोनों का आपस में झगड़ा न हो और दोनों एक-दूसरे के दोष न निकालते हों, जैसा कि अधिकांश पति-पत्नी करते हैं; लेकिन जब से लायवस्की ने फैसला कर लिया था कि वह नादेज़्दा को नहीं चाहता, उसी दिन से वह नादेज़्दा की हर बात मान लेता था, उसके साथ बड़ी नम्रता से पेश आने लगा था, मुस्कराकर उसे डार्लिंग कहने लगा था।

"इस शोरबे का स्वाद दवा की तरह है," लायवस्की मुस्कराया। उसने बहुत संयम और शिष्टता दिखाने की कोशिश की, लेकिन वह यह कहे बगैर न रह सका, "घर की देख-रेख कोई नहीं करता...अगर तुम इतनी बीमार हो, या पढ़ने में व्यस्त हो तो मैं खाना पकवाया करूंगा।"

अगर शुरू के दिनों में ऐसी बात होती तो नादेज़्दा कहती, 'देखती हूं, तुम मुझे रसोइया बनाना चाहते हो।' लेकिन अब वह भीरु दृष्टि से लायवस्की को देख रही थी। उसका चेहरा सुर्ख हो गया था।

"कहो, आज कैसी तबीयत है?" लायवस्की ने मृदु स्वर में पूछा।

"मैं बिल्कुल ठीक हूं, सिर्फ थोड़ी सी कमजोरी बाकी है।"

"अपनी सेहत का ख्याल रखा करो डार्लिंग। मुझे तुम्हारी बड़ी चिंता लगी रहती है।"

नादेज़्दा फ़्योदोरोव्ना बीमार-सी रहती थी। सेमोयलेंको का कहना था कि उसे लगातार बुखार रहता है; उसने नादेज़्दा को कुनीन दी थी। डॉक्टर उस्तीमोविच–जो

लंबा, दुबला, असामाजिक प्राणी था—दिन भर अपने घर बैठा रहता था और शाम के वक्त समुद्र के किनारे पीठ पर हाथ रखे, बेंत लेकर, खांसता हुआ टहला करता था। उसका कहना था कि नादेज़्दा को कोई स्त्री-रोग है; उसने गर्म पट्टियों से बदन सेंकने की राय दी थी। जिन दिनों लायवस्की उसे प्यार करता था, उसकी बीमारी से वह आतंकित और द्रवित हो उठता था। लेकिन अब नादेज़्दा की बीमारी में भी उसे फरेब नजर आता था। नादेज़्दा का पीला, नींद से भरा चेहरा, निस्तेज आंखें, चेहरे का दुखी भाव और बुखार के बाद की उबासियां, शाल ओढ़कर लेटना–इन सब बातों से लायवस्की को नादेज़्दा औरत की बजाय एक लड़का मालूम होती थी। नादेज़्दा के कमरे में गर्मी और उमस छाई रहती थी–लायवस्की की राय में इन सारी बातों ने उसके अंध मोह को दूर कर दिया था, प्यार और शादी के खिलाफ यह भी एक दलील बन गई थी।

इसके बाद उसके आगे उबले अंडे, मिली पालक की सब्जी परसी गई। नादेज़्दा फ़्योदोरोव्ना को जेली और दूध दिया गया। परेशान चेहरे से नादेज़्दा ने जेली में चम्मच डाला और आलस्य भरे ढंग से उसे खाने लगी। जब वह दूध पी रही थी, तो दूध निगलने की आवाज सुनकर लायवस्की का रोम-रोम एक तीव्र ग्लानि से सिहर उठा। वह जानता था कि इस भावना से एक कुत्ता भी अपने को अपमानित महसूस कर सकता है, लेकिन उसे अपने ऊपर नहीं बल्कि नादेज़्दा फ़्योदोरोव्ना पर क्रोध आ रहा था, जिसने यह ग्लानि उसके मन में पैदा कर दी थी। वह समझ गया कि किस कारण से कभी-कभी पुरुष अपनी प्रेमिकाओं की हत्या कर डालते हैं। वह उसकी हत्या तो नहीं करेगा, लेकिन अगर उसे ज्यूरी बना दिया जाता तो वह नादेज़्दा के हत्यारे को जरूर छोड़ देता।

"माफ कर दो डालिग," उसने खाने के बाद कहा और नादेज़्दा का माथा चूमा।

अपने स्टडी-रूम में आकर वह पांच मिनट तक चहलकदमी करता रहा और अपने बूटों की तरफ देखता रहा। फिर वह अपने सोफे पर बैठकर बड़बड़ाया–

"भाग चलो, भाग चलो! सारे रिश्ते की सफाई करके भाग चलो।"

सोफे पर लेटकर उसने फिर सोचा कि शायद नादेज़्दा फ़्योदोरोव्ना के पति की मौत के लिए वही जिम्मेदार है।

'अगर कोई आदमी किसी औरत को चाहता है और फिर चाहना बंद कर देता है तो इसमें उसको दोषी ठहराना बड़ी बेवकूफी है', उसने अपने-आपको समझाया और लंबे बूट पहनने के लिए लेटकर टांगें ऊपर उठाई, 'प्यार और नफरत पर इंसान का कोई बस नहीं चलता। रही उसके पति की बात। हो सकता है, एक तरह से मैं भी उसकी मौत का एक कारण होऊं, लेकिन मैं फिर कहता हूं कि अगर मुझे उसकी बीवी से प्यार हो गया, और उसकी बीवी को मुझसे, तो इसके

लिए मैं कसूरवार हूं?'

इसके बाद वह उठा और अपनी टोपी तलाश करके अपने साथी शेस्कोवस्की के घर की तरफ चल पड़ा, जहां सरकारी क्लर्क रोज बियर पीने और विंत खेलने आते थे।

'अपने दुचित्तेपन से मुझे हैमलेट की याद आ रही है। शेक्सपियर ने इसका कैसा सच्चा वर्णन किया है। आह, इसमें कितनी सचाई है!' वह रास्ते में सोचने लगा।

तीन

डॉक्टर सेमोयलेंको एक तो वैसे ही सामाजिक प्राणी थे, दूसरे उन्हें अपने शहर में बिना परिवार के आकर रहने वाले नए लोगों से हमदर्दी थी, क्योंकि शहर में कोई होटल नहीं था जहां ये लोग जाकर खाना खा सकते। इसलिए डॉक्टर सेमोयलेंको ने अपने घर को होटल-सा बना लिया था। इस वक्त सिर्फ दो आदमी ऐसे थे जो बिला नागा उनके साथ खाना खाते थे, वॉन कोरेन, जो एक नौजवान पशुशास्त्री था और जो कृष्ण सागर में झिल्लीदार मछलियों के भ्रूण-विज्ञान का अध्ययन करने के लिए गर्मियों में आया था,। पोबेदॉव नाम का एक जवान पादरी, जो हाल ही में मठ से अपनी शिक्षा समाप्त करके इस शहर के बूढ़े पादरी के स्थान पर नियुक्त होकर आया था। बूढ़ा पादरी बीमार हो गया था और अपना इलाज करवाने कहीं चला गया था। दोनों जने दो वक्त के खाने के लिए बारह रूबल देते थे। सेमोयलेंको ने उनसे रोज ठीक दो बजे लंच पर हाजिर होने का वादा ले लिया था।

अक्सर वॉन कोरेन ही पहले आता था। वह खामोशी से ड्राइंगरूम में बैठा रहता था और मेज पर रखी एलबम उठाकर गौर से ऊंचे टोपों और पतलूनों वाले पुरुषों, फूले हुए सख्त घाघरों और चोलियों वाली औरतों की धुंधली तस्वीरें देखा करता था। सेमोयलेंको को इन तस्वीरों में से बहुत कम लोगों के नाम याद थे। जिनके नाम वह भूल जाता था उनके बारे में सर्द आह भरकर वह कहता था, "यह व्यक्ति बहुत शानदार था, बेहद अक्लमंद!" एल्बम खत्म करने के बाद वॉन कोरेन अलमारी में से पिस्तौल उठाकर अपनी बाई आंख सिकोड़ लेता और प्रिंस वोरोन्स तोव की तस्वीर पर निशाना साधता या बहुत देर तक शीशे के सामने खड़ा होकर अपने सांवले चेहरे, विशाल माथे और हब्शियों जैसे घुंघराले बालों और अपने फीके रंग की सूती कमीज को जिसपर ईरानी कालीन की तरह बड़े-बड़े फूल बने थे

और चौड़ी चमड़े की पट्टी को जिसे वह वास्कट की जगह पहनता था, लगातार देखता रहता। दूसरे लोगों की तस्वीरें देखने और पिस्तौल से खेलने की बजाय उसे अपनी सूरत देखने में ज्यादा संतोष मिलता था। उसे अपने चेहरे से अपनी तराशी हुई दाढ़ी को, जो उसपर खूब फबती थी, और अपने चौड़े कंधों को, जो उसकी अच्छी सेहत और शारीरिक शक्ति के साक्षी थे, देखकर बड़ा संतोष मिलता था। उसे अपने फैशनेबल हुलिए पर गर्व था, कमीज के रंग से मेल खाने वाली टाई से लेकर ब्राउन रंग के जूतों तक–उसे अपनी हर चीज अच्छी लगती थी।

जब वह एलबम देख रहा था, और शीशे के आगे खड़ा था, उसी वक्त बाहर बरामदे में और रसोईघर में सेमोयलेंको, बिना कोट और वास्कट के, मेजों के आसपास सलाद और चटनियां बना रहा था, गोश्त पका रहा था, ठंडे शोरबे के लिए खीरे और प्याज काट रहा था और गुस्से से अपने अर्दली की तरफ चाकू और चम्मच हिलाता हुआ कह रहा था, "सिरका लाओ! यह सिरका नहीं है, सलाद का तेल है! कहां जा रहे हो जंगली आदमी!" सेमोयलेंको ने पैर पटकाए।

"मक्खन लेने के लिए, योर एक्सेलेंसी!" घबराया हुआ अर्दली फटी आवाज में बोला।

"जल्दी करो! मक्खन अलमारी में रखा है! और दारिया से कह दो कि खीरों के साथ मर्तबान में थोड़ा सा सोये का साग भी डाल दे। साग! मलाई को ढांपकर रखो, वरना इसमें मक्खियां पड़ जाएंगी। काहिल आदमी!"।

सारा घर सेमोयलेंको की आवाज से गूंज उठा। पादरी दो बजने से दस या पन्द्रह मिनिट पहले ही आता था। वह बाईस बरस का दुबला नौजवान था। उसके सिर पर लंबे बाल थे लेकिन चेहरे पर दाढ़ी-मूंछ का नामोनिशान न था। ड्राइंगरूम में जाकर उसने पवित्र मूर्ति के आगे खड़े होकर अपने शरीर पर क्रास का चिह्न बनाया और मुस्कराते हुए वॉन कोरेन की ओर हाथ बढ़ाया।

"गुड मार्निंग, तुम इतनी देर कहां थे?" पशुशास्त्री ने रूखी आवाज में पूछा।

"मैं बन्दरगाह में मछलियां पकड़ रहा था।"

"ओह, इसमें कोई शक नहीं...पादरी, तुम कभी अपने काम में नहीं लगोगे।"

"क्यों नहीं? काम कोई रीछ तो नहीं जो जंगल में भाग जाएगा।" पादरी ने मुस्कराते हुए अपने सफेद चोगे की गहरी जेबों में हाथ डालते हुए जवाब दिया।

"तुम्हें कोड़े मारने वाला कोई नहीं," पशुशास्त्री ने ठंडी आह भर कर कहा।

पंद्रह-बीस मिनिट गुजर गए, फिर भी उन्हें खाने के लिए नहीं बुलाया गया। उन्हें अभी भी रसोई घर में अर्दली के बार-बार आने-जाने की आवाज सुनाई दे रही थी। उसके बूट चर्र-मर्र कर रहे थे। सेमोयलेंको जोर से चिल्लाया।

"इसे मेज पर रख दो! तुम्हारी अक्ल कहां गई? पहले इसे धो लो!"

भूख से बेहाल पादरी और वॉन कोरेन अपनी एड़ियों से फर्श पर ताल देकर

थियेटर के दर्शकों की तरह अपनी बेसब्री व्यक्त कर रहे थे। आखिरकार दरवाजा खुला और घबराए हुए अर्दली ने बताया कि लंच तैयार है। खाने के कमरे में उन्हें सेमोयलेंको मिला। उसका चेहरा लाल हो रहा था। रसोईघर में बैठने की वजह से उसे पसीना आ गया था। उसने दोनों व्यक्तियों की तरफ क्रोध से देखा और फिर आतंकित भाव से शोरबे के बर्तन का ढक्कन उठाया और दोनों के आगे शोरबे की भरी हुई प्लेटें रख दी। किंतु जब उसे यकीन हो गया कि दोनों व्यक्तियों को शोरबा अच्छा लगा है, और वे बड़े चाव से खाना खा रहे हैं, तो उसने चैन की ठंडी सांस ली और अपनी आरामकुर्सी में बैठ गया। उसका चेहरा प्रसन्नता से चमक रहा था और आंखें तृप्त हो गई थीं...उसने अपने लिए वोदका का एक गिलास भरा और कहा–

"नौजवानों की पीढ़ी की सेहत के नाम पर।"

आज सुबह लायवस्की से हुई बातचीत के बाद खाने के वक्त तक सेमोयलेंको को अपने दिल पर एक बोझ–सा महसूस हो रहा था, हालांकि उसका मिजाज आज बेहद अच्छा था। उसे लायवस्की पर तरस आ रहा था और वह उसकी मदद करना चाहता था। शोरबे से पहले वोदका का एक गिलास पीने के बाद उसने एक ठंडी आह भरी और कहा–

"आज मुझे वान्या लायवस्की मिला था। आजकल वह बेचारा मुसीबत में है! उसकी जिंदगी का आर्थिक पहलू भी आशाजनक नहीं है, और सबसे बुरी बात तो यह है कि यह मनोविज्ञान उसके बस में नहीं। मुझे तो उस नौजवान पर तरस आ रहा है।"

"मुझे तो उसपर बिल्कुल तरस नहीं आता," वॉन कोरेन ने कहा, "अगर वह आकर्षक व्यक्ति डूब भी रहा हो तो मैं उसे एक छड़ी से और नीचे धकेल दूंगा और कहूंगा, 'डूब जाओ भाई, डूब जाओ।' "

"यह झूठ है। तुम ऐसा नहीं करोगे।"

"तुम ऐसा क्यों सोचते हो?" प्राणिशास्त्री ने अपने कंधे सिकोड़कर कहा, "तुम्हारी तरह मैं भी नेकी कर सकता हूं।"

"क्या किसी इंसान को डुबोना नेकी है?" पादरी ने पूछा और वह हंस पड़ा। "लायवस्की को डुबोना। हां, यह नेक काम है।"

"मेरा ख्याल है कि शोरबे में कोई न कोई गड़बड़ हो गई है..." सेमोयलेंको ने कहा। वह बातचीत का प्रसंग बदलने के लिए उत्सुक था।

"लायवस्की एकदम दुष्ट है और वह समाज के लिए उतना ही खतरनाक है जितना कि हैजे का कीटाणु। उसे डुबो देना तो समाजसेवा होगी," वॉन कोरेन बोला।

"अपने पड़ोसी के बारे में इस तरह बात करना तुम्हें शोभा नहीं देता। हमें

यह बताओ कि तुम उससे क्यों इतनी नफरत करते हो?"

"फिजूल की बातें मत करो डॉक्टर। किसी कीटाणु से नफरत करना बेवकूफी है। लेकिन हर ऐरे-गैरे को अपना पडोसी समझना, चाहे कछ भी हो, माफ करना मेरे ख्याल में तो इसका अर्थ है–लोगों की नुक्ताचीनी करने और उनके प्रति सीधा और सच्चा दृष्टिकोण अपनाने के अधिकार से वंचित हो जाना, जिम्मेदारी से बचना! सच पूछिए, तो मैं आपके लायवस्की को बदमाश समझता हूं। मैं इस राय को छिपाता नहीं और उसके साथ ऐसा ही सलूक भी करता हूं। आप उसे अपना पड़ोसी समझते हैं; अगर आप चाहें तो बड़ी श्रद्धा से उसे चूम सकते हैं। आप उसे अपना पड़ोसी समझते हैं, इसका मतलब है कि उसके प्रति भी आपका वही दष्टिकोण है जो मेरे और पादरी के प्रति है; यह कोई दृष्टिकोण नहीं-दरअसल आप सबकी तरफ से उदासीन हैं।"

"किसी भी आदमी को बदमाश कहना-यह इतनी गलत बात है कि इसे मैं शब्दों में नहीं कह सकता।"

"हर आदमी को उसके कामों से परखा जाता है।" वॉन कोरेन ने अपनी बात जारी रखी, "अब तुम ही फैसला करो पादरी...मैं तुम से बातें करूंगा। मिस्टर लायवस्की का इतिहास एक लंबी चीनी पहेली की तरह तुम्हारे सामने खुला पड़ा है और तुम शुरू से लेकर आखिर तक इसे पढ़ सकते हो। पिछले दो बरसों से वह यहां क्या कर रहा है? हम उसके कारनामों को उंगलियों पर गिनेंगे। नंबर एक; उसने इस शहर के लोगों को जुआ खेलना सिखा दिया है। दो बरस पहले यहां का कोई आदमी ताश के खेल से परिचित नहीं था। अब सारे लोग, यहां तक कि छोटे लड़के और औरतें भी सुबह से लेकर देर रात तक जुआ खेलते रहते हैं। नंबर दो; उसने यहां के लोगों को बीयर पीना सिखाया है, जिसका पहले यहां चलन नहीं था। उसने तरह-तरह की शराबों से लोगों का परिचय करवाया है। इसका नतीजा यह हुआ है कि लोग आंखों पर पट्टी बांध कर कोस्पेलोव की वोद्का और स्पर्नोव की नंबर 21 में फर्क बता सकते हैं। नंबर तीन; पहले लोग छिप-छिपकर दूसरे लोगों की बीवियों से प्रेम–लीला किया करते थे, जिस तरह चोर खुले आम न करके छिपकर चोरी करते हैं : व्यभिचार एक ऐसी शर्मनाक बात समझी जाती थी, जिसका सार्वजनिक प्रदर्शन करने से लोग डरते थे। इस क्षेत्र में लायवस्की ने आकर पथ-प्रदर्शक का काम किया है। वह खुले आम किसी दूसरे आदमी की बीवी के साथ रह रहा है..नंबर चार, ..."

वॉन कोरेन ने जल्दी से अपना शोरबा खत्म किया और प्लेट अर्दली को पकड़ा दी।

इसके बाद वह पादरी से बोला, "जब लायवस्की से मेरा परिचय हुआ तो मैं एक महीने के भीतर ही उसे भांप गया था। हम दोनों एक ही वक्त इस शहर

में आए थे। उसकी किस्म के लोग दोस्ती, आत्मीयता, एकता वगैरह के बड़े शौकीन होते हैं, क्योंकि उन्हें हमेशा जुए, शराब और खाने के लिए सोहबत चाहिए। इसके अलावा ये लोग बातूनी होते हैं और उन्हें श्रोता चाहिए। हमारी दोस्ती हो गई–यानी वह रोज आकर मेरे काम में विघ्न डालने लगा और अपनी प्रेमिका के बारे में मुझे सारे रहस्य बताने लगा। मुझे तो शुरू से ही पता चल गया था कि वह कितना झूठा और फरेबी इंसान है। मेरे मन में यह सब सुनकर ग्लानि होती थी। दोस्त होने के नाते मैंने उसकी भर्त्सना की और पूछा कि वह इतनी शराब क्यों पीता है अपनी हैसियत से ज्यादा क्यों खर्च करता है, वह कर्जदार क्यों है, इतना निकम्मा क्यों है, क्यों नहीं वह किताबें पढ़ता, उसमें क्यों कल्चर की इतनी कमी है और उसका ज्ञान इतना कम क्यों है? इसके जवाब में उसके चेहरे पर एक कटु मुस्कान आ जाती, वह ठंडी आह भरकर कहता–'मैं एक असफल प्राणी हूं, अनावश्यक जीव हूं।' या कहता, 'मेरे दोस्त, भला हम जैसे जमींदार–वर्ग के कूड़ा-कर्कट से तुम क्या उम्मीद रख सकते हो?' या 'हम तो पतित हैं...' या वह ओनेगीन, पेचोरीन, ब्रयोन के काबील और बेज़ारोव के बारे में लंबी-चौड़ी अनर्गल बातें शुरू कर देता और कहता, 'साहित्य के ये पात्र शरीर और आत्मा से हमारे पिता हैं।' इसलिए हम लोगों को यह समझना चाहिए कि अगर हफ्तों तक उसके दफ्तर में सरकारी लिफाफे बंद पड़े रहते हैं, अगर वह खुद शराब पीता है, और उसने लोगों को भी यह आदत सिखाई है, तो इसमें कसूर उसका नहीं बल्कि ओनेगीन, पेचोरीन और तुनिव का है, जिसने असफल और निकम्मे आदमी की ईजाद की है। अगर वह अयोग्य और दुराचारी है, तो इसमें दोष उसका नहीं बल्कि अंतरिक्ष में स्थित किसी बाहरी सत्ता का है। और वाह, कैसा भोला विचार है!–सिर्फ वही दुराचारी, झूठा और घृणित नहीं है, बल्कि हम...'हम सन् अट्ठारह सौ अस्सी के लोग,' 'हम भूमिदासों के मालिकों की निस्तेज धैर्यहीन संतान', 'सभ्यता ने हमें अपाहिज बना दिया है'... दरअसल हमें समझ लेना चाहिए कि लायवस्की जैसा महापुरुष पतितावस्था में भी महान् है। उसका दुराचार, कल्चर और नैतिक पवित्रता की कमी सर्वथा प्राकृतिक इतिहास के अनुकूल है, यह अनिवार्य है, इसलिए पवित्र है, इसके कारण विश्वव्यापी और तात्त्विक हैं, इसलिए हमें लायवस्की की पूजा करनी चाहिए। क्योंकि वह अपने जमाने का, परिस्थितियों का, वंश-परंपरा आदि का शिकार है। सारे अफसर और उनकी बीवियां लायवस्की की बातें सुनकर खुशी से गद्गद हो उठते थे, और मैं बहुत दिनों तक यह नहीं समझ सका कि जिस आदमी से मेरा पाला पड़ा है वह कैसा है; वह सनकी है या धूर्त और बदमाश आदमी है। इस किस्म के लोग ऊपर से देखने पर बौद्धिक, शिक्षित दिखाई देते हैं, अपनी अच्छाई की बहुत डींग हांकते हैं और हमेशा दूसरों के आगे ऐसा आडंबर रचते हैं कि जैसे उन्हें समझ सकना बड़ा ही कठिन हो।"

"बकवास बंद करो! मैं अपनी मौजूदगी में किसी भले आदमी की निंदा नहीं बर्दाश्त कर सकता।"

वॉन कोरेन ने रूखे स्वर में कहा–"मुझे बीच में मत टोकिए अलेक्ज़ांद्र देविदिच, मैं अभी अपनी बात खत्म कर रहा हूं। लायवरकी के चरित्र में कोई जटिलता नहीं है। यह रहा उसका नैतिक ढांचा-सुबह उठकर स्लीपर पहनना, नहाना, कॉफी पीना: फिर खाने के वक्त तक स्लीपर पहनकर सैर करना, बातचीत करना; दो बजे फिर स्लीपर पहनकर खाना खाना, शराब पीना; पांच बजे नहाना, चाय, शराब; इसके बाद झूठ और जुआ; दस बजे खाना और शराब; आधी रात के बाद नींद और औरत। जिस तरह अंडा अपने छिलके के भीतर सीमित रहता है, उसी तरह लायवस्की का अस्तित्व भी इस संकीर्ण दिनचर्या में सीमित है। उसका चलना, बैठना, गुस्सा करना, लिखना, खुश होना-इन सब बातों के पीछे शराब, जुआ, स्लीपर और औरतें रहती हैं। उसकी जिंदगी में औरतें बहुत बड़ा और घातक पार्ट अदा करती हैं। वह खुद बताता है, कि तेरह बरस की उम्र में ही उसे औरतों से इश्क होने लगा था। जब वह फर्स्ट ईयर का विद्यार्थी था तो वह एक ऐसी औरत के साथ रहता था जिसने उसे संगीत की तालीम दिलवाई थी और उसके चरित्र पर अच्छा असर डाला था। सैकिंड ईयर में पहुंचकर वह किसी चकले से एक वेश्या को खरीद लाया और उसे अपने स्तर तक उठाया–यानी उसे अपनी रखेल बनाकर रखा। छह महीने उसके साथ रहने के बाद वह औरत फिर चकले में लौट गई। उसके जाने से लायवस्की को अत्यधिक यंत्रणा सहनी पड़ी। अफसोस! वे यंत्रणाएं इतनी महान् थीं कि उसे यूनिवर्सिटी छोड़नी पड़ी और वह दो बरस तक निकम्मा घर बैठा रहा। लेकिन इसमें भी उसकी भलाई हुई। घर रहकर एक विधवा से उसकी दोस्ती हो गई। विधवा ने उसे सलाह दी कि वह न्यायशास्त्र छोड़कर आर्ट्स की पढ़ाई करे। लायवस्की ने ऐसा ही किया। डिग्री लेने के बाद उसका इश्क अपनी इस मौजूदा–क्या नाम है इसका?–प्रेमिका से हो गया। वह शादीशुदा थी। लायवस्की उसके साथ भागकर यहां काकेशस आया। उसका कहना है कि वह अपने आदर्शों की खातिर यहां आया है! तब तो यह सब देखते हुए, क्या पता ...आज नहीं तो कल इस औरत से भी उसका मन ऊब जाएगा और वह फिर अपने आदर्शों की खातिर भागकर पीटर्सबर्ग चला जाएगा।"

"तुम्हें क्या पता? चुपचाप अपना खाना खाओ!" सेमोयलेंको ने गुस्से से प्राणिशास्त्री की तरफ देखा।

इसके बाद उबली हुई मछली और पोलिश चटनी की बारी आई। सेमोयलेंको ने दोनों को एक-एक पूरी मछली परोसी और अपने हाथों से चटनी डाली। दो मिनिट तक खामोशी छाई रही।

"हर आदमी की जिंदगी में औरत एक जरूरी पार्ट अदा करती है! आप इसमें

कुछ नहीं कर सकते!" पादरी ने कहा।

"हां, लेकिन किस हद तक? हम लोगों के लिए औरत का मतलब है–मां, बहन, बीवी और दोस्त। लायवस्की के लिए औरत सब कुछ है, फिर भी रखेल से ज्यादा कुछ नहीं। औरत–यानी औरत से संभोग करना ही उसकी जिंदगी का उद्देश्य और एकमात्र सुख है। वह औरत की वजह से ही खुश होता है, उदास होता है, ऊब जाता है और उसका जादू उतर जाता है। अगर उसकी जिंदगी नीरस हो जाती है तो उस में औरत का कसूर है। ऐसे मौके पर नई जिंदगी का प्रभात उदय होता है, नए आदर्श सामने आते हैं–फिर औरत की तलाश शुरू होती है।...उसे सिर्फ उन्हीं किताबों और तस्वीरों से सुख मिलता है जिनमें औरत हो। उसका ख्याल है कि सन् चालीस और सन् साठ के मुकाबले में हमारा जमाना सिर्फ इसलिए घटिया है क्योंकि हम लोग प्यार के उन्माद और तीव्रता में अपने-आपको नहीं खो देते। इन ऐयाश लोगों के दिमाग का कोई न कोई हिस्सा गिल्टी की तरह बड़ा होगा, जो इनके सारे विकास को कुंठित कर देता है और इनकी सारी मनोवृत्ति को नियंत्रित करता है। जब लायवस्की लोगों में बैठता है तो जरा उसे देखिए। आप गौर करेंगे कि जब उसकी मौजूदगी में आप शरीर के कोष्ठों या सहज वृत्ति के बारे में बहस करते हैं तो वह तटस्थ बैठा रहता है, न कुछ कहता है, न कुछ सुनता है। वह शिथिल और भ्रमयुक्त दिखाई देता है। उसे किसी बात में दिलचस्पी नहीं, हर चीज उसे क्षुद्र और बहूदा मालूम होती है। लेकिन ज्यों ही आप नर और मादा का जिक्र करते हैं–मिसाल के लिए, मकड़े की मादा, बीजधारण के बाद नर को खा जाती है तो उसकी आंखें जिज्ञासा से चमक उठती हैं, उसके चेहरे पर उल्लास आ जाता है और जैसे उसके मुर्दा शरीर में जान पड़ जाती है। उसके समस्त विचार, चाहे वे कितने ही नेक, उदात्त और निष्पक्ष क्यों न हों, करीब-करीब एक ही से होते हैं। मिसाल के लिए आप उसके साथ सड़क पर चल रहे हैं और आपको एक गधा दिखाई देता है...तो वह पूछेगा, 'मेहरबानी करके यह बताइए कि अगर गधे का ऊंटनी से समागम कराया जाए तो क्या होगा!' और उसके सपने–क्या उसने आपसे अपने सपनों के बारे में कभी बातचीत की है? एकदम शानदार! पहले तो उसे सपना आता है कि उसकी शादी चांद से हो गई है, फिर यह कि उसे पुलिस के सामने बुलाया जाता है और एक गिटार के साथ रहने का हुक्म दिया जाता है..."

पादरी जोर से ठहाका मारकर हंस पड़ा। सेमोयलेंको के माथे पर त्यौरियां पड़ गई और उसने गुस्से की मुद्रा बनाकर हंसी रोकने की कोशिश की, लेकिन उसे भी हंसी आ ही गई।

उसने अपने आंसू पोंछते हुए कहा, "यह बकवास है, ईश्वर की सौगंध, निरी बकवास है!"

चार

पादरी बड़ी आसानी से खुश हो जाता था और हर छोटी बात पर हंसते-हंसते उसका पेट फटने लगता था, और उसका बुरा हाल हो जाता था। मालूम होता था कि वह सिर्फ इसलिए लोगों के साथ उठता-बैठता था कि वे हास्यास्पद थे, और उन्हें चिढ़ाने के लिए तरह-तरह के विलक्षण नाम दिए जा सकते थे। उसने सेमोयलेंको का नाम 'मकड़ा' रखा था, उसके अर्दली का नाम 'बत्तख' रखा था। एक बार जब वॉन कोरेन ने लायवस्की और नादेज़्दा फ़्योदोरोवना को 'जापानी बंदर-बंदरिया' कहा था तो पादरी प्रसन्नता से गद्गद हो उठा था। वह ललचाई नजरों से लोगों के चेहरों की तरफ देखता रहता था, बिना आंख झपकाए सबकी बातें सुनता था, और वह खुलकर हंसने के लिए हमेशा तैयार रहता था। उसकी आंखों में हंसी भरी रहती थी और उसका चेहरा इसी उम्मीद में तना रहता था।

"वह भ्रष्ट और दुराचारी किस्म का आदमी है," प्राणिशास्त्री ने अपनी बात जारी रखी। पादरी की नजरें इस उम्मीद में उसके चेहरे पर जड़ी थीं कि वह कोई न कोई हंसी की बात कहेगा। "ऐसे क्षुद्र और नगण्य लोग कभी–कभी ही दिखाई देते हैं। शारीरिक तौर से वह आलसी और कमजोर है, और समय से पहले ही बूढ़ा हो गया है, उसका बौद्धिक स्तर बिल्कुल एक मोटी, दुकानदार की बीवी जैसा है जिसे खाने-पीने और गुदगुदे बिस्तर पर सोने के सिवा कोई काम नहीं और जो अपने कोचवान को प्रेमी बनाकर अपने पास रखती है।"

पादरी ने फिर जोर से क़हक़हा लगाया।

वॉन कोरेन ने कहा, "हंसों मत पादरी, हद से ज्यादा हंसी मूर्खतापूर्ण मालूम होती है। मैं उसकी नगण्यता की तरफ हरगिज ध्यान न देता।" वॉन कोरेन ने पादरी की हंसी बंद होने का इंतजार किया और कहा, "अगर वह इतना जहरीला और खतरनाक आदमी न होता तो मैं उसकी परवाह तक न करता। उसका जहरीलापन

सबसे ज्यादा इस बात में है कि औरतों पर उसका जादू चल जाता है, इसलिए वह संसार में अपने वंशज छोड़ जाएगा–यानी दुनिया को अपने ही जैसे एक दर्जन कमजोर और दुराचारी लायवस्की भेंट करेगा। दूसरे यह कि उसका प्रभाव बड़ा ही संक्रामक है। मैं तुमसे जुए और शराब का जिक्र पहले ही कर चुका हूं। एक या दो बरस में वह सारे काकेशस के तट पर छा जाएगा। तुम जानते ही हो कि जनता की खास तौर पर मध्यवर्ग की बौद्धिकता में, यूनिवर्सिटी की तालीम में, शिष्टाचार में और साहित्यिक भाषा में कितनी आस्था है। उसने चाहे कितने ही गंदे काम किए हों, जनता समझेगी कि जो हुआ ठीक हुआ। क्योंकि वह बुद्धिजीवी है, उदार विचारों का युवक है और उसने यूनिवर्सिटी में तालीम पाई है। सबसे बड़ी बात तो यह है कि वह जिंदगी में असफल और निकम्मा है, उसके स्नायु दुर्बल हैं, वह अपने जमाने की परिस्थितियों का शिकार है। इसका मतलब है कि उसे मनचाहा करने की छूट है। उसका व्यक्तित्व आकर्षक है। वह बड़ा नेक है। इंसानी कमजोरियों को वह सचमुच समझता है और उनसे हमदर्दी रखता है। वह सरल और संकोची स्वभाव का है, अहंकार उसे छू नहीं गया। आप उसके साथ बैठकर शराब पी सकते हैं और दूसरे लोगों की निंदा कर सकते हैं...जनता हमेशा धर्म और नैतिकता में ईश्वर के मनुष्य-रूप की पूजा करती है, और हमेशा उन छोटे देवताओं को पसंद करती है जिनमें उन्हीं की तरह चारित्रिक कमजोरियां हों। ज़रा सोचो तो सही, अपनी छूत फैलाने के लिए उसके पास कितना व्यापक क्षेत्र है! इसके अलावा वह अभिनय में इतना दक्ष नहीं जितना कि पाखंड में। वह अच्छी तरह से छल-प्रपंच करना जानता है। जरा उसकी छोटी-छोटी चालाकियों को तो देखिए, मिसाल के लिए, सभ्यता के प्रति उसके दृष्टिकोण को। अभी तक सभ्यता की तो उसे गंध तक नहीं पहुंची, लेकिन वह कहता है, 'आह! सभ्यता ने हमें कितना अपाहिज बना दिया है! आह, मुझे जंगली असभ्य जातियों से कितनी ईर्ष्या होती है! प्रकृति के उन पुत्रों से, जिनको सभ्यता का आभास तक नहीं है!' हमें याद रखना चाहिए कि किसी जमाने में वह सभ्यता का पुजारी रह चुका है, उसने अपनी समस्त शक्ति से सभ्यता की सेवा की है, उसकी गहराइयों में उसे झांककर देखा-परखा है, लेकिन सभ्यता ने उसे क्लांत कर दिया है, उसका भ्रम दूर कर दिया है, उसे धोखा दिया है। वह फास्ट* है, आप जानते हैं!–वह दूसरा टॉलस्टॉय है...जहां तक शोपनहावर और स्पेंसर का ताल्लुक है, वह उन्हें छोटे बच्चे समझकर, पिता की तरह उनके कंधे थपथपाकर पूछता है, 'कहो मियां स्पेंसर, क्या कहते हो?' उसने खुद स्पेंसर की कोई रचना नहीं पढ़ी, यह तो निश्चित है, लेकिन जिस हलके, लापरवाह और व्यंग्य भरे ढंग से वह अपनी महिला दोस्त के बारे में कहता है, उसने स्पेंसर पढ़

---

* गेटे का अमर पात्र

रखा है' तब वह कितना अच्छा लगता है! और सारे लोग उसकी बातें सुनते हैं। उनमें से एक आदमी भी यह समझने की कोशिश नहीं करता कि इस धोखेबाज को स्पेंसर के पैरों के तलुए चूमने का भी अधिकार नहीं है–स्पेंसर के बारे में वैसे ढंग से बात करना तो अलग रहा, सभ्यता और सत्ता की जड़ों को खोखला करना, दूसरे लोगों की पवित्र वेदियों को गंदा करना, सिर्फ अपनी सड़ाद और नैतिक दिवालिएपन को सही साबित करने के लिए दूसरों की हंसी उड़ाना–एक अहंकारी, कमीना और दुष्ट आदमी ही यह सब कुछ कर सकता है।"

सेमोयलेंको ने इस बार गुस्से से नहीं, बल्कि अपराधी स्वर में कहा, "न जाने तुम उससे क्या उम्मीद रखते हो कोल्या! वह भी बाकी लोगों की तरह है। इसमें शक नहीं कि उसमें अपनी कमजोरियां हैं। लेकिन उसके विचार आधुनिक विचारों से भी आगे हैं। वह नौकरी करता है और देश को फायदा पहुंचाता है। दस बरस पहले यहां एक बूढ़ा एजेंट था, बेहद समझदार आदमी...और वह कहा करता था..."

वॉन कोरेन ने बीच में टोककर कहा, "नौनसेन्स, नौनसेन्स! आप कहते हैं, वह नौकरी करता है? लेकिन वह किस तरह नौकरी करता है! आप कहना चाहते हैं कि उसके यहां आने की वजह से हालत सुधर गई है! अफसर पहले से ज्यादा ईमानदार और शिष्ट और समय के पाबंद हो गए हैं? दरअसल, उसने एक यूनिवर्सिटी की तालीम पाए बुद्धिजीवी की हैसियत से उनके आलस और ढीलेपन को प्रश्रय दिया है। वह सिर्फ बीस तारीख को, तनख्वाह लेने के लिए ठीक वक्त पर दफ्तर पहुंचता है। बाकी दिन वह स्लीपर पहनकर घर में मजे से घूमता रहता है और इस तरह से पेश आता है जैसे काकेशस में रहकर वह सरकार पर भारी अहसान कर रहा हो। नहीं अलेक्ज़ांद्र देविदिच, उसकी वकालत मत कीजिए। आप शुरू से लेकर आखिर तक गलत बात कह रहे हैं। अगर आपको सचमुच उससे प्यार होता, और आप उसे अपना पड़ोसी समझते तो आप उसकी कमजोरियों के प्रति लापरवाह न होते, न उससे हमदर्दी ही दिखाते, बल्कि उसकी भलाई की खातिर उसे कम अनर्थकारी बनाते।"

"क्या मतलब?"

"कम अनर्थकारी, क्योंकि उसका सुधार नामुमकिन है, इसलिए उसे कम अनर्थकारी बनाने का एक ही तरीका है..." वॉन कोरेने ने अपनी उंगलियां गले पर घुमाई, "या उसे डुबो दिया जाए। ऐसे लोगों की अपनी भलाई और मानव-जाति की भलाई इसी में है कि उनका नाश कर दिया जाए। ऐसा करना एकदम जरूरी है।"

"यह तुम क्या कह रहे हो?" सेमोयलेंको खड़ा हो गया और वॉन कोरेन के शांत, भावशून्य चेहरे की तरफ देखकर बुड़बुड़ाया। "पादरी देखते हो, यह क्या

कह रहा है!–क्या तुम होश में हो!"

"मैं यह नहीं कहता कि उसे जरूर ही मौत की सजा दी जाए। अगर यह साबित हो जाता है कि ऐसा करना बुरा है, तो कोई और रास्ता निकालना चाहिए। अगर हम लायवस्की को खत्म नहीं कर सकते तो उसे समाज से अलहदा किया जा सकता है। उसे कम अनर्थकारी बनाया जा सकता है। हम उसे सख्त मशक्कत की सजा देकर जेल में भेज सकते हैं।"

"तुम क्या कह रहे हो?" सेमोयलेंको ने आतंकित स्वर में कहा और पादरी को बिना कालीमिर्च डाले, बैंगन खाते हुए देखकर दुःखित स्वर में बोला, "मिर्च के साथ खाओ! मिर्च के साथ खाओ!...तुम इतने बुद्धिमान होते हुए भी कैसी बातें कर रहे हो! अपने एक स्वाभिमानी, बुद्धिजीवी दोस्त को क्या हम उम्र कैद करवा दें?"

"अच्छा, अगर वह स्वाभिमानी है, और मुकाबला करने की कोशिश करे तो उसके हाथ-पैरों में बेड़ियां डाल देनी चाहिए!"

सेमोयलेंको स्तब्ध रह गया, और अपनी उंगलियां हिलाने लगा। पादरी उसके स्तब्ध और हास्यास्पद चेहरे को देखकर हंस पडा।

वॉन कोरेन ने कहा, "हम इस बारे में और अधिक चर्चा नहीं करेंगे। सिर्फ एक बात याद रखिए, अलेक्ज़ांद्र देविदिच! आदिम इंसान लायवस्की जैसे लोगों से इसलिए बच गया था, क्योंकि उसे जिंदा रहने के लिए संघर्ष करना पड़ता था और कुदरत सिर्फ उन्हीं लोगों को जिंदा रहने का अधिकार देती थी जो जिंदा रहने के काबिल थे, लेकिन अब हमारी सभ्यता बहुत कमजोर हो गई है और हमें खुद ही समाज के सड़े–गले और निकम्मे प्राणियों को नष्ट करने का प्रबंध करना होगा, नहीं तो जब ऐसे लायवस्कियों की संख्या बढ़ेगी तो सभ्यता का नाश हो जाएगा और मानवजाति का पूरी तरह पतन हो जाएगा। इसमें दोष हम लोगों का ही होगा।"

"अगर इसके लिए लोगों को डुबोना और फांसी चढ़ाना जरूरी है तो जहन्नुम में जाए तुम्हारी सभ्यता, जहन्नुम में जाए तुम्हारी मानवजाति! जहन्नुम में जाए! मैं कहता हूं कि तुम बड़े विद्वान् और समझदार आदमी हो, देश को तुम पर गर्व है, लेकिन जर्मनों ने तुम्हारा दिमाग खराब कर दिया है। हां जर्मनों ने, जर्मनों ने!" सेमोयलेंको ने कहा।

सेमोयलेंको ने जब से दोर्पत छोड़ा था, जहां वह डॉक्टरी पढ़ने गया था, तब से उसने न किसी जर्मन की सूरत देखी थी, न कोई जर्मन किताब ही पढ़ी थी, लेकिन उसका ख्याल था कि राजनीति और विज्ञान में सारे खतरनाक सिद्धांत जर्मनों की वजह से ही आते हैं। यह धारणा उसके दिमाग में कहां से आई, यह उसे खुद भी मालूम नहीं था, लेकिन उसे इस धारणा में पक्का विश्वास था।

उसने फिर अपनी बात दुहराई-"हां जर्मनों ने! आओ, थोड़ी सी चाय पी लो।"

तीनों व्यक्ति उठ खड़े हुए और अपने-अपने हैट पहनकर बाहर बाग में जाकर हरे मेपलों, नाशपाती और चेस्टनट के वृक्षों की छाया में बैठ गए। वॉन कोरेन और पादरी मेज के नजदीक रखी बेंच पर बैठे और सेमोयलेंको बेंत की एक आरामकुर्सी पर बैठा। अर्दली ने उन्हें चाय, मुरब्बा और शर्बत की बोतल लाकर दी।

बेहद गर्मी पड़ रही थी। छांह में भी तापमान तीस डिग्री रियोमर* था। हवा गर्म थी और उमस छाई थी। चेस्टनट के वृक्ष से लेकर धरती तक एक मकड़े का जाला निष्प्राण-सा लटका था। उसमें कोई स्पंदन नहीं हो रहा था।

पादरी ने गिटार उठाई, जो हमेशा मेज के पास जमीन पर रखी रहती थी। उसने पतले और मधुर स्वर में गाना शुरू किया

"शराबखाने के बाहर मठ के विद्यालय के छात्र जमा थे।"

लेकिन फौरन गर्मी की वजह से उसने गाना बंद कर दिया। उसने अपना माया पोंछा और जलते हुए नीले आकाश की ओर देखा। सेमोयलेंको ऊंघने लगा। गर्मी, उमस, शांत वातावरण और खाने के बाद की सुख तंद्रा उसके सारे शरीर में व्याप गई। उसे सुस्ती महसूस होने लगी और नींद आने लगी; उसकी बाहें लटक गई, आंखें सिकुड़ गई, और सिर छाती पर झुक गया। उसने तरल स्नेह भरी आंखों से वान कोरेन और पादरी की तरफ देखा और बड़बड़ाया

नौजवान लोग...एक विज्ञान का सितारा है और दूसरा चर्च का प्रकाश-स्तम्भ ...क्या पता किसी दिन यह लंबे चोगे वाला बिशप बन जाए; हो सकता है मुझे उसके हाथ चूमने आना पड़े...अच्छा...कृपा करके ईश्वर..."

जल्दी ही वह खुरट लेने लगा। वॉन कोरेन और पादरी अपनी चाय खत्म करके बाहर सड़क पर आ गए।

"तुम फिर मछली पकड़ने समुद्रतट पर जाओगे?" वॉन कोरेन ने पूछा। "नहीं, बड़ी गर्मी है।"

"तो मेरे साथ आओ। मेरे लिए एक पार्सल बंद कर सकते हो और किसी चीज की नकल कर सकते हो और देखो, तुम्हारे कामकाज के बारे में भी तय करना होगा। तुम्हें काम करना चाहिए, पादरी। इस तरह तुम्हारा गुजारा नहीं चलेगा!"

"तुम्हारी बात सही और तर्कसंगत है।" पादरी ने जवाब दिया, "लेकिन मेरी मौजूदा परिस्थितियां ही मेरे आलसीपन का कारण हैं। तुम खुद ही जानते हो कि

---

* रियोमर–एक फ्रांसीसी डॉक्टर का नाम, जिसने थर्मामीटर ईजाद किया था, जिसका बॉयलिंग बिंदु 80 डिग्री है।

अगर जिंदगी में अनिश्चितता हो तो आदमी निरुत्साहित हो जाता है। मुझे यहां सिर्फ कुछ दिनों के लिए भेजा गया है या स्थायी तौर पर, यह ईश्वर ही जानता है। मैं यहां अनिश्चितता में रह रहा हूं। उधर मेरी बीवी अपने पिता के यहां किसी तरह वक्त गुजार रही है। और सच पूछो तो गर्मी के मारे मेरा दिमाग पिघला जा रहा है।"

"यह सब बकवास है।" वॉन कोरेन ने कहा, "तुम गर्मी के आदी हो सकते हो, बिना पादरिन के रहने की आदत डाल सकते हो। तुम्हें सुस्त नहीं होना चाहिए, हिम्मत बांधनी चाहिए।"

पांच

नादेज्द्रा फ्योदोरोव्ना सुबह नहाने गई और उसके पीछे उसकी बावर्चिन ओल्गा एक जग, एक तांबे की चिलमची, तौलिया और एक स्पंज लेकर गई। खाड़ी में दो अपरिचित स्टीमर खड़े थे, जिनकी सफेद चिमनियां गंदी पड़ गई थीं। वे माल ढोने वाले विदेशी स्टीमर दिखाई देते थे। कुछ आदमी सफेद कपड़ों और सफेद जूतों में बंदरगाह पर घूम रहे थे, और ऊंची आवाज में फ्रेंच में कुछ कह रहे थे। स्टीमरों में से लोग जवाब दे रहे थे। शहर के छोटे गिर्जे में घटियां बज रही थीं।

"आज इतवार है!" नादेज्द्रा फ्योदोरोव्ना को याद आया, और एक सुखद अनुभूति हुई।

आज उसकी तबीयत बिल्कुल ठीक थी। और वह छुट्टी के उल्लासपूर्ण मूड में थी। उसने मोटे सख्त टसर सिल्क की ढीली पोशाक पहन रखी थी और सिर पर चौड़ा तिनकों का हैट लगा रखा था, जो उसके कानों तक झुका हुआ था और उसका चेहरा जैसे किसी टोकरी में से झांकता हुआ दिखाई दे रहा था। उसका ख्याल था कि उस हुलिए में बहुत आकर्षक दिखाई दे रही है। उसका ख्याल था कि सारे शहर में वही एकमात्र खूबसूरत जवान और बौद्धिक रुचि की महिला है, सिर्फ उसे ही सस्ते दामों के लेकिन शालीन और बढ़िया टेस्ट के कपड़े पहनने की कला आती है। मिसाल के लिए उसने जो पोशाक पहन रखी थी, वह सिर्फ बाईस रूबल में बनी थी, फिर भी कितनी खूबसूरत थी! सारे शहर में सिर्फ वही खूबसूरत स्त्री थी। वहां पुरुषों की संख्या काफी थी। इसलिए उन सबको लायवस्की से ईर्ष्या होनी चाहिए, हो या न हो, यह अलग बात है।

उसे खुशी थी कि पिछले कई दिनों से लायवस्की बेरुखी दिखा रहा था, खिंचा-खिंचा-सा रहता था, शिष्टता से और कभी-कभी बदतमीजी से भी पेश आ रहा था। पहले तो वह लायवस्की के क्रोध के विस्फोटों, विचित्र रहस्मय नजरों को

देखकर आंसू बहाती थी, शिकवा-शिकायत करती थी, उसे छोड़ जाने की या भूख-हड़ताल करने की धमकियां दिया करती थी, लेकिन अब सिर्फ उसका चेहरा सुर्ख हो जाता था, वह अपराधी नजरों से उसकी तरफ देखती थी और इस बात से खुश थी कि लायवस्की उसे नहीं चाहता। अगर लायवस्की उसे गालियां देता या छोड़ जाने की धमकी देता, तो नादेज़्दा को और भी अच्छा लगता, क्योंकि वह अपने को कसूरवार समझती थी। वह महसूस करती थी कि लायवस्की परिश्रमी जीवन के जिन सपनों की खातिर पीटर्सबर्ग छोड़कर काकेशस आया है, वह उन सपनों से पूरी हमदर्दी नहीं दिखा सकी। उसे यकीन था कि इसी कारण से लायवस्की पिछले कई दिनों से नाराज है। काकेशस आते वक्त उसने सोचा था कि आते ही समुद्र के किनारे उसे आरामदेह मकान मिल जाएगा, जिसमें छोटा सा बाग होगा, जिसमें छायादार वृक्ष होंगे, पक्षी चहचहाएंगे, छोटे-छोटे झरनों के किनारे वह फूल और सब्जियां उगाया करेगी, बत्तखें और मुर्गियां पालेगी, पड़ोसियों को दावतें देगी, गरीब किसानों का इलाज करेगी, और उनमें छोटी-छोटी पुस्तकें बांटा करेगी। लेकिन काकेशस में नंगे पहाड़ों, जंगलों और बड़ी-बड़ी घाटियों के सिवा कुछ न निकला। यहां किसी भी चीज को तलाश करने में और स्थायी तौर पर टिकने में बड़ा वक्त और मेहनत लग जाती थी। कोई पड़ोस न था, बेहद गर्मी थी, चोरी का डर था। लायवस्की भी जमीन खरीदने के लिए उतावला नहीं नजर आता था। नादेज़्दा इस बात से खुश थी। दोनों के बीच जैसे मेहनत की जिंदगी की चर्चा न करने की मौन संधि हो गई थी। नादेज़्दा को लगा कि उसकी खामोशी की वजह से ही लायवस्की उससे नाराज है।

इसके अलावा, लायवस्की को बताए बगैर, उसने पिछले दो बरसों में आचमीयानोव की दुकान से तीन सौ रूबल की चीजें खरीदी थीं। ये चीजें, मसलन सिल्क, कपड़े या छाते, एक-एक करके खरीदी गई थीं और अनजाने में ही कर्ज इतना बढ़ गया था।

'मैं आज इस बारे में बात करूंगी...' वह रोज मन ही मन यह फैसला करती, लेकिन फिर लायवस्की की भावभंगिमा को देखकर सोचती कि इस वक्त कर्जे का प्रसंग उठाना ठीक नहीं होगा।

तीसरी बात यह थी कि लायवस्की की अनुपस्थिति में पुलिस-कप्तान किरीलिन उससे दो बार मिलने आ चुका था-एक बार सुबह, जब लायवस्की समुद्र में नहाने के लिए गया था और दूसरी बार आधी रात के वक्त, जब वह जुआ खेल रहा था। इस बात की याद से नादेज़्दा का चेहरा लाल हो गया और उसने बावर्चिन की तरफ इस तरह देखा जैसे वह नादेज़्दा के विचारों को छिपकर सुन रही हो। लंबे, गर्म, थका देने वाले दिनों, खूबसूरत अलसाई शामों, उमस भरी रातों–जिंदगी के वर्तमान ढर्रे में, जबकि सुबह से लेकर शाम तक वक्त कटते न कटता था और

वह लगातार सोचती रहती थी कि वह शहर की सबसे खूबसूरत महिला है–उसकी जवानी बीत रही है और बर्बाद हो रही है, जबकि लायवस्की ईमानदार और आदर्शवादी होते हुए भी हमेशा एक-सा बना रहता था, हमेशा स्लीपर पहने घूमता रहता था, नाखून कुतरता रहता था और अपनी सनकी आदतों से उसे परेशान करता रहता था–इन सारी बातों से धीरे-धीरे नादेज़्दा के मन में एक तीव्र लालसा पैदा हुई, वह जैसे पागल हो गई थी। दिन-रात, सांस लेते, चलते-फिरते उसके दिमाग में एक ही विचार चक्कर काटता रहता था। समुद्र का स्वर उससे कहता था कि उसे प्यार करना चाहिए। शाम का अंधेरा यही कहता था; पहाड़ यही कहते थे...और जब किरीलिन उसकी तरफ आकर्षित हुआ, तो नादेज़्दा के मन में उस आकर्षण को रोकने की न तो शक्ति थी, न इच्छा ही थी। उसने आत्मसमर्पण कर दिया...।

अब विदेशी स्टीमरों और सफेद पोशाक वाले मर्दों को देखकर किसी कारण से उसे एक विशाल हॉल की याद आ गई। फ्रेंच में चिल्लाते हुए लोगों की आवाज के साथ उसे नाच की धुन सुनाई देने लगी, और एक अज्ञात प्रसन्नता से उसका वक्ष स्पंदित हो उठा। वह डांस करने और फ्रेंच में बातचीत करने के लिए बेचैन हो उठी।

उसने खुशी से सोचा कि उसके विश्वासघात में कोई ऐसी बड़ी बात नहीं है। उसकी आत्मा इस विश्वासघात में शामिल नहीं थी; वह अभी भी लायवस्की से प्यार करती थी। इसका सबूत यह था कि उसके मन में ईर्ष्या होती थी, लायवस्की पर तरस आता था, और उसके जाने से वह उदास भी होती थी। किरीलिन बहुत मामूली आदमी निकला था, खूबसूरत होने के बावजूद उसमें भोंडापन था। उसका रिश्ता पहले से ही टूट चुका था, इसलिए भविष्य में कुछ और होने की संभावना ही नहीं थी। जो होना था, हो चुका था। इस बात का किसी से सरोकार न था अगर लायवस्की को पता चल भी गया तो उसे यकीन नहीं होगा। समुद्र के किनारे औरतों को नहाने के लिए सिर्फ एक ही स्नानगृह था। मर्द खुले में नहाते थे। स्नानगृह में पहुंचकर नादेज़्दा ने एक अधेड़ औरत मारया कोन्स्तेंतीनोवा बीत्युगोव और उसकी पंद्रह बरस की बेटी कात्या को देखा, जो स्कूल में पढ़ती थी। दोनों एक बेंच पर बैठकर कपड़े उतार रही थीं। मारया कोन्स्तेंतीनोवा अच्छे स्वभाव की उत्साही और सुशील महिला थीं। वे धीमे और करुण स्वर में बोलती थीं। बत्तीस बरस की उम्र तक वे गवर्नेस रही थीं—फिर उसने बीत्यूगोव से शादी कर ली थी, जो एक सरकारी अफसर था। बीत्यूगोव का सिर गंजा था और वह अपनी कनपटी के बालों को कंघी से समेट रखता था। वह बड़ा ही विनयशील व्यक्ति था। मारया कोन्स्तेंतीनोवा अभी भी अपने पति को चाहती थी, उसे यह गवारा नहीं था कि उसका पति किसी और स्त्री से बात करे। 'प्यार' शब्द सुनते ही उसका चेहरा लाल हो जाता था, और वह सबसे कहा करती थी कि वह बहुत सुखी है।

नादेज़्दा फ़्योदोरोव्ना को देखकर उसने उत्साह दिखाया, और ऐसी मुद्रा बनाई जिसे उसके सब परिचित 'बादामरोगनी' कहा करते थे। "माई डियर! माई डियर! कितनी खुशी है कि तुम भी आ गईं! हम एकसाथ नहाएंगे–कैसी खुशी की बात है!"

ओल्गा ने जल्दी से अपने कपड़े और शमीज उतारी और अपनी मालकिन के कपड़े उतारने लगी।

"आज कल जैसी गर्मी तो नहीं है।" नादेज़्दा फ़्योदोरोव्ना ने नग्न बावर्चिन के खुरदरे हाथों के स्पर्श से सिकुड़ते हुए कहा, "कल तो मारे गर्मी के मैं मर ही गई थी।"

"अरे हां, माई डियर, मुझे तो खुद सांस लेने में तकलीफ हो रही थी। क्या तुम यकीन करोगी? कल मैं तीन बार नहाई थी–तीर बार! ज़रा कल्पना तो करो, माई डियर, तीन बार! निकोदीम अलेक्ज़ेंद्रिच बहुत परेशान थे।"

नादेज़्दा फ़्योदोरोव्ना ओल्गा और अफसर की बीवी को देखकर सोच रही थी, 'दुनिया में ऐसी बदसूरती भी संभव है।' कात्या को देखकर उसने मन ही मन कहा, 'इस लड़की के शरीर की गठन बुरी नहीं है।'

"आपके निकोदीम अलेक्ज़ेंद्रिच बड़े प्यारे आदमी हैं, मुझे तो उनसे मुहब्बत हो गई है!" नादेज़्दा बोली।

"हा, हा, हा!" मारया कोन्स्तेंतीनोव्ना ने जबरदस्ती हंसते हुए कहा, "कैसी प्यारी बात है!"

कपड़ों से मुक्ति पाकर नादेज़्दा फ़्योदोरोव्ना के मन में उड़ने की इच्छा हुई। उसे लगा कि अपने हाथ हिलाने मात्र से वह ऊपर उड़ जाएगी। कपड़े उतारने पर उसने देखा कि ओल्गा हिकारत भरी नजरों से उसके गोरे शरीर को घूर रही थी। ओल्गा एक नौजवान सिपाही की बीवी थी और अपने पति के साथ रहती थी, इसलिए अपने को अपनी मालकिन से ऊंचा समझती थी। मारया कोन्स्तेंतीनोवना और कात्या उससे डरती थीं, और उसकी कतई इज्जत नहीं करती थीं। नादेज़्दा को यह बात नापसंद थी, इसलिए उनकी नज़रों में अपने को ऊंचा उठाने के लिए उसने कहा–

"पीटर्सबर्ग में इन दिनों गर्मियों के बंगलों में बहुत चहल-पहल है। हम लोगों के वहां बहुत से दोस्त हैं। हमें वहां जाकर उनसे मिलना चाहिए।"

"आपके पति इंजीनियर हैं न! मारया कोन्स्तेंतीनोव्ना ने भीरु स्वर में कहा।

"मैं लायवस्की का जिक्र कर रही हूं। उनकी वहां बड़ी वाकफियत है, लेकिन बदकिस्मती से उनकी मां बड़ी अहंकारी, अरिस्टोक्रैट महिला है, वैसे खास बुद्धिमान नहीं..."

नादेज़्दा फ़्योदोरोना ने बात पूरी किए बगैर ही पानी में छलांग लगा दी, मारया कोन्स्तेंतीनोव्ना और कात्या भी उसके पीछे-पीछे पानी में आ गईं।

नादेज़्दा फ़्योदोरोव्ना ने अपनी बात जारी रखी, "दुनिया में बहुत से दकियानसी विचार हैं और जिन्दगी उतनी आसान नहीं जितनी कि दिखाई देती है।"

मारया कोन्स्तेंतीनोव्ना, जो अरिस्टोक्रेटिक परिवारों में गवर्नेस रह चुकी थी और सामाजिक मामलों पर अधिकार रखती थी, बोली–

"अरे हां, माई डियर, क्या तुम यकीन करोगी कि गेरात्यन्सकी परिवार के यहां मुझे लंच और डिनर के लिए दोनों वक्त कपड़े बदलने पड़ते थे और तनख्वाह के अलावा, एक एक्ट्रेस की तरह मुझे कपड़ों के लिए भी स्पेशल अलाऊंस मिलता था।"

वह नादेज़्दा फ़्योदोरोव्ना और कात्या के बीच इस तरह खड़ी थी जैसे अपनी बेटी को उस पानी से बचाना चाहती हो जिसमें नादेज़्दा नहा रही थी।

खुले दरवाजों में से उन लोगों ने सौ कदम की दूरी पर किसी को तैरते हुए देखा।

"मां, यह तो हमारा कोस्त्या है।" कात्या बोली।

"अरे, अरे!" मारया कोन्स्तेंतीनोव्ना घबराहट में बोली, "अरे, कोस्त्या! वापिस आओ! कोस्त्या, वापिस आओ!"

कोस्त्या ने, जो चौदह बरस का लड़का था, अपनी मां और बहन के सामने अपनी बहादुरी दिखाने के लिए डुबकी लगाई और तैरकर और आगे चला गया, लेकिन उसे थकान होने लगी और वह जल्दी से पीछे लौट आया। उसके थके और गंभीर चेहरे से साफ जाहिर होता था कि उसे अपनी शक्ति पर विश्वास नहीं रहा।

मारया कोन्स्तेंतीनोवना ने गंभीर होकर कहा, "आह, ये लड़के कितना परेशान करते हैं! माई डियर, उधर मुंह फेरने से पहले ही वह अपनी गर्दन तोड़ लेगा, आह माई डियर, मां होना कितना मधुर और कठिन काम है। हर बात से डर लगता है।"

नादेज़्दा फ्योदोरोव्ना ने अपना तिनकों वाला हैट लगाया और खुले समुद्र में कूद पड़ी। तीस फुट तैरने के बाद वह पीठ के बल लेट गई। क्षितिज तक फैला समुद्र, स्टीमर, समुद्र के किनारे खड़े लोग, सारा शहर उसे नजर आ रहा था; गर्म और खुश्क वातावरण, पारदर्शी लहरें–इन सबने उसे उत्तेजित कर दिया और उसके कानों में फुसफुसाकर कहा कि उसे जिंदा रहना चाहिए–जिंदा!..एक नाव हवा और लहरों को काटती हुई तेजी से उसके पास से निकल गई, नाव में बैठे हुए आदमी ने उसकी तरफ देखा, उसे इस तरह देखा जाना पसंद आया।...

नहाने के बाद महिलाओं ने कपड़े पहने और एकसाथ बाहर निकली :

"मुझे हर तीसरे रोज बुखार आता है, फिर भी मैं दुबली नहीं हुई।" नादेज़्दा ने अपने ओठों को चाटते हुए कहा, जो नहाने से नमकीन हो गए थे। अपने परिचित लोगों के अभिवादनों के जवाब में वह मुस्करा रही थी। "मैं हमेशा से मोटी रही

हूं, लेकिन अब तो लगता है कि मैं बेहद मोटी हो गई हूं।"

"यह तो अपनी-अपनी बनावट है। मेरी तरह अगर किसी के शरीर की मोटापे की प्रवृत्ति न हो, तो खुराक से कोई असर नहीं पड़ता...लेकिन तुम्हारा हैट भीग गया है माई डियर।"

"कोई हर्ज नहीं। सूख जाएगा।"

नादेज़्दा फ्योदोरोव्ना ने फिर सफेद कपड़े वाले आदमियों को देखा, जो समुद्र के किनारे टहल रहे थे और फ्रेंच में बातें कर रहे थे; फिर उसके दिल में खुशी की एक लहर दौड़ गई और किसी बड़े से हाल की धुंधली स्मृति जागृत हो उठी, जिसमें कभी उसने डांस किया था या शायद जिसका उसने सपना देखा था। और उसकी आत्मा की तह में एक अदृश्य और धुंधली फुसफुसाहट हुई, 'तुम एक क्षुद्र, अभागी और निकम्मी औरत हो...'

मारया कोन्स्तेंतीनोव्ना अपने घर के फाटक के आगे रुक गई और उसने नादेज़्दा से भीतर आकर कुछ देर के लिए बैठने के लिए कहा–

"भीतर आओ माई डियर!" उसने उम्मीद और चिंता भरी नजरों से नादेज़्दा को देखा। उसे डर था कि शायद वह आने से इनकार कर देगी।

"मुझे चलकर खुशी होगी। आप जानती हैं कि आपके साथ रहने में कितना अच्छा लगता है।" नादेज़्दा ने निमंत्रण स्वीकार कर लिया।

घर ले जाकर मारया कोन्स्तेंतीनोव्ना ने उसे बैठाया, पीने के लिए काफी दी, मिल्क रोल खिलाए, और गेरात्यन्सकी परिवार के, अपने भूतपूर्व शिष्यों के चित्र दिखाए, जिनकी शादी हो चुकी थी। उसने कोस्त्या और कात्या के इम्तहानों की रिपोर्ट भी दिखाई। रिपोर्ट बड़ी अच्छी थीं, लेकिन उन्हें बेहतर बनाने के लिए उसने ठंडी सांस लेकर शिकायत की कि आजकल स्कूल की पढ़ाई कितनी मुश्किल हो गई है...उसने नादेज़्दा की खूब खातिरदारी की, नादेज़्दा के लिए उसके मन में हमदर्दी भी पैदा हुई, हालांकि उसी वक्त इस बात से भी परेशान हो रही थी कि कहीं कोत्स्या और कात्या के चरित्र पर नादेज़्दा का बुरा असर न पड़े। लेकिन उसे इस बात की खुशी भी थी कि निकोदीम अलेक्जेंड्रिज घर में नहीं थे। उसका ख्याल था कि सभी मर्द 'इस किस्म की औरतों को चाहते हैं, इसलिए ममकिन था कि निकोदीप अलेक्ज़ेंद्रिच पर भी बुरा असर पड़ता।

बातचीत के दौरान मारया कोन्स्तेंतीनोवना को यह याद रहा कि उसी शाम को वे लोग किसी पिकनिक पर जा रहे हैं और वॉन कोरेन ने खास तौर पर कहा था कि वह पिकनिक का जिक्र 'जापानी बंदरों से–यानी लायवस्की और नादेज़्दा से बिल्कुल न करे। लेकिन अनजाने में ही उसके मुंह से यह बात निकल पड़ी, उसका चेहरा सुर्ख हो गया और उसने घबराकर कहा–

"उम्मीद है तुम भी आओगी।"

छह

यह तय हुआ था कि वे लोग शहर से पांच मील दूर, दक्षिण की सड़क पर, दो नालों-काली नदी और पीली नदी के संगम पर जाएंगे और मछली का शोरबा पकाएंगे। पांच बजते ही वे लोग चल पड़े। सबसे आगे एक गाड़ी में सेमोयलेंको और लायवस्की थे, उनके पीछे तीन घोड़ों वाली बग्घी में मारया कोन्स्तेंतीनोव्ना, नादेज़्दा फ़्योदोरोव्ना, कात्या और कोत्स्या थे। वे अपने साथ चीनी के बर्तन और एक टोकरी में खाने-पीने का सामान ले जा रहे थे। उनके पीछे वाली गाड़ी में पुलिस कप्तान किरीलिन और एचमियानोव था, जिसके बाप की दुकान से नादेज़्दा ने तीन सौ रूबल का सामान उधार लिया था। उनके सामने एक छोटी सी सीट पर चौकड़ी मारे निकोदीम अलेक्जेंद्रिच बैठा था। वह नाटे कद का साफ-सुथरा आदमी था। उसकी कनपटी के बाल कढ़े हुए थे। सबसे आखिर में वॉन कोरेन और पादरी थे। पादरी के पैरों के पास मछलियों से भरी एक टोकरी रखी थी।

"दा-हि-ने!" जब भी सेमोयलेंको को कोई छकड़ा या गधे पर सवार पर्वतारोही दिखाई देता तो वह जोर से चिल्लाता।

वॉन कोरेन पादरी को बता रहा था, "दो बरस बाद जब मेरे पास साधन और लोग तैयार होंगे तो मैं भी अन्वेषकों के एक दल को लेकर जाऊंगा। मैं ब्लादीवॉस्तक से समुद्र के किनारे-किनारे बेहरीन खाड़ी तक जाऊंगा, फिर वहां से येन्सी के मुहाने तक–हम नक्शा बनाकर जाएंगे। पशुओं और वनस्पतियों का अध्ययन करेंगे और भूतत्त्व, नृ-शास्त्र और मानव-शास्त्र से संबंध रखने वाली विस्तृत खोज करेंगे। तुम्हारी मरजी हो तो तुम भी हमारे साथ चलना।"

"मेरे लिए यह नामुमकिन है।" पादरी ने कहा।

"क्यों?"

"मैं बाल-बच्चेदार आदमी हूं।"

"तुम्हारी बीवी तुम्हें जाने की इजाजत दे देगी। हम उसका इंतजाम कर देंगे। बेहतर होगा, अगर तुम उसे जनता की भलाई के लिए किसी संन्यासिनो के मठ में जाकर रहने के लिए राजी कर लो। इससे तुम भी संन्यासी बन सकोगे और पादरी होकर भी हमारे दल में शामिल हो सकोगे। मैं तुम्हारे लिए यह प्रबंध करवा सकता हूं।

पादरी खामोश रहा।

"तुम्हें धर्मशास्त्र का अच्छा ज्ञान है?"

"नहीं, मैं उसमें कमजोर ह

"हूं...इस मामले में मैं तुम्हें कोई सलाह नहीं दे सकता, क्योंकि मुझे खुद धर्मशास्त्र का ज्यादा ज्ञान नहीं है। तुम्हें जिन किताबों की जरूरत हो, उनकी सूची बनाकर मुझे दे दो, मैं जाड़ों में पीटर्सबर्ग से सारी किताबें भिजवा दूंगा। तुम्हारे लिए धार्मिक यात्राओं का विवरण पढ़ना भी जरूरी होगा। उनमें से कुछ लेखक नृवंश-शास्त्री और पूर्वात्य विषयों के विद्वान् भी थे। उनकी कार्य-प्रणाली जान लेने पर तुम्हें भी काम शुरू करने में आसानी रहेगी। किताबें मिलने तक समय बर्बाद करने की कोई जरूरत नहीं। मेरे पास चले आना, हम कुतुबनुमा और अंतरिक्ष-विज्ञान पढ़ेंगे। यह सब एकदम जरूरी है।"

"जरूर..." पादरी बुदबुदाया और हंस पड़ा। "मैं तो मध्य रूस में नौकरी पाने की कोशिश कर रहा था। मेरे चचा बड़े पादरी हैं, उन्होंने मेरी मदद करने का वायदा किया था। अगर मैं तुम्हारे साथ चला गया तो वे लोग सोचेंगे कि मैंने उन्हें बेकार ही परेशान किया।"

"मुझे तुम्हारी हिचकिचाहट समझ में नहीं आती। अगर तुम एक मामूली पादरी ही बने रहे, जो सिर्फ छुट्टियों के दिन प्रार्थनासभा करता है और बाकी दिन उसे काम से छुट्टी रहती है, तो दस बरस बाद भी तुम्हारी यही हालत रहेगी, जो आज है। सिवा दाढ़ी-मूंछ बढ़ाने के तुम्हें कोई फायदा नहीं होगा। इस अभियान से लौटकर दस बरसों में तुम नए आदमी बने जाओगे, तुम्हें यह एहसास होगा कि तुमने जिंदगी में कोई काम किया है। इससे तुम्हारा व्यक्तित्व संपन्न हो जाएगा।"

औरतों की गाड़ी से आतंक और खशी की चीखें सनाई दे रही थीं। सड़क इतनी गहरी थी कि सबको ऐसा महसूस हो रहा था जैसे वे किसी गहरी खाई की दीवार पर सरपट चाल से भाग रहे हों और अगले ही क्षण सारी गाड़ियां खाई में गिरने वाली हों। दाईं तरफ समुद्र था, बाईं तरफ खुरदरी भूरे रंग की दीवार सी थी जिसमें काले चमकते और लाल रंग की नसें थीं, वृक्षों की जड़ें ऊपर चढ़ रही थीं। ऊपर चोटी पर देवदार के वृक्ष झुककर जैसे जिज्ञासा और आतंक से नीचे झांक रहे थे। एक क्षण बाद फिर चीखों और हंसी की आवाज सुनाई दी। गाड़ियों को ऊपर से लटकती हई एक विशाल चट्टान के नीचे से होकर गुजरना था।

लायवस्की बोला, "मैं नहीं जानता कि मैं आखिर तुम्हारे साथ क्यों आ रहा हूं। कैसी बेवकूफी से भरी और बेहूदा बात है! मैं चाहता हूं कि मैं उत्तर की तरफ भागकर चला जाऊं, लेकिन मैं यहां न जाने किस कारण से इस बेवकूफी भरे पिकनिक में जा रहा हूं।'

"लेकिन देखो, कैसा सुंदर दृश्य है!" सेमोयलेंको ने कहा। ज्यों ही घोड़े बाईं तरफ मुड़े तो पीली नदी की घाटी नजर आने लगी। नदी की धार सूरज की रोशनी में चमक रही थी; पीली, उन्मत्त और गदली!

"मुझे तो इसमें कोई खास खूबसूरती नजर नहीं आती, साशा!" लायवस्की ने कहा, "हमेशा प्रकृति के सौंदर्य को देखकर विभोर हो जाना कल्पना की कमी का सबूत है। मेरी कल्पना मुझे जो दे सकती है उसके मुकाबिले में ये सारी नदियां और चट्टानें तुच्छ हैं।"

गाड़ियां नदी के किनारे तक पहुंच गई थीं। ऊंचे पहाड़ों के किनारे नजदीक आ गए थे, घाटी सिकुड़कर तंग हो गई थी। जिन पहाड़ी चट्टानों का चक्कर काटकर वे आए थे, वे इतने भयंकर बोझ से एक-दूसरे पर दबी हुई थीं कि उन्हें देखकर हर बार सेमोयलेंको हांफने लगता था। काली और खूबसूरत पहाड़ों के बीच की दरारों और तंग रास्तों में से ओस भरी सीलन और रहस्य की गंध आ रही थी; इनके पीछे और पहाड़ नजर आ रहे थे, जो भूरे, गुलाबी, बैंगनी धुएं के रंग के या धूप में नहाए मालूम हो रहे थे। बीच-बीच में जब वे तंग रास्तों में से गुजरते थे तो उन्हें ऊंचाई पर से पत्थरों पर पानी गिरने की आवाज सुनाई देती थी।

"आह! ये कम्बख्त पहाड़। मैं इनसे कितना तंग आ गया हूं!"

उस जगह जहां काली नदी पीली नदी में गिरती है और स्याही जैसा काला पानी पीले पीनी के साथ जूझता हआ उसमें दाग लगा रहा था, वहां कर्बाले नाम के एक तातार का चाय-घर था, जिसकी छत पर रूसी झंडा फहरा रहा था और खड़िया से लिखा था–'आरामदेह चाय-घर'। उसके नजदीक एक छोटा-सा बाग था जिसके आसपास एक चहारदीवारी थी, जिसमें मेज-कुर्सियां रखी थीं और मनहूस कंटीली झाड़ियों के बीच एक खूबसूरत और काला सरो का दरख्त खड़ा था।

कर्बाले, जो नाटे कद का फुर्तीला तातार था, एक नीली कमीज और सफेद एप्रिन पहने सड़क पर खड़ा था। उसने अपना पेट थामकर सब लोगों का अभिवादन करने के लिए सिर झुकाया और मुस्करा दिया जिससे उसके सफेद दांत चमक उठे।

"गुड इवनिंग कर्बाले, हम जरा आगे जा रहे हैं, तुम समावार और कुर्सियां ले आओ! जल्दी से!" सेमोयलेंको चिल्लाया।

कर्बाले ने अपना मुंडा हुआ सिर हिलाया और अस्पष्ट स्वर में कुछ बोला। उसकी बात सिर्फ आखिरी गाड़ी में बैठे लोग ही सुन सके, "हमारे पास ट्राउट मछली है, योर एक्सेलेंसी!"

"लाओ! लाओ!" वॉन कोरेन ने कहा।

चाय-घर से पांच सौ कदम के फासले पर जाकर सारी गाड़ियां रुक गई। सेमोयलेंको ने एक छोटी-सी हरी जमीन का टुकड़ा चुना जहां बहुत से पत्थर बिखरे थे, तूफान से गिरा एक पेड़ था, जिसकी जड़ें काई और चीड़ की सूखी पीली सुइयों से ढक गई थीं। यहां नदी के ऊपर लकड़ी का एक जर्जर पुल था और दूसरे पार मकई सुखाने के लिए एक खलिहान था जो चार नीचे लट्ठों पर खड़ा था। यह खलिहान परियों की कहानियों की, मुर्गी की टांगों पर खड़ी झोंपड़ी की तरह दिखाई देता था। दरवाजे से एक छोटी-सी सीढ़ी लटकी हुई थी।

सबके मन पर इस दृश्य की पहली प्रतिक्रिया यह हई कि शायद वे कभी उस स्थान से निकलकर नहीं जा सकेंगे। चारों तरफ, जहां भी नजर जाती थी, ऊंचे-ऊंचे पहाड़ खड़े थे और शाम के साये चाय-घर से साइप्रस के पेड़ों से आगे बढ़ रहे थे और काली नदी की तंग और घुमावदार घाटी और भी तंग नजर आ रही थी और पहाड़ ऊंचे दीख रहे थे। उन्हें नदी की कलकल ध्वनि और झींगुरों की आवाजें सुनाई दे रही थीं।

"खूबसूरत! देखो बच्चो! कितना शानदार दृश्य है। कितनी शांति है!" मारया कोन्स्तेंतीनोव्ना हर्षोन्माद की गहरी सांस लेकर बोली।

"हां, सचमुच बड़ा शानदार दृश्य है!" लायवस्की बोला। उसे यह दृश्य बहुत पसंद आया था। आकाश और चाय-घर की चिमनी में से उठते नीले धुएं को देखकर किसी अज्ञात कारण से उसका मन उदास हो गया था। उसने फिर कहा, "हां, बड़ा अच्छा दृश्य है।"

"ईवान एंद्रीच, इस दृश्य को शब्दों में बयान करो," मारया कोन्स्तेंतीनोव्ना ने आंखों में आंसू भरकर कहा।

"किसलिए!" लायवस्की ने पूछा, "मन का प्रभाव किसी भी बयान से बेहतर है। दृश्यों और ध्वनियों के जिस भंडार को हर आदमी सीधे प्रकृति से ग्रहण करता है, उसके बारे में लेखक इस भद्दे और अपरिचित ढंग से बकवास करते हैं।"

"सच?" वॉन कोरेन ने नीरस ढंग से, नदी के किनारे सबसे बड़े पत्थर पर चढकर बैठने की कोशिश करते हए कहा। "सच?" उसने सीधे लायवस्की की तरफ देखकर सवाल किया, और 'रोमियो-जूलियट' के बारे में या मिसाल के लिए पुश्किन के 'यूक्रेन' में एक रात के बारे में आप क्या कहेंगे? प्रकृति को चाहिए कि आकर इन लेखकों के कदमों पर गिरे।

"शायद," लायवस्की ने कहा। आलस्य के मारे वह कुछ सोचने या वॉन कोरेन की बात का विरोध करने में असमर्थ था। "हालांकि वैसे देखा जाए तो आखिर 'रोमियो एंड जूलियट' क्या चीज है?" उसने फिर कुछ देर रुककर कहा, "कविता की खूबसूरती और प्यार की पवित्रता के गुलाबों के नीचे ये लोग सड़ांद को छिपाना

चाहते हैं। रोमियो भी हम सब लोगों की जाति का ही पशु है।"

"तुमसे किसी भी चीज का जिक्र किया जाए तो तुम उसे एक ही बात पर ले आते हो..." वॉन कोरेन ने कात्या की तरफ देखा और बात बंद कर दी।

"किस बात पर ले आता हूं?" लायवस्की ने पूछा।

"मिसाल के लिए तुमसे अगर कहा जाए कि अंगूरों का गुच्छा कितना खूबसूरत है, तो तुम जवाब दोगे-'हां, लेकिन जब अंगूर खाए जाने के बाद पेट में हजम हो जाते हैं तो उनकी शक्ल कितनी बिगड़ जाती है। ऐसी बात कहने की क्या जरूरत है? यह कोई नई बात नहीं और...वैसे यह बड़ी ही अजीब आदत है।"

लायवस्की जानता था कि वॉन कोरेन उसे पसंद नहीं करता, इसलिए वह उससे डरता भी था। उसकी मौजूदगी में लायवस्की को ऐसा महसूस होता था जैसे सब लोग खिंचे-खिंचे-से हैं और उसकी पीठ के पीछे कोई खड़ा है। वह बिना जवाब दिए वहां से चल पड़ा। उसे अफसोस हो रहा था कि वह पिकनिक में क्यों शामिल हुआ था।

सेमोयलेंको ने आदेश दिया, "सज्जनो! आग जलाने के लिए लकड़ियां इकट्ठी करो, क्विक मार्च!"

सब अलग-अलग दिशाओं में चल पड़े। सिर्फ किरीलिन, ऐचमियानोव और निकोदीम अलेक्ज़ेंद्रिच वहां रह गए। कर्बाले कुर्सियां ले आया, जमीन पर उसने एक गलीचा बिछा दिया और शराब की बातेलें रख दी।

पुलिस-कप्तान किरीलिन लंबा, खूबसूरत आदमी था। वह हर मौसम में ओवरकोट पहनता था। उसके अहंकारपूर्ण व्यवहार, रौबीली चाल और मोटी, बैठी हुई आवाज से लगता था कि वह किसी प्रांत की पुलिस का चीफ है। उसके चेहरे पर शोक और नींद छाई रहती थी, मालूम होता था कि उसे अभी-अभी उसकी मरज़ी के खिलाफ जगाया गया हो।

उसने कर्बाले से पछा, "यह सब किसलिए लाए हो, जंगली आदमी!" वह जानबूझकर हर शब्द पर जोर दे रहा था। "मैंने तो तुम्हें शराब लाने का हुक्म दिया था और तुम यह क्या ले आए हो बदसूरत तातार, ऐंह, क्यों?"

निकोदीम अलेक्ज़ेंद्रिच ने शिष्ट और भीरु स्वर में कहा, "हमारे पास अपनी बहुत-सी शराब है, येगोर अलेक्सीच।"

"क्या? लेकिन मैं भी अपनी तरफ से सब लोगों के लिए शराब मंगवाना चाहता हूं। मैं पिकनिक में हिस्सा ले रहा हूं और मेरा ख्याल है कि मुझे अपना हिस्सा देने का पूरा अधिकार है, मेरा ख-ख्याल है। जाओ दस बोतलें लाओ?"

"इतनी बोतलों की क्या जरूरत है?" निकोदीम अलेक्ज़ेंद्रिच ने हैरानी से पूछा। उसे मालूम था कि किरीलिन के पास पैसा नहीं था।

"बीस बोतलें लाओ! नहीं, तीस!" किरीलिन चिल्लाया।

"कोई हर्ज नहीं, मंगवाने दो, बिल मैं दे दूंगा," एचमियानोव निकोदीम अलेक्ज़ेंद्रिच के कान में फुसफुसाया।

नादेज़्दा फ़्योदोरोव्ना इस वक्त शोखी और शरारत के मूड में थी। वह उछल-कूद, हंसी, छेड़-छाड़ चाहती थी। सस्ती सूती पोशाक में, जिसके ऊपर नीले रंग के फूल छपे थे, लाल जूतों और स्ट्रा हैट में वह अपने-आपको एक नन्ही, भोली और नाज़ुक तितली समझ रही थी। वह भागकर चरमराते हुए पुल पर पहुंची और क्षण भर के लिए उसने नीचे पानी में झांककर देखा, फिर वह हंसती, चीखती हुई शेड की दूसरी तरफ चली गई वह सोच रही थी कि सारे आदमी, यहां तक कि कर्बाले भी उसकी तरफ प्रशंसा भरी नजरों से देख रहे हैं; जब बढ़ते हुए अंधेरे में वृक्ष पहाड़ों में और घोड़े-गाड़ियों में अन्तर्धान होने लगे, और चाय-घर की खिड़कियों में बत्ती दिखाई दी, तो नादेज़्दा पत्थरों और कंटीली झाड़ियों में से गुजरते हुए टेढ़े-मेढ़े रास्ते से पहाड़ पर चढ़ गई और एक पत्थर पर बैठ गई। नीचे एक कैम्प फायर जल रही थी। आग के नजदीक अपनी आस्तीने ऊपर चढ़ाए पादरी चहलकदमी कर रहा था। उसकी लंबी काली परछाई आग के इर्द-गिर्द एक दायरा बना रही थी। वह आग में लकड़ियां डालता जाता था और एक लंबी छड़ी से बंधा हुआ चम्मच देगची में चलाता जाता था। सेमोयलेंको का चेहरा तांबे जैसा लाल हो गया था और वह चूल्हे के पास इस तरह शोरगुल मचा रहा था जैसे अपने बावर्चीखाने में बैठा हो। वह जोर से चिल्ला रहा था –

"नमक किधर है, सज्जनो? मैं शर्त लगाकर कह सकता हूं कि आप नमक लाना भूल गए हैं। आप सब रईसों की तरह आराम से क्यों बैठे हैं, जबकि सारा काम मैं कर रहा हूं?"

लायवस्की और निकोदीम अलेक्जेंद्रिच एक गिरे हुए पेड़ के तने पर एकसाथ बैठकर स्वप्लिन आंखों से आग की तरफ देख रहे थे। मारया कोन्स्तेंतीनोव्ना, कात्या और कोस्त्या, टोकरी में से प्याले, तश्तरियां और प्लेटें निकाल रहे थे। वॉन कोरेन पानी के किनारे एक पत्थर पर पैर रखकर, बांहें बांधे कुछ सोच रहा था। आग की लाल लपटें, परछाइयों के साथ, जमीन पर खड़ी काली मानव-आकृतियों पर हिल रही थीं, पहाड़ पर, वृक्षों पर, पुल पर, शेड पर कांप रही थीं और दूसरे किनारे पर रोशनी फैल गई थी। पानी में भी लपटें झिलमिला रही थीं। कलकल बहते मटमैले पानी ने लपटों की परछाइयों के छोटे-छोटे टुकड़े कर दिए।

कबनि नदी के किनारे मछली को धोकर साफ कर रहा था। पादरी वह मछली लेने गया, लेकिन आधे रास्ते में ही ठिठककर चारों तरफ देखने लगा।

"हे ईश्वर, कितनी खूबसूरती है! कहने को तो यहां सिर्फ लोग हैं, चट्टानें हैं, आग जल रही है, सांझ का झुटपुटा है–एक भयंकर-सा वृक्ष खड़ा है–इसके सिवा कुछ नहीं, लेकिन यह सब कितना हसीन मंज़र है।"

दूर, शेड के नजदीक कुछ अपरिचित लोग नजर आए। टिमटिमाती हुई रोशनी और धुएं की वजह से फौरन सारे लोग तो नजर न आ सके, लेकिन बीच-बीच में किसी के तिरछे हैट किसी की सफेद दाढ़ी, किसी की नीली कमीज, किसी के ज़ीर्ण-शीर्ण कपड़ों के ऊपर लटका हुआ खंजर, किसी का नौजवान, सांवला चेहरा–जिसकी भौहें इतनी काली थीं, जैसे कोयले से खींची गई हों–नजर आ जाता था। जमीन पर पांच आदमी गोल बांधकर बैठ गए और बाकी पांच शैड में चले गए। उनमें से एक शैड के दरवाजे के पास, दोनों हाथ पीठ पर रखकर खड़ा था और अपने साथियों से कुछ कह रहा था। वह जरूर कोई दिलचस्प बात सुना रहा था, क्योंकि जब सेमोयलेंको ने आग में और लकड़ियां फेंकी तो लपटों की रोशनी में उसे दो गंभीर चेहरे दिखाई दिए जो ध्यान से अपने साथी की बात सुन रहे थे। जमीन पर बैठे लोगों ने भी गर्दन घुमाकर बातें सुननी शुरू कर दी। जल्दी ही बैठे हुए लोगों ने धीमे और मीठे स्वर में कोई गीत गाना शुरू कर दिया, जो गिर्जे के संगीत की तरह था..उस संगीत को सुनकर पादरी ने कल्पना की कि दस बरस बाद, जब वह अभियान से लौटेगा, और एक नौजवान पादरी होने के साथ ही साथ मशहूर लेखक भी होगा और उसका शानदार अतीत होगा, तब वह मठाध्यक्ष बना दिया जाएगा, उसके बाद बिशप। वह कैथीड्रल में प्रीतिभोज करेगा और सुनहरी पोशाक पहनकर और गले में पवित्र मूर्ति लटकाकर गिर्जे में दाखिल होगा और दो-दो, तीन-तीन बत्तियों वाले शमादानों को हाथ में उठाकर लोगों को आशीर्वाद देगा और कहेगा, 'स्वर्ग से झांककर नीचे देखो ईश्वर! अपने उस अंगूरों के बाग को देखो जो तुमने अपने हाथों से लगाया है, और बालक फरिश्तों की सी आवाज में गाना शुरू कर देंगे, 'पवित्र परमेश्वर...'

"पादरी, वह मछली कहां है?" उसने सेमोयलेंको की आवाज सुनी।

वापिस आग की तरफ लौटते समय पादरी अपनी कल्पना में, जुलाई की गर्मी में धूल से भरी सड़क पर जाते एक गिर्जाघर के जलूस को देख रहा था। जलूस के आगे-आगे किसान झंडे लेकर चल रहे थे, औरतों और बच्चों के हाथों में पवित्र मूर्तियां थीं, फिर गाने की मंडली के लड़के थे। उनके पीछे गिर्जे का भंडारी चेहरा ढके और बालों में तिनके डालकर चला आ रहा था। उसके पीछे वह खद और उसके पीछे चोगा पहने धर्मोपदेशक था, जिसके हाथ में क्रास था। इन सबके पीछे धूल में किसानों का दल चल रहा था–जिसमें मर्द, औरतें, बच्चे सभी शामिल थे। भीड़ में उसकी पत्नी और धर्मोपदेशक की पत्नी सिर पर रूमाल बांधे चल रही थीं। संगीत–मंडली ने गाना शुरू किया। बच्चे रोने लगे। खेतों में पक्षी चहचहाने लगे...फिर जलूस खड़ा हो गया और उसपर पवित्र जल छिड़का गया...जलूस आगे चल पड़ा और सबने घुटने टेककर वर्षा के लिए प्रार्थना की। फिर भोजन और धार्मिक चर्चा...

'यह भी अच्छा है... पादरी सोच रहा था।

सात

किरीलिन और एचमियानोव पगडंडी के रास्ते पहाड़ पर चढ़ गए। एचमियानोव पीछे रुक गया। किरीलिन ऊपर नादेज़्दा फ़्योदोरोव्ना के पास चला गया।

"गुड इवनिंग," उसने अपनी टोपी छुकर कहा।

"गुड इवनिंग!"

"हां!" किरीलिन ने कहा और वह आकाश की तरफ देखकर कुछ सोचने लगा।

"हां किस लिए?" कुछ देर रुककर नादेज़्दा ने पूछा। वह जानती थी कि एचमियानोव उन दोनों को देख रहा था।

किरीलिन ने धीमी आवाज में कहा, "मालूम होता है कि खिलने से पहले हमारा प्योर मुझ गया है। तुम क्या चाहती हो? यह तुम्हारा नखरा है या मुझे निरा बुद्ध समझती हो, जिसे तुम जैसे चाहो नचा सकती हो।"

"यह एक गलती थी, मुझे परेशान मत करो!" नादेज़्दा ने तेजी से कहा। उस खूबसूरत शानदार शाम के वक्त वह आतंक भरी नजरों से किरीलिन को देख रही थी और मन ही मन हैरान होकर सोच रही थी, क्या सचमुच कभी ऐसा क्षण आया था जब वह उस आदमी के प्रति आकर्षित हुई थी और उसके आलिंगन में बंध चुकी थी।

"अच्छा तो यह बात है!" किरीलिन ने कहा। वह कुछ देर खामोश खड़ा रहा और बोला, "अच्छा मैं तब तक इंतजार करूंगा जब तक तुम्हारा मिजाज ठीक नहीं हो जाता। मैं तुम्हें यह यकीन दिला दूं कि मैं एक शरीफ आदमी हूं और किसी को अपनी शराफत पर शक नहीं करने दूंगा। अलविदा!"

उसने अपनी टोपी छुई, और झाड़ियों में से होता हुआ नीचे चला आया। थोड़ी देर बाद एचमियानोव हिचकिचाता हुआ वहां पहुंचा।

"कैसी बढ़िया शाम है!" उसका उच्चारण आमिनियन था।

वह खूबसूरत और फैशनेबल नौजवान था, और कुलीन घराने के लोगों की तरह उसकी बात में कोई बनावट नहीं थी। लेकिन नादेज़्दा को वह पसंद नहीं आया, क्योंकि उसके सिर पर एचमियानोव के बाप का तीन सौ रूबल कर्ज था। वह इसलिए भी नाराज थी कि एक दुकानदार को पिकनिक में क्यों बुलाया गया था। वह एचमियानोव के आने से चिढ़ गई क्योंकि इस वक्त उसका हृदय पवित्र था।

"पिकनिक बड़ी कामयाब रही!" एचमियानोव ने कुछ ठहरकर कहा।

"हां," नादेज़्दा ने समर्थन किया, लेकिन सहसा जैसे उसे अपने कर्ज का ख्याल आ गया और वह लापरवाही से बोली, "अपनी दुकान वालों से कह देना कि एक–आध दिन में ईवान एंद्रिच आकर तीन सौ रूबल दे जाएंगे...मुझे ठीक रकम याद नहीं।"

"मैं तीन सौ रूबल दे सकता हूं, अगर आप हर रोज उस कर्ज का जिक्र न किया करें। ऐसी नीरस बातें किस लिए की जाएं?"

नादेज़्दा हंस पड़ी। उसके दिमाग में एक दिलचस्प ख्याल आया। उसने सोचा कि अगर वह काफी हद तक अनैतिकता दिखाने के लिए तैयार हो जाए तो वह एक मिनट में अपने कर्ज से मुक्ति पा सकती है। मिसाल के लिए अगर वह इस खूबसूरत और बेवकूफ नौजवान पर जादू कर दे! यह कितनी दिलचस्प, हास्यपूर्ण और साहसपूर्ण बात होगी। सहसा नादेज़्दा के मन में तीव्र इच्छा हुई कि वह उस नौजवान को प्यार करने पर मजबूर करे, उसे लूटकर छोड़ दे और फिर देखे कि क्या होता है।

एचमियानोव ने भीरु स्वर में कहा, "अगर आप इजाजत दें तो मैं आपको एक सलाह दूं। किरीलिन से होशियार रहें। वह आपके बारे में सारी जगह बड़ी भयंकर बातें कहता फिरता है।"

हर बेवकूफ मेरे बारे में क्या कहता है, यह जानने में मुझे कोई दिलचस्पी नहीं।" नादेज़्दा फ़्योदोरोव्ना ने रूखे स्वर में कहा और सहसा उस खूबसूरत नौजवान की भावनाओं से खेलने का आकर्षण खत्म हो गया।

"हमें नीचे चलना चाहिए। वे लोग हमें बला रहे हैं।" नादेज़्दा बोली।

मछली का शोरबा तैयार हो गया था। सब प्लेटों में भरकर खा रहे थे, जैसे कोई धार्मिक अनुष्ठान हो रहा हो। ऐसी प्रवृत्ति सिर्फ पिकनिकों में ही नजर आती है। सब लोगों का ख्याल था कि मछली का शोरबा बहुत बढ़िया बना है और घर में उन्हें इतनी बढ़िया चीज कभी नसीब नहीं हुई। जैसा कि पिकनिकों में हमेशा होता है, नैपकिनों, पुलिन्दों, उड़ते हुए कागजों के ढेर में किसका गिलास कहां रखा है, किसकी रोटी कहां है, इसका किसी को पता ही न रहा। लोग अपने घुटनों पर और कालीन पर शराब और नमक गिरा रहे थे। अंधेरा बढ़ गया था और आग मंद

पड़ गई थी, लेकिन सब इतने आलस में थे कि किसी ने उठकर आग में लकड़ियां नहीं डाली। सबने खूब शराब पी, और यहां तक कि कोस्त्या और कात्या को भी पीने के लिए एक-एक गिलास दिया गया। नादेज़्दा फ़्योदोरोव्ना ने दो गिलास पिए। उसे थोड़ा-सा नशा चढ़ गया और वह किरीलिन को भूल गई।

"पिकनिक बहुत बढ़िया रही, कैसी खूबसूरत रात है, लेकिन मैं जाड़े को ज्यादा पसंद करूंगा। जाड़े का कॉलर बर्फ से रुपहला हो जाता है।"

"हर आदमी की अपनी रुचि होती है!" वॉन कोरेन बोला।

लायवस्की परेशान हो गया। आग की गर्मी से उसकी पीठ जल रही थी और वॉन कोरेन की नफरत उसके चेहरे और सीने को जला रही थी। एक शरीफ, कुलीन व्यक्ति की नफरत से, शायद जिसका कारण भी सही था, लायवस्की ने अपने को अपमानित महसूस किया, वह घबरा गया और इस नफरत का मुकाबला करने में अपने को असमर्थ देखकर उसने सुलह के अंदाज में कहा, "मुझे प्रकृति से गहरा प्यार है और मुझे अफसोस है कि मैं आपकी तरह प्राणिशास्त्री नहीं हूं। मुझे आपसे स्पर्धा होती है।"

"खैर, मुझे तो न स्पर्धा होती है न अफसोस ही है।" नादेज़्दा बोली, "मेरी समझ में नहीं आता कि लोग कीड़े-मकोड़े और पक्षियों में इतनी गंभीरता से कैसे दिलचस्पी ले सकते हैं, जबकि इंसान दुःख सहता है।"।

लायवस्की की भी यही राय थी। उसे प्राणिशास्त्र का बिलकुल कोई ज्ञान नहीं था, इसलिए वह उन लोगों की गंभीर और विद्वत्तापूर्ण बातों को समझने में असमर्थ था, जो चींटों की मूंछों और कीड़ों के पंजों और प्रोटोप्लाज़्म' नाम की चीज के अध्ययन में अपना वक्त लगाते थे (लायवस्की का ख्याल था कि प्रोटोप्लाज़्म घोंघे जैसी कोई चीज होती होगी) वह हमेशा उन लोगों से चिढ़ता था जो मानव-जाति के आरंभ और जीवन से संबंधित प्रश्नों को तय करते हैं। लेकिन नादेज़्दा फ़्योदोरोवना के शब्दों में उसे झूठ दिखाई दिया, इसलिए सिर्फ नादेज़्दा की बात काटने की खातिर ही उसने कहा, "सवाल पक्षियों का नहीं है बल्कि उनसे निकाले गए परिणामों का है।"

आठ

रात को देर हो गई थी। ग्यारह बजे के करीब सब लोग गाड़ियों में जाकर बैठे। सिर्फ नादेज़्दा फ्योदोरोव्ना और एचमियानोव वहां से गायब थे। वे नदी के उस पार हंसते हुए एक-दूसरे के पीछे भाग रहे थे।

"जल्दी करो दोस्तो!" सेमोयलेंको चिल्लाया।

"औरतों को शराब नहीं पिलानी चाहिए!" वॉन कोरेन धीमी आवाज में बोला।

लायवस्की, जो पिकनिक की थकान, वॉन कोरेन की नफरत और अपने विचारों की वजह से परेशान था, नादेज़्दा फ़्योदोरोव्ना से मिलने गया। नादेज़्दा बेहद खुश थी और पंख की तरह हल्की हो रही थी। उसकी सांस फूल रही थी। वह कहकहे लगा रही थी। उसने लायवस्की के दोनों हाथ पकड़ लिए और अपना सिर उसके वक्ष पर टिका दिया। लायवस्की चौंककर पीछे हट गया और रूखे स्वर में बोला, "तुम तो एक वेश्या की तरह व्यवहार कर रही हो!"

यह ऐसी घटिया बात थी कि फौरन लायवस्की को उसपर तरस आ गया। लायवस्की के क्रुद्ध, थके हुए चेहरे पर नादेज़्दा को नफरत, तरस और आत्मग्लानि नजर आई। उसका कलेजा फौरन बैठ गया। वह समझ गई कि वह उच्छृखलता की सीमा पार कर चुकी है और हद से ज्यादा खुला व्यवहार करती रही है। वह दुःख से पेरशान हो गई। उसे आभास हुआ कि वह भरकम, मोटी, भद्दी और नशे में धुत्त हो गई है। उसे सबसे पहले जो खाली गाड़ी नजर आई, वह उसमें बैठकर एचमियानोव के साथ चल दी। लायवस्की किरीलिन के साथ बैठा, वॉन कोरेन सेमोयलेंको के साथ और पादरी अन्य महिलाओं के साथ। सब लोग वहां से चल पड़े।

वॉन कोरेन ने अपना लबादा ओढ़ा और आंखें मूंदकर बोला, देख लिया इन

जापानी बंदरों को? तुमने सुन लिया कि कीड़े-मकोड़ों और पक्षियों में उसकी दिलचस्पी इसलिए नहीं, क्योंकि इंसान दुखी है। सब जापानी बंदर हम जैसे लोगों को इसी दृष्टि से देखते हैं। ये दासवृत्ति वाली चालाक कौम है, पिछली दस पीढ़ियों से इन्हें कोड़ों और मुक्कों का आतंक रहा है। ये सिर्फ हिंसा के सामने कांपते और धूप जलाते हैं, लेकिन अगर इनमें से किसी को स्वतंत्र समाज में छोड़ दिया जाए, जहां इनकी गर्दन पकड़ने वाला कोई न हो तो इनका डर दूर हो जाता है और ये अपने असली रंग में प्रकट होते हैं। चित्र-गैलरियों में, अजायबघरों में, थियेटरों में, या जब ये विज्ञान की चर्चा करते हैं, तब इन्हें देखिए! ये उत्तेजना से हांफने लगते हैं, गाली-गलौज करते हैं और नुक्ताचीनी करते हैं–नुक्ताचीनी तो ये करेंगे ही। यह गुलामी की निशानी है। आप ज़रा सुनकर देख लीजिए; बुद्धिजीवी-वर्ग को जेबकतरों से ज्यादा गालियां दी जाती हैं, क्योंकि हमारे समाज के तीन-चौथाई लोग गुलाम हैं और इसी तरह के बंदर हैं। ऐसा कभी नहीं होता कि एक गुलाम आपके आगे हाथ बढ़ाकर हार्दिक भाव से कहे, "आपने इतना काम किया है, इसके लिए धन्यवाद!"

"मेरी समझ में नहीं आता कि तुम आखिर चाहते क्या हो?" सेमोयलेंको ने उबासी लेकर कहा, "वह बेचारी सीधेपन में तुमसे विज्ञान की बातें करना चाहती थी और तुम उससे ऊलजलूल नतीजे निकाल रहे हो। तुम न जाने क्यों लायवस्की से नाराज हो, और चूंकि वह बेचारी उसके साथ रहती है, इसलिए उसके भी खिलाफ हो। वह बड़ी शानदार औरत है।"

"क्या बकवास है! वह एक मामूली रखेल, पतित और बेहूदा औरत है। सुनो अलेक्ज़ांद्र देविदिच, अगर तुम्हें कोई सीधी-सादी किसान औरत नजर आती है जो अपने पति के साथ नहीं रहती, जिसे सिवा दांत निपोरने के और कोई काम नहीं रहता, तो तुम उसे कहते हो, 'जाओ काम करो' लेकिन अब तुम सच कहने से क्यों डरते हो? सिर्फ इसीलिए न कि नादेज़्दा फ़्योदोरोवना एक मल्लाह की रखेल न होकर एक अफसर को रखेल है?"

"तो मैं क्या करूं? उसे मारूं, पीटूं?" सेमोयलेंको नाराज होकर बोला।

"पाप की प्रशंसा तो मत करो। हम लोग पाप की पीठ पीछे निंदा करते हैं. यह तो वैसा ही हुआ जैसे कोई किसी कोने में छिपकर मुंह चिढ़ाए। मैं प्राणिशास्त्री या समाजशास्त्री हूं, जो एक ही बात है। तुम डॉक्टर हो। समाज की हम लोगों में आस्था है। हमें समाज को चेतावनी देनी चाहिए कि नादेज़्दा ईवानोव्ना जैसी औरतें समाज के लिए, और आने वाली पीढ़ियों के लिए कितनी खतरनाक साबित हो सकती हैं।"

"ईवानोव्ना नहीं, फ़्योदोरोव्ना।" सेमोयलेंको ने गलती सुधारी, "लेकिन समाज को क्या करना चाहिए?"

"समाज? यह समाज का ही तो फर्ज है। मेरे ख्याल में तो सबसे सीधा और कारगर तरीका है–फौजी ढंग की जबरदस्ती, उसे अपने पति के पास वापिस भेज देना चाहिए। अगर उसका पति उसे कबूल न करे तो उसे काले पानी या किसी और संस्था में भेज देना चाहिए जहां उसका सुधार हो सके।"

"ओफ!" सेमोयलेंको ने एक ठंडी सांस ली। फिर कुछ देर बाद उसने शांत स्वर में पूछा, "उस दिन तुमने कहा था कि लायवस्की जैसे लोगों को खत्म कर देना चाहिए। मुझे...यह बताओ कि तुम...अगर सरकार या समाज तुम्हें लायवस्की को नष्ट करने की जिम्मेदारी दे तो क्या तुम...यह काम कर सकोगे?"

"मेरा हाथ बिल्कुल नहीं कांपेगा।"

नौ

पिकनिक से लौटकर, लायवस्की और नादेज़्दा फ्योदोरोव्ना अपने अंधेरे, उमस भरे, नीरस कमरों में चले गए। दोनों खामोश थे। लायवस्की ने एक मोमबत्ती जलाई। नादेज़्दा फ़्योदोरोव्ना अपना लबादा और हैट उतारे बगैर ही बैठ गई और उसने अपनी उदास, अपराध भरी आंखें उठाकर लायवस्की की तरफ देखा।

वह जानता था कि नादेज़्दा उससे सफाई चाहती है, लेकिन सफाई देने में बेकार ही थकान और परेशानी होती। आज उसका दिल भारी था, क्योंकि आज वह आत्म-संयम खो बैठा था और उसने नादेज़्दा का अपमान किया था। अचानक उसके हाथ जेब में रखे उस खत को छू गए जिसे वह कई दिनों से नादेज़्दा को पढ़कर सुनाना चाहता था। उसने सोचा कि अगर खत इसी वक्त नादेज़्दा को दिखा दिया जाए तो नादेज़्दा के विचार दूसरी दिशा में चले जाएंगे।

वह मन ही मन सोच रहा था, 'अब इस रिश्ते के स्पष्टीकरण का वक्त आ गया है। मैं यह खत उसे दे दूंगा। जो होना है, हो जाएगा।'

उसने खत जेब से निकालकर नादेज़्दा को दे दिया, "इसे पढ़ो। यह तुमसे ताल्लुक रखता है।"

यह कहकर वह अपने कमरे में चला गया और बिना तकिया लगाए अंधेरे में सोफे पर लेट गया। नादेज़्दा फ़्योदोरोव्ना ने खत पढ़ा और उसे लगा जैसे कमरे की छत और दीवारें टूटकर उसपर गिर रही हैं। सहसा उसकी आंखों के आगे अंधेरा छा गया। उसका दम घुटने लगा। उसने जल्दी-जल्दी तीन बार अपने शरीर पर क्रास का चिह्न बनाया और कहा–

"उन्हें शांति दो, हे ईश्वर...उन्हें शांति दो।" और वह रोने लगी।

"वान्या, ईवान एंद्रिच!" उसने आवाज दी।

लेकिन कोई जवाब न आया। उसका ख्याल था कि लायवस्की आकर उसकी

कुर्सी के पीछे खड़ा हो गया है। वह बच्चों की तरह फूट-फूटकर रोने लगी और बोली, "तुमने मुझे पहले उनकी मौत की खबर क्यों नहीं बताई? मैं पिकनिक में न आती। मैं इतनी जोर से न हंसती...मों ने तुझे बड़ी बेहूदी बातें कही थीं...कैसा गुनाह है! कैसा गुनाह है! मुझे बचा लो वान्या...मैं पागलपन कर बैठी हूं...मैंने अपने को बर्बाद कर लिया है..."

लायवस्की ने सिसकियों की आवाज सुनी। उसका दम घुटने लगा और उसका दिल जोर से धड़कने लगा। परेशानी में वह उठकर कमरे के बीचोबीच खड़ा हो गया और अंधेरे में रास्ता टटोलता हुआ मेज के पास रखी एक आरामकुर्सी पर जाकर बैठ गया।

'यह घर नहीं, जेलखाना है...मुझे यहां से चले जाना चाहिए। मैं इसे बर्दाश्त नहीं कर सकता।' वह सोच रहा था।

देर हो गई थी, इसलिए वह ताश नहीं खेल सकता था। शहर कोई रेस्तरां नहीं था। वह फिर लेट गया और उसने अपने कान ढक लिए ताकि उसे सिसकियों की आवाज न सुनाई दे सके। सहसा उसे याद आया कि वह सेमोयलेंको के यहां जा सकता है। नादेज़्दा के सामीप्य से बचने के लिए वह खिड़की के रास्ते उतरकर बाग में चला गया और दीवार फांद कर सड़क पर आ गया। बाहर अंधेरा था। एक बड़ा सा स्टीमर, जिसकी बत्तियों से मालूम होता था कि उसमें यात्री हैं, अभी-अभी आया था...उसने लंगर की जंजीर की खनखनाहट सुनी। किनारे से एक लाल रोशनी तेजी से स्टीमर की तरफ बढ़ रही थी। यह चुंगी वालों की किश्ती थी।

लायवस्की सोच रहा था, 'यात्री अपनी केबिनों में सो रहे होंगे, और उसे दूसरे लोगों की मानसिक शांति से ईर्ष्या हुई।

सेमोयलेंको के घर की खिड़कियां खुली थीं। लायवस्की ने बारी-बारी से सब खिड़कियों में झांककर देखा। भीतर अंधेरा और खामोशी छाई थी।

"अलेक्ज़ांद्र देविदिच, सो गए क्या? अलेक्ज़ांद्र देविदिच!" उसने आवाज दी।

किसी के खांसने की आवाज आई और कोई चिढ़कर बोला, "कौन है? कौन शैतान है?"

"माफ करना, मैं हूं, अलेक्ज़ांद्र देविदिच।"

थोड़ी देर बाद दरवाजा खुला, लैंप की मद्धम रोशनी चमकी और सेमोयलेंको की भरकम आकृति सामने आई। उसने सफेद कपड़े पहन रखे थे। सिर पर सफेद नाइटकैप थी।

"क्या है!" सेमोयलेंको ने खुजलाते हुए और नींद से हांफते हुए पूछा। "ठहरो, मैं अभी दरवाजा खोलता हूं।"

"तकलीफ करने की कोई जरूरत नहीं, मैं खिड़की में से आ जाऊंगा...।"

लायवस्की कूदकर खिड़की पर चढ़ गया और जाकर उसने सेमोयलेंको का हाथ पकड़ लिया।

"अलेक्ज़ांद्र देविदिच, मुझे बचाओ। मैं तुम्हारी मिन्नत करता हूं, तुम्हारे पैरों पड़ता हूं। ज़रा मेरी बात समझो। मेरी हालत दर्दनाक है। अगर दो दिन और हालत इसी तरह रही तो मैं अपने गले में फंदा डालकर मर जाऊंगा...कुत्ते की तरह।"

"ज़रा ठहरो...तुम किस बारे में बात कर रहे हो?"

"रोशनी करो।"

"ओह...ओह!" सेमोयलेंको ने एक मोमबत्ती जलाई, "हे ईश्वर! रात का एक बज चुका है, भाई।"

मैं आने के लिए माफी चाहता हूं, लेकिन मैं अपने घर नहीं रह सकता। तुम्ही मेरे एकमात्र, सबसे अच्छे दोस्त हो अलेक्ज़ांद्र देविदिच, लायवस्की को सेमोयलेंको की उपस्थिति और रोशनी से काफी तसल्ली हुई। तुम्हीं मेरी एकमात्र आशा हो। ईश्वर के लिए मुझे बचाओ, चाहे तुम्हारी मरज़ी हो या न हो। मुझे यहां से चले जाना होगा, चाहे कुछ भी हो, मुझे जाने के लिए पैसा दो।"

"ओह, माई गॉड...माई गॉड!" सेमोयलेंको ने खजलाते हए एक ठंडी सांस ली, "जब मुझे नींद आ रही थी तो स्टीमर की सीटी सुनाई पड़ी और अब तुम यहां...तुम्हें ज्यादा रकम चाहिए?"

"कम से कम तीन सौ रूबल। सौ रूबल उसके लिए छोड़ जाने होंगे। दो सौ रूबल सफर के लिए चाहिए...मुझे चार सौ रूबल पहले से देने हैं, लेकिन मैं तुम्हें सारी रकम भेज दूंगा...सारी..."

सेमोयलेंको ने एक हाथ से अपनी दोनों गलमुच्छे पकड़ ली और टांगें फैलाकर कुछ सोचने लगा।

"हां..." वह बड़बड़ाया, "तीन सौ...लेकिन मेरे पास इतनी रकम नहीं है, मुझे भी किसी से कर्ज लेना पड़ेगा।"

"ईश्वर के लिए, फिर उधार ही लो!" लायवस्की सेमोयलेंको के चेहरे से भांप गया कि वह कर्ज देने के लिए राजी है और जरूर देगा। "उधार ले लो, मैं तुम्हें जरूर पीटर्सबर्ग पहुंचते ही सारी रकम लौटा दूंगा, इस बारे में बिल्कुल निश्चित रहो। मैं कहता हूं साशा, आओ थोड़ी शराब पीएं।"

"हां...पी सकते हैं।"

दोनों जने डाइनिंग रूम में चले गए।

"और नादेज़्दा फ्योदोरोवूना का क्या होगा? वह भी तो तुम्हारे संग ही जाएगी न?" सेमोयलेंको ने मेज पर शराब की तीन बोतलें और आडुओं से भरी प्लेट रखते हुए पूछा।

"मैं सारा इंतजाम कर दूंगा, सब हो जाएगा।" लायवस्की ने अप्रत्याशित

उल्लास के साथ कहा, "बाद में मैं उसे पैसे भेज दूंगा और वह मेरे पास आ जाएगी ...फिर हम अपने रिश्ते का फैसला कर लेंगे। तुम्हारी सेहत के नाम! मेरे दोस्त!"

सेमोयलेंको ने कहा, "जरा ठहरो, पहले इसे पीओ...यह मेरे बाग के अंगूरों से बनी है, यह बोतल नवारिज के बाग के फलों से बनी है और यह अहानुलोव के बाग को है...तीनों किस्मों को चखकर मुझे ईमानदारी से बताओ,...मेरी शराब में कुछ कसैलापन मालूम होता है न? तुम्हें मालूम नहीं हो रहा?"

"हां! तुमने मुझे तसल्ली दी है अलेक्ज़ांद्र देविदिच। धन्यवाद...मेरी तबीयत अच्छी हो गई है।"

"शराब कसैली है?"

"यह तो ईश्वर ही जानता है, मुझे क्या मालूम! लेकिन तुम बड़े शानदार, बढ़िया आदमी हो।"

लायवस्की के पीले, उत्तेजित और खुशमिजाज चेहरे को देखकर सेमोयलेंको को वॉन कोरेन की बात याद आई। उसने कहा था कि लायवस्की जैसे लोगों को खत्म कर देना चाहिए। उसे लायवस्की एक कमजोर, अरक्षित बालक मालूम हो रहा था, जिसे कोई भी नुकसान पहुंचा सकता था और खत्म कर सकता था।

"तुम वहां जाकर अपनी मां से जरूर सुलह कर लेना। लड़ाई-झगड़ा ठीक नहीं।"

"हां, हां, जरूर कर लूंगा।"

दोनों कुछ देर तक खामोश रहे। पहली बोतल खत्म करने के बाद सेमोयलेंको ने कहा–

"तुम्हें वॉन कोरेन के साथ भी सुलह कर लेनी चाहिए। तुम दोनों इतने शानदार और योग्य आदमी हो, फिर भी भेड़ियों की तरह खूखार नजरों से एक-दूसरे की तरफ देखते हो।"

"हां, वह बड़ा अच्छा और समझदार आदमी है," लायवस्की ने समर्थन किया। इस वक्त वह सबकी तारीफ करने और सबको माफ करने के लिए तैयार था। "वह बड़ा शानदार आदमी है, लेकिन मेरी उससे नहीं पट सकती। नहीं! हमारे स्वभावों में बहुत ज्यादा फर्क है। मैं एक आलसी, कमजोर और दब्बू स्वभाव का आदमी हूं। शायद मैं अपना हाथ उसके आगे बढ़ाऊं, तो वह नफरत से मुंह मोड़ लेगा।"

लायवस्की ने शराब का एक घुंट पिया और चारों कोनों के चक्कर काटकर, कमरे के बीचोबीच आकर खड़ा हो गया।

"मैं वॉन कोरेन को अच्छी तरह समझता हूं। वह बड़े निरंकुश और शक्तिशाली स्वभाव का आदमी है। तुमने देखा है, वह लगातार अपने 'अभियान' की बातें करता रहता है, और यह कोरी बातें नहीं हैं। वह निर्जन, सुनसान और

चांदनी रात चाहता है, खुले आकाश तले छोटे-छोटे खेत हों, उसके बीमार और भूखे कज़्ज़ाक, गाइड कुली, डॉक्टर, पादरी सब थकान से चूर होकर सो रहे हों, सिर्फ वही जागता हो और एक कैम्प स्टूल पर स्टेनले की तरह बैठकर वह अपने को मरुस्थल का सम्राट और इन लोगों का मालिक महसूस करे। वह आगे बढ़ता जाए, उसके साथी एक-एक करके कराहकर मर जाएं, सिर्फ वही आगे बढ़ता जाए और अंत में खुद भी वहीं खत्म हो जाए। फिर भी वह मरुस्थल का सम्राट् रहेगा, क्योंकि तीस या चालीस मील दूर तक, आसपास के कारवां उसकी समाधि पर, बने क्रास को देख सकेंगे। मुझे अफसोस है कि यह आदमी फौज में नहीं है। फौज में वह जरूर जीनियस साबित होता। वह अपने घुड़सवारों की टुकड़ी को बिना किसी हिचकिचाहट के दरिया में डुबो देता और लाशों का पुल बना लेता। लड़ाई में तो किलेबन्दी या दांवपेंच से ज्यादा इसी किस्म की दिलेरी काम आती है। ओह, मैं उसे अच्छी तरह समझता हूं : मुझे बताओ, वह अपनी प्रतिभा यहां क्यों गंवा रहा है? यहां वह किस काम से आया है?"

"यहां वह समुद्र के जंतुओं का अध्ययन कर रहा है।"

"नहीं, भाई, नहीं!" लायवस्की ने ठंडी सांस लेकर कहा, "स्टीमर में मुझे एक वैज्ञानिक मिला था। उसने मुझे बताया था कि कृष्ण सागर में जंतुओं की संख्या बहुत कम है, समुद्र तल में सल्फ्यूरिक हाइड्रोजन इतना ज्यादा है कि चेतन जीवन पैदा हो ही नहीं सकता है। सारे गंभीर प्राणिशास्त्री या तो नेपल्स के बायोलोजिकल स्टेशन में काम करते हैं, या विलेफ्रांक में! लेकिन वॉन कोरेन मनमाना और जिद्दी है; वह कृष्ण सागर में इसलिए रिसर्च कर रहा है, क्योंकि और कोई वैज्ञानिक वहां नहीं है। यूनिवर्सिटी से उसकी बिल्कुल नहीं पटती, न ही अपने साथियों और दूसरे वैज्ञानिकों से उसका मेलजोल है, क्योंकि वह मूलत: निरंकुशवादी है, वैज्ञानिक बाद में है। और देख लेना, वह कुछ न कुछ जरूर करके रहेगा, वह अभी से ख्वाब देख रहा है कि अपने अभियान से लौटकर वह हमारे देश की यूनिवर्सिटियों में से तिकड़मी और औसत बुद्धि के लोगों को बाहर निकाल देगा और हमारे वैज्ञानिकों को सही तरीके से काम करने पर मजबूर करेगा। फौज की तरह साइंस में भी निरंकुशता का बोलबाला है। और वह इस सड़े हुए गांव में अपनी दूसरी गर्मी इसलिए गुजार रहा है, क्योंकि वह शहर में दूसरे नंबर पर होने की बजाय गांव में रहकर सबसे अग्रणी रहना चाहता है। यहां तो वह बादशाह और बाज की तरह है; वह सब लोगों पर रोब गांठता है और उन्हें अंगूठे के नीचे दबाए रखता है। उसने सबको अपने काम में जटा लिया है। वह सब लोगों के मामलों में दखल देता है। हर चीज उसके काम की है और सब लोग उससे डरते हैं। उसे लगता है कि मैं उसके पंजों में से बचकर निकला जा रहा है. इसलिए उसे मझसे नफरत है। क्या उसने तुमसे नहीं कहा कि मुझे या तो खत्म कर देना चाहिए या सख्त

सजा देकर जेल भेज देना चाहिए।"

"हां," सेमोयलेंको हंस पड़ा।

लायवस्की भी हंस पड़ा। उसने थोड़ी सी शराब पी ली और फिर एक आड़ू खाते हुए बोला–

"उसके आदर्श भी निरंकुशतापूर्ण हैं। साधारण लोग हमेशा अपने पड़ोसियों की भलाई की बात सोचते हैं, तुम्हारी, मेरी, सब आदमियों की–अगर वे संसार की भलाई के लिए काम कर रहे हों। वॉन कोरेन लोगों को मात्र कठपुतलियां और क्षुद्र समझता है, उसकी राय में लोग इतने क्षुद्र हैं कि उसकी जिंदगी में उनका कोई स्थान नहीं हो सकता। वह काम करता है: अभियान में जाकर अपनी गर्दन भी तुड़वा देगा, इसलिए नहीं कि वह अपने पड़ोसी को चाहता है, बल्कि मानव-जाति, भावी संतान और आदर्श इंसानों जैसे हवाई ख्यालों की खातिर। वह मानव-जाति के सुधार के लिए मेहनत करता है, और उसकी नजरों में हम लोग सिर्फ गुलाम है, तोप के लिए बारूद, और बोझा ढोने वाले जानवर। हममें से कुछ को तो वह खत्म कर देगा या साइबेरिया भेज देगा, बाकी को कठोर अनुशासन से तोड़ डालेगा, या अशक्तचीव की तरह उन्हें नगाड़े की आवाज के साथ सोने और जागने के लिए मजबूर करेगा। हमारी पवित्रता और नैतिकता की रक्षा के लिए हिजड़ों को नियुक्त करेगा और उन्हें हुक्म देगा कि जो भी हमारी संकीर्ण दकियानूसी नैतिकता के बाहर कदम रखे, उसे फौरन गोली से उड़ा दिया जाए। और यह सब मानव-जाति के सुधार के नाम पर होगा...और मानव-जाति किसे कहते हैं?–एक भ्रम, मरीचिका को...तानाशाह हमेशा से भ्रमों में विश्वास करते आए हैं। मैं उसे अच्छी तरह समझता हूं मेरे भाई। मैं उसके गुणों की कद्र करता हूं और उसके महत्त्व से इनकार नहीं करता। यह संसार उसी जैसे लोगों के बल पर चलता है, अगर हम लोगों के रहम पर संसार को छोड़ दिया जाए तो अपनी तमाम नेकनीयती और अच्छाइयों के बावजूद हम उसे तहस-नहस कर देंगे जैसे कि सामने की तस्वीर को मक्खियों ने खराब कर डाला है, हां।"।

लायवस्की, सेमोयलेंको के पास बैठ गया और हार्दिक स्वर से बोला, "मैं एक बेवकूफ, निकम्मा और दुराचारी आदमी हूं। जिस हवा में मैं सांस लेता हूं, वह शराब, प्यार, जिंदगी–दरअसल इन सब चीजों के बदले में मैंने झूठ, निकम्मेपन और भीरुता के सिवा कभी कुछ नहीं दिया। अब तक मैं अपने-आपको और दूसरे लोगों को धोखा देता आया हूं। मुझे इस बात का गम था, लेकिन मेरा गम सस्ता और साधारण था। वॉन कोरेन की नफरत के आगे अपनी पीठ झुकाता हूं क्योंकि अक्सर मुझे आत्मग्लानि महसूस होती है।"

उत्तेजित होकर लायवस्की ने फिर कमरे में चहलकदमी शुरू कर दी, और कहा–

"मुझे खुशी है कि मैं अपने दोषों को साफ देख सकता हूं और इस बारे में पूरी तरह सचेत हूं। इससे मुझे अपना सुधार करने में और नया इंसान बनने में मदद मिलेगी। मेरे दोस्त, काश तुम जानते कि मैं अपनी जिंदगी बदलने के लिए कितना बेकरार हैं: मेरे दिल में कितना दर्द है! और मैं कसम खाकर कहता हूं कि मैं आदमी बनूंगा! बनूंगा! मैं नहीं जानता कि मेरे भीतर से शराब बोल रही है, या मैं सच कह रहा हूं, लेकिन मुझे लगता है कि ऐसे पवित्र क्षण, जो मैं तुम्हारे साथ गुजार रहा हूं, ऐसे क्षण मेरी जिंदगी में कभी नहीं आए।"

"सोने का वक्त हो रहा है, भाई।" सेमोयलेंको ने कहा।

"हां, हां...मुझे माफ कर दो। मैं अभी जा रहा हूं।"

लायवस्की जल्दी-जल्दी मेजों, कुर्सियों और खिड़कियों में अपनी टोपी तलाश करने लगा।

उसने ठंडी सांस भरकर कहा, "धन्यवाद, धन्यवाद, दया और दोस्ती के शब्द दान से कहीं बेहतर हैं। तुमने मुझे नई जिंदगी दी है।"

उसे टोपी मिल गई। वह ठिठककर अपराधी भाव से सेमोयलेंको की तरफ ताकने लगा।

"अलेक्ज़ांद्र देविदिच!" उसने मिन्नत की।

"क्या बात है!"

"मेरे प्यारे दोस्त, आज रात मुझे अपने पास ठहरा लो।"

"जरूर...क्यों नहीं।"

लायवस्की सोफे पर लेट गया, और बहुत देर तक डॉक्टर से बातें करता रहा।

दस

पिकनिक के तीन दिन बाद मारया कोन्स्तेंतीनोव्ना अचानक नादेज़्दा फ़्योदोरोव्ना से मिलने चली गई। बिना किसी अभिवादन के, या अपना हैट उतारे, उसने नादेज़्दा के दोनों हाथ उठाकर, अपने सीने से लगा लिए और उत्तेजित स्वर में कहा–

"माई डियर, मुझे सख्त अफसोस हुआ है। हमारे नेकदिल डॉक्टर ने कल मेरे निकोदीम अलेक्जेंड्रिच को बताया था कि तुम्हारे पति की मृत्यु हो गई है। मुझे बताओ माई डियर...क्या यह खबर सच है?"

"हां, उनकी मृत्यु हो गई है; यह सच है।" नादेज़्दा फ़्योदोरोव्ना ने जवाब दिया।

"बड़े दुःख की बात है। लेकिन हर बुराई में से कोई न कोई अच्छाई जरूर निकलती है, तुम्हारे पति निश्चय ही नेक, शानदार और पवित्र होंगे, ऐसे लोगों की धरती की बजाय स्वर्ग में ज्यादा जरूरत होती है।"

मारया कोन्स्तीनोवना के चेहरे की हर रेखा और हर अंग कांपने लगा, जैसे उसकी चमड़ी में सुइयां चुभ रही थीं। उसने एक बादामरोगनी मुस्कराहट के साथ हांफकर तपाक से कहा–

"अच्छा तो अब तुम स्वतंत्र हो गई, माई डियर! अब तुम गर्व से अपना सिर ऊंचा उठाकर चल सकती हो, लोगों से नजरें मिला सकती हो। आज से ईश्वर और इंसान का आशीर्वाद ईवान एंद्रिच और तुम्हें मिल गया। कैसी खूबसूरत बात है। मैं खुशी से कांप रही हूं। अपनी खुशी को जाहिर करने के लिए मेरे पास शब्द नहीं हैं। माई डियर, मैं तुम्हारी शादी करूंगी.निकोदीम अलेक्जेंड्रिच और मैं, हम दोनों तुम्हें बहुत चाहते हैं, हम तुम्हारे पवित्र, न्यायसंगत रिश्ते को आशीर्वाद देना चाहते हैं। तुम्हारा कब शादी करने का इरादा है?"

"मैंने इस बारे में नहीं सोचा।" नादेज़्दा फ़्योदोरोव्ना ने अपने हाथ को

छुड़ाते हुए कहा।

"यह नामुमकिन है, माई डियर! तुमने सोचा है, जरूर सोचा है।"

"अपनी कसम, मैंने नहीं सोचा," नादेज़्दा फ़्योदोरोव्ना ने हंसकर जवाब दिया। हम शादी किसलिए करें? मुझे तो शादी की कोई जरूरत नहीं मालूम होती। जिस तरह पहले एकसाथ रहते आए हैं, उसी तरह रहते रहेंगे।"

"यह तुम क्या कह रही हो? ईश्वर के लिए जरा सोचो तो सही, कि तुम क्या कह रही हो?"

–मारया कोन्स्तेंतीनोव्ना आतंक भरे स्वर में बोली।

"हमारे शादी करने से स्थिति बेहतर होने की बजाय बिगड़ ही जाएगी। हम अपनी आजादी गंवा बैठेंगे।"

"माई डियर, माई डियर, तुम क्या कह रही हो!" मारया कोन्स्तेंतीनोव्ना पीछे हट गई और अपने हाथ ऊपर फेंककर बोली, "तुम अजीब सनक में बातें कर रही हो। ज़रा सोचो तो सही, तम क्या कह रही हो। तम्हें घर बसाना चाहिए।"

"घर बसाना चाहिए? क्या मतलब? अभी तो मेरी जिंदगी भी नहीं शुरू हुई और आप मुझसे घर बसाने के लिए कह रही हैं।"

नादेज़्दा फ़्योदोरोव्ना सोचने लगी कि सचमुच उसने जिंदगी नहीं देखी। बोर्डिंग स्कूल में पढ़ाई खत्म करते ही उसकी शादी एक ऐसे आदमी से हो गई थी जिसे वह प्यार नहीं करती थी। फिर उसने अपनी किस्मत लायवस्की के साथ जोड़ दी थी और उसके साथ सारा वक्त इस सुनसान, निर्जन समुद्रतट पर इस उम्मीद में गुजार रही थी कि कोई न कोई बेहतर चीज सामने आएगी। क्या इसीको जिंदगी कहते हैं?

हालांकि मुझे शादी कर ही लेनी चाहिए,' उसने सोचा, लेकिन किरीलिन और एचमियानोव की याद से उसका चेहरा सुर्ख हो गया और उसने कहा–

"नहीं, यह नामुमकिन है। अगर ईवान एंद्रिच मेरे कदमों पर सिर रखकर भी शादी का प्रस्ताव करें, तब भी मैं इनकार कर दूंगी।"

मारया कोन्स्तेंतीनोवना एक मिनिट तक खामोश और गंभीर भाव से शून्य में ताकती रहीं, फिर उठकर रूखे स्वर में बोली–

"गुडबाई, माई डियर! माफ करना, मैंने तुम्हें तकलीफ दी। मुझे यह कहते हुए तकलीफ हो रही है, लेकिन तुम्हें यह बता देना मेरा फर्ज है कि आज से हमारे सारे संबंध खत्म हुए और इस बात के बावजूद कि मैं ईवान एंद्रिच की बहुत इज्जत करती हूं, आज से मेरे घर के दरवाजे तुम्हारे लिए बंद हैं।"

ये शब्द इतनी गंभीरता से कहे गए थे कि मारया कोन्स्तेंतीनोव्ना खुद अपनी गंभीरता से आक्रांत हो गई। उसका चेहरा फिर कांपने लगा और बादामरोगनी भाव उसके चेहरे पर छा गया। उसने नादेज़्दा फ़्योदोरोव्ना के आगे दोनों हाथ फैला दिए।

नादेज़्दा स्तब्ध और घबराई हुई थी।

माई डियर! कम से कम एक क्षण के लिए तो मुझे अपनी मां या बड़ी बहन समझो। मैं तुमसे इस तरह खुलकर बात करूंगी जैसे मां अपने बच्चे से करती है।" उसने मिन्नत के स्वर में कहा।

नादेज़्दा के दिल में गर्मी, खुशी और अपने ऊपर दया पैदा हुई। उसे लगा जैसे सचमुच उसकी मां कब्र में से निकलकर उसके सामने आ खड़ी हुई हो। वह सहजभाव से मारया कोन्स्तेंतीनोव्ना के गले से जा लगी। दोनों ने आंसू बहाए। दोनों सोफे पर बैठ गई और एक-दूसरे की तरफ देखे या कुछ कहे बगैर सिसकने लगीं।

"मेरी प्यारी बच्ची, मैं तुम पर रहम किए बगैर तुम्हें कुछ कठोर सत्य बताना चाहती हूं।"

"बताइए, ईश्वर के लिए जल्दी बताइए।"

"मुझपर यकीन करो, मेरी बच्ची। तुम्हें याद होगा कि यहां की महिलाओं में से सिर्फ मैंने ही तुम्हारा स्वागत किया था। पहले दिन से ही तुम्हें देखकर मुझे ग्लानि हुई, लेकिन औरों की तरह तुमसे दुर्व्यवहार करने का मन नहीं हुआ। मुझे प्यारे, नेक ईवान एंद्रिच पर भी रंज होता था। ऐसा लगता था, जैसे वह अपना ही बेटा हो!-एक नातजुर्बेकार, कमजोर नौजवान, अजनबी स्थान पर आ गया हो। उसकी कोई मां न हो! मुझे चिंता हुई, बेहद चिंता हुई...मेरे पति नहीं चाहते थे कि हम उससे परिचय बढ़ाएं, लेकिन मैंने उनसे बातें की...उन्हें समझाया...ईवान एंद्रिच को और उसके साथ तुम्हें भी हम अपने घर बुलाने लगे। अगर न बुलाते तो उसका अपमान होता। मेरी एक लड़की है, एक लड़का है...तुम जानती हो, बच्चों का दिल कितना कोमल और पवित्र होता है...बाइबिल में लिखा है, 'जो भी इन नन्हें बच्चों को चोट पहुंचाता है'..मैंने तुम्हें अपने घर तो बुला लिया, लेकिन अपने बच्चों के भविष्य की कल्पना से मेरा दिल कांपने लगा। ओह, जब तुम मां बनोगी, तब समझ जाओगी कि मेरे दिल में इतने डर क्यों पैदा हुए? बुरा न मानना, सब लोगों को ताज्जुब हुआ कि मैंने एक शरीफ औरत होते हुए भी तुम्हें क्यों अपने घर बुलाया, लोगों ने मुझे इशारे भी किए...बदनामी, गलतफहमी के बारे में।...वैसे तो मेरा दिल तुम्हीं को दोष देता था, लेकिन तुम दुखी थीं, तुम्हारा दिल उखड़ा हुआ था, तुम्हारी दयनीय स्थिति देखकर मेरा कलेजा पिघल गया।"

"लेकिन क्यों? किसलिए?" नादेज़्दा फ़्योदोरोव्ना का सारा शरीर कांप उठा, "मैंने किसीका क्या बिगाड़ा है?"

"तुमने भयंकर पाप किया है। तुमने शादी के समय अपने पति को दिए वचन को तोड़ा है। तुमने एक शानदार नौजवान को भ्रष्ट किया। अगर उसकी मुलाकात तुमसे न होती तो शायद वह अपने ही वर्ग की किसी अच्छी खानदानी लड़की से शादी कर लेता और सब लोगों की तरह घर बसाकर रहता। तुमने उसकी जवानी

बर्बाद कर दी है। कुछ मत बोलो, कुछ मत बोलो, मेरी बच्ची! मैं कभी भी औरतों के पापों के लिए मर्दों को पापी नहीं समझ सकती। दोष हमेशा औरतों का ही होता है। घरेलू जिंदगी में मर्द ओछे और अस्थिर मन के होते हैं। वे दिल की बजाय दिमाग से काम लेते हैं। बहुत सी ऐसी बातें हैं जिन्हें मर्द नहीं समझते लेकिन औरत सब कुछ समझती है, सभी कुछ उसके ऊपर निर्भर करता है। उसे जिंदगी में बहुत कुछ मिलता है और उससे बहुत कुछ की मांग भी की जाएगी। ओह मेरी बच्ची, अगर औरत इस मामले में मर्द से ज्यादा बेवकूफ और कमजोर होती तो ईश्वर कभी भी उसे लड़के और लड़कियों की शिक्षा का दायित्व न सौंपता। और फिर माई डियर, तुमने सारी हया-शर्म भूलकर पाप के रास्ते पर कदम रखा। तुम्हारी जगह अगर कोई दूसरी औरत होती, तो लोगों की नजरों से छिपती फिरती, घर में बंद रहती, सिर्फ गिर्जाघर में काले कपड़े पहने ज़र्द चेहरा लिए रोती हुई नजर आती। तब सब लोग उसपर तरस खाते और कहते, 'हे ईश्वर, यह गुनहगार देवी फिर तुम्हारे चरणों में आ रही है, लेकिन माई डियर, तुम हया-शर्म को भूलकर खुलेआम, शानशौकत से रहती रही हो। मालूम होता था कि तुम्हें अपने पाप पर बड़ा अभिमान था। तुम शेखी से हंसती रहीं; तुम्हें देखकर मैं खौफ से कांप उठती थी। मुझे कई बार ऐसा लगता था कि जब तुम हमारे घर बैठी होगी तो किसी दिन जरूर हमारे घर पर बिजली गिरेगी। माई डियर, बोलो मत, बोलो मत!" नादेज़्दा फ़्योदोरोव्‌ना कुछ कहना चाहती थी। "मुझपर भरोसा रखो, मैं तुम्हें धोखा नहीं दूंगी। तुम्हारी आत्मा की आंखों से मैं एक सचाई भी नहीं छिपाऊंगी। मेरी बात सुनो मेरी बच्ची...ईश्वर बड़े पापियों पर निशान लगा देता है और तुम दागी जा चुकी हो। ज़रा सोचकर देखो, तुम्हारे कपड़े हमेशा से खौफनाक रहे हैं।"।

नादेज़्दा फ़्योदोरोव्‌ना की हमेशा से अपने कपड़ों के बारे में बहुत अच्छी राय थी। उसने रोना बंद कर दिया और हैरानी से मारया कोन्तेतीनोव्ना की तरफ देखने लगी।

"हां, बड़े ही खौफनाक! कोई भी तुम्हारे कपड़ों की शोखी और आडंबर से तुम्हारे चरित्र का अनुमान लगा सकता था। लोग तुम्हें देखकर हंसते थे और कंधे मटकाते थे और मुझे दुःख होता था..और माफ करना, माई डियर..तुम साफ-सुथरी भी नहीं रहती। जब स्नानगह में हमारी मलाकात हई थी तो तम्हें देखकर मैं कांप गई थी। तुम्हारे बाहर के कपड़े तो काफी अच्छे थे, लेकिन तुम्हारा पेटीकोट तुम्हारी शमीज...माई डियर, मैं शर्म से लाल हो गई थी! बेचारा ईवान एंद्रिच! कोई भी कभी उसका गुलूबंद ठीक से नहीं बांधता, और उसकी कमीज, बनियान और जूतों से कोई भी जान सकता है कि घर में कोई उसकी देखभाल करने वाला नहीं है। वह हमेशा भूखा रहता है और जब घर में किसी को चाय या कॉफ़ी बनाने की चिंता न हो तो आदमी अपनी आधी तनख्वाह रेस्तरां में खर्च करने के लिए मजबूर

हो जाता है। और तुम्हारे घर में बेहद गंदगी भी है। सारे शहर में और किसी के घर मक्खियां नहीं हैं लेकिन तुम्हारे कमरों में मक्खियों से छुटकारा नहीं, सारी प्लेटों और तश्तरियों पर मक्खियां भिनभिनाती रहती हैं। खिड़कियों और कुर्सियों पर धूल, मरी हुई मक्खियों और गिलासों के सिवा कुछ नहीं नजर आता।...तुम्हें इतने गिलासों की क्या जरूरत पड़ती है? और माई डियर, इस वक्त तक तुम्हारे खाने की मेज पर जूठे बर्तनों का ढेर लगा रहता है, और तुम्हारे सोने के कमरे में जाते हुए शर्म आती है। चारों तरफ शमीजें, पेटीकोट फैले रहते हैं, दीवारों पर रबर की ट्यूबें लटकी रहती हैं। बाल्टियां और चिलमचियां बिखरी रहती हैं..माई डियर! पति को कुछ मालूम नहीं होना चाहिए, बीवी को पति की मौजूदगी में फरिश्ते की तरह साफ-सुथरा रहना चाहिए। मैं रोज दिन निकलने से पहले ही उठकर ठंडे पानी से मुंह धो लेती हूं ताकि मेरे निकोदीप अलेक्जेंद्रिच मुझे उबासी लेते हुए न देख लें।"

"यह सब बकवास है! काश, मैं सुखी होती! लेकिन मैं बहुत दुखी हूं।" नादेज़्दा फ्योदोरोव्ना सिसक रही थी!

हां हां, तुम बहुत दुखी हो!" मारया कोन्स्तेंतीनोवना ने एक ठंडी सांस ली। वह मुश्किल से अपने रोने पर काबू पा सकी, "और भविष्य में भी तुम्हारे लिए भयंकर दुःख छिपे हैं, बुढ़ापे में अकेलापन, बीमारी और फिर ईश्वर के आगे जवाबदेही...बड़ी भयंकर बात है। अब किस्मत ने तुम्हारी मदद के लिए हाथ बढ़ाया है और तुम पागलों की तरह उसे झटक रही हो। शादी कर लो! जल्दी से शादी कर लो!"

हां, हमें शादी कर लेनी चाहिए, कर लेनी चाहिए! लेकिन यह नामुमकिन है!" नादेज़्दा फ़्योदोरोव्ना ने कहा।

"क्यों?"

"यह नामुमकिन है! काश, आपको इसका कारण मालूम होता!"

नादेज़्दा के मन में आया कि मारया कोन्स्तेंतीनोवना को किरीलिन के बारे में बता दे, और साथ में यह भी बता दे कि समुद्र के किनारे कल शाम जब उसकी एचमियानोव से मलाकात हई थी और उसके दिमाग में ख्याल आया था कि उसका तीन सौ रूबल का कर्ज चुक जाएगा, उसके दिल में बड़ी गुदगुदी मची थी, और जब शाम को वह देर से घर लौटी थी तो उसे महसूस हो रहा था कि उसने अपने को बेच दिया है और पूरी तरह से गंवा दिया है। यह सब कैसे हुआ, यह उसे खुद भी नहीं मालूम था और वह मारया कोन्स्तेंतीनोव्ना के सामने यह कसम खाने के लिए व्याकुल हो रही थी कि वह जरूर अपना कर्ज चुका देगी, लेकिन शर्म और सिसकियों के मारे वह कछ न कह पाई।

"मैं यहां से जा रही हूं। ईवान एंद्रिच चाहें तो यहीं रह सकते हैं लेकिन मैं

जा रही हूं।"

"कहां?"

"रूस!"

"लेकिन, तुम वहां रहोगी कैसे? तुम्हारे पास गुजारे का कोई भी साधन नहीं है।"

"मैं अनुवाद करूंगी या...या मैं कोई लाइब्रेरी खोल लूंगी।"

"ख्याली पुलाव मत पकाओ, माई डियर! लाइब्रेरी खोलने के लिए भी पास में पैसा होना चाहिए। अच्छा अब मैं चलती हूं, तुम ठंडे दिल से फिर सारी बातों पर गौर करना, और कल खुशी-खुशी मुझसे मिलने आना, कैसी खूबसूरत बात होगी! अच्छा, गुडबाई, मेरी परी रानी मुझे अपना माथा चूमने दो।"।

मारया कोन्स्तेंतीनोव्ना ने नादेज़्दा का माथा चूमा और उसके शरीर पर क्रास का निशान बनाकर चुपके से चली गई। अंधेरा हो रहा था, ओल्गा ने रसोई में बत्ती जलाई। नादेज़्दा अब भी रो रही थी। वह सोने के कमरे में जाकर पलंग पर लेट गई। उसका शरीर बुखार से तपने लगा। बिना उठे ही उसने कपड़े उतारे और उन्हें गुड़ी-मुड़ी करके अपने पैरों के पास रख लिया। फिर बिस्तर में जा घुसी। उसे प्यास लगी थी और वहां पानी देने वाला कोई नहीं था।

'मैं सारा कर्ज चुका दूंगी,' उसने मन ही मन सोचा और तेज बुखार में उसे लगा कि वह किसी बीमार औरत के सिरहाने बैठी हुई है। वह औरत वह खुद ही थी। मैं सारा कर्जा अदा कर दूंगी। यह सोचना बेवकूफी होगी कि मैंने पैसे की खातिर यह किया...मैं चली जाऊंगी और पीटर्सबर्ग पहुंचकर उसे पैसे भेज दूंगी, पहले एक सो...फिर एक सो...और फिर आखिरी सौ।'

रात को लायवस्की देर से लौटा। नादेज़्दा ने उससे कहा, "पहले एक सौ ...फिर एक सौ... !"

"तुम्हें कुनीन लेनी चाहिए," लायवस्की ने कहा और वह मन ही मन सोचने लगा, 'कल बुधवार है, कल स्टीमर चला जाएगा, लेकिन मैं उसमें नहीं जा रहा। सो हर हालत में मुझे शनिवार तक यहां रहना ही पड़ेगा।'

नादेज़्दा घुटनों के बल बिस्तर पर बैठ गई। उसने मुस्कराकर, रोशनी की तरफ देखते हुए अपनी आंखें सिकोड़कर पूछा–

"मैंने अभी कुछ कहा तो नहीं था?"

"नहीं, कुछ नहीं कहा था। कल सुबह हमें डॉक्टर को बुलाना पड़ेगा। अब सो जाओ।"

लायवस्की तकिया उठाकर दरवाजे की तरफ चल पड़ा। जब से उसने नादेज़्दा को छोड़कर जाने का पक्का फैसला कर लिया था, तबसे नादेज़्दा के प्रति उसके मन में दया और अपराध की भावना पैदा होने लगी थी। उसकी मौजूदगी

में लायवस्की शर्मिंदा महसूस करने लगा था, जिस तरह कोई बीमार या बूढ़े घोड़े के सामने जाने में, जिसे मार डालने का फैसला किया जा चुका हो, हिचकिचाता है। उसने दहलीज में खड़े होकर नादेज़्दा की तरफ देखा।

"पिकनिक में मेरा मूड खराब हो गया था और मैंने तुमसे कोई सख्त बात कह दी थी। ईश्वर के लिए मुझे माफ कर दो।"

–यह कहकर वह अपने स्टडी-रूम में जाकर लेट गया। बहुत देर तक उसे नींद नहीं आई।

अगले दिन सुबह सेमोयलेंको मय तमगों के पूरी वर्दी पहनकर आया, जैसे छुट्टी का दिन हो। नादेज़्दा की नब्ज और जीभ देखने के बाद वह कमरे से बाहर निकला तो लायवस्की ने, जो दहलीज में खड़ा था, चिंतित स्वर में पूछा, "क्यों, क्या खबर है?"

लायवस्की के चेहरे पर आतंक, घबराहट और आशा का भाव था।

"चिंता न करो। खतरे की कोई बात नहीं, मामूली बुखार है।" सेमोयलेंको ने कहा।

"मेरा मतलब यह नहीं था। पैसे का इंतजाम हुआ या नहीं?"

"मेरे अजीज, मुझे माफ करो," सेमोयलेंको ने घबराकर चारों तरफ देखा और फुसफुसाया, "किसी के पास फालतू पैसा नहीं है और मैं अभी तक मुश्किल से पांच-पांच, दस-दस रूबल इकट्ठे कर पाया है...कुल एक सौ दस रूबल। आज मैं किसी और से बात करूंगा, धीरज रखो।"।

"लेकिन शनिवार आखिरी तारीख है," लायवस्की बेचैनी से कांपता हुआ फुसफुसाया, "तुम्हें दुनिया की हर पवित्र चीज की कसम, शनिवार तक इंतजाम कर दो। अगर मैं शनिवार तक यहां से न चला गया तो फिर कोई फायदा नहीं। मेरी समझ में नहीं आता कि एक डॉक्टर बिना पैसों के कैसे रह सकता है?"

"ईश्वर हमपर रहम करे।" सेमोयलेंको ने भावुक स्वर में कहा। उसकी आवाज टूट रही थी।

"मैं पूरी तरह लुट चुका है। लोग मुझसे सात हजार रूबल कर्ज ले चुके हैं और मैं भी कर्ज में हूं। क्या इसमें मेरा दोष है?"।

"तो फिर तुम शनिवार तक इंतजाम कर दोगे न?"

"मैं कोशिश करूंगा।"

"मैं तुम्हारी मिन्नत करता हूं, मेरे दोस्त! शुक्रवार की सुबह तक पैसा मेरे हाथ में पहुंच जाना चाहिए।"

सेमोयलेंको ने बैठकर कुनीन, और बाकी दवाइयों के मिक्सचर का नुस्खा लिखा। उसका स्वाद मीठा करने के लिए गुलाबी शर्बत भी जोड़ दिया, और फिर चला गया।

ग्यारह

सेमोयलेंको को पूरी वर्दी में अपनी तरफ आते देखकर वॉन कोरेन ने कहा–
"कहां?"

"मैं इधर से गुजर रहा था। मैंने सोचा, ज़रा जांकर प्राणि-विज्ञान को ही अभिवादन कर आऊं," सेमोयलेंको ने एक बड़ी मेज के पास बैठते हुए कहा, जो वॉन कोरेन ने खुद सादे तख्ते ठोंककर तैयार की थी।

"गुड मानिंग होली फादर!" सेमोयलेंको ने पादरी से कहा, जो खिड़की में बैठकर किसी चीज की नकल कर रहा था।

"मैं थोड़ी देर यहां बैठकर घर चला जाऊंगा। खाना तैयार कराने का वक्त हो गया है..मैं तुम्हारे काम में विघ्न तो नहीं डाल रहा?"।

"बिल्कुल नहीं।" वॉन कोरेन ने मेज पर महीन लिखावट से भरे कागज रखते हुए कहा, "हम लोग नकल कर रहे हैं।"

"आह...! ओह, मेरे ईश्वर, मेरे ईश्वर!" सेमोयलेंको ने ठंडी सांस लेकर कहा। उसने सावधानी से मेज पर से एक धूल भरी किताब उठाई, जिसपर एक मरा हुआ सूखा मकड़ा पड़ा था, और कहा, "ज़रा सोचो, कोई हरा गुबरीला अपना काम कर रहा है और अचानक इस तरह का एक राक्षस उसके ऊपर झपट्टा मारता है। मैं बेचारे गुबरीले के भय की कल्पना कर सकता हूं।"

"हां, मेरा भी ऐसा ही ख्याल है।"

"क्या मकड़े को कुदरत इसलिए जहर देती है ताकि वह दुश्मनों से अपना बचाव कर सके?"

"हां, बचाव के लिए और इसलिए भी कि वह हमला कर सके।"

"बेशक, बेशक..मेरे अजीजो, कुदरत की हर चीज़ में एकरूपता है और उसका कारण बताया जा सकता है।" सेमोयलेंको ने कहा, सिर्फ मुझे एक बात समझ

में नहीं आती। तुम बड़े बुद्धिमान् आदमी हो, मेहरबानी करके मुझे समझाओ। तुम जानते हो, चूहे के आकार के कई छोटे-छोटे जंतु होते हैं, जो देखने में बड़े खूबसूरत मालूम होते हैं। लेकिन, बड़े ही बेहूदे और अनैतिक होते हैं। यह मैं तुम्हें बता दूं। मान लो एक छोटा सा जानवर जंगल में भाग रहा है। उसे एक पक्षी दिखाई देता है। वह उस पक्षी को पकड़कर खा जाता है। आगे जाकर घास में उसे एक घोंसले में अंडे रखे हुए नज़र आते हैं। उसे अंडों की भूख नहीं है, लेकिन फिर भी वह एक अंडा चखता है और अपने पंजे से बाकी अंडों को घोंसले से निकालकर घास में बिखेर देता है। फिर एक मेंढक से उसकी मुलाकात होती है और वह मेंढक के साथ खेलता है। मेंढक को जी भरकर सताने के बाद वह अपना बदन चाटता है और एक गुबरीला उसे दिखाई देता है। वह अपने पंजे से उसे कुचल डालता है..इस तरह वह अपने रास्ते में आने वाली हर चीज को खराब और बर्बाद कर देता है...वह और जानवरों की मांद में घुस जाता है, चीटियों के बनाए मिट्टी के तोदों को तोड़ देता है, घोंघे की सीपी तोड़ देता है, अगर उसे कोई चूहा नजर आता है तो वह उसके साथ लड़ाई करता है। अगर कोई सांप नजर आता है तो वह जरूर उसका गला घोंट देता है। अब मुझे यह बताओ कि इस तरह के जानवर का क्या फायदा है? कुदरत ने उसे क्यों बनाया?

"पता नहीं, तुम कौन से जानवर का जिक्र कर रहे हो! मेरे ख्याल में तो वह कोई कीटभक्षी जंतु है। अच्छा तो उसने पक्षी को इसलिए पकड़ा क्योंकि पक्षी लापरवाह था। उसने अंडों को इसलिए तोड़ा क्योंकि पक्षी चतुर नहीं था–उसने घोंसले को सही ढंग से नहीं बनाया था, न उसे घोंसले को छिपाना ही आता था। मेंढक के रंग में जरूर कोई दोष रहा होगा वरना मेंढक उसे दिखाई ही नहीं दे सकता था, वगैरह वगैरह! तुम्हारा यह नन्हा जानवर सिर्फ कमजोरों, नालायकों और लापरवाहों को ही बर्बाद करता है–दरअसल उन जीवों को ही जिनमें ऐसे नुक्स हैं कि कुदरत भी नहीं चाहती कि भावी संतान में भी वे नुक्स आएं। सिर्फ योग्य, ताकतवर, सावधान और विकसित जीव ही जिंदा रह पाते हैं, इसलिए तुम्हारा नन्हा जानवर अनजाने में ही सृष्टि का सुधार करने और उसे दोषरहित बनाने का काम कर रहा है।"

"हां, हां, हां...सुनो भाई, मुझे सौ रूबल उधार दे दो।" सेमोयलेंको ने कहा।

"बहुत अच्छा। कीटभक्षी स्तनधारी जंतुओं में बड़े दिलचस्प किस्म के जंतु होते हैं। मिसाल के लिए छछंदर को इसलिए उपयोगी माना जाता है, क्योंकि वह जहरीले कीड़ों को खाता है। कहा जाता है, किसी जर्मन ने सम्राट विलियम प्रथम को छछूंदरों के चमड़ों का कोट भेजा था, सम्राट ने हुक्म दिया कि इतनी बड़ी संख्या में छछूंदर जैसे उपयोगी जन्तुओं की हत्या के लिए उस आदमी को सजा मिलनी चाहिए। फिर भी छछूंदर तुम्हारे नन्हें जन्तु से कम खूंख्बार नहीं होता। वह बेहद

शरारती होता है और घास के मैदानों का सत्यानाश कर देता है।"

वॉन कोरेन ने एक संदूक खोला और एक सौ रूबल का एक नोट निकालकर संदूक बंद करते हए कहा, "चिमगादड की तरह छछुंदर के वक्ष में भी बड़ी ताकत होती है। उसकी हड़ियां और पुढे बहुत विकसित होते हैं, मुंह में असाधारण ताकत होती है। अगर उसके शरीर का पैमाना हाथी जैसा बड़ा होता तो वह एक विनाशकारी और अजेय जानवर बन जाता। धरती के नीचे दो छछूंदरों की मुलाकात बहुत दिलचस्प होती है। दोनों जैसे किसी पहले से किए गए समझौते के मुताबिक जमीन खोदकर एक छोटा-सा चबूतरा तैयार करते हैं। इस चबूतरे से उन्हें लड़ाई करने में ज्यादा सुविधा रहती है। चबूतरा बनाने के बाद दोनों में घमासान लड़ाई होती है और दोनों तब तक लड़ते रहते हैं जब तक कमजोर की मौत नहीं हो जाती। यह रहे सौ रूबल," सहसा वॉन कोरेन की आवाज धीमी हो गई, "लेकिन एक शर्त है कि इस कर्ज का फायदा लायवस्की नहीं उठाएगा।"

सेमोयलेंको भड़क उठा। "मान लो अगर यह कर्ज लायवस्की के लिए ही हो? इससे तुम्हें क्या फर्क पड़ता है?"

"मैं लायवस्की के लिए यह रकम नहीं दे सकता। मुझे मालम है कि तुम्हें लोगों को कर्ज देने का बड़ा शौक है, अगर करीम डाकू तुमसे कर्ज मांगे, तो तुम उसे भी दे दोगे, लेकिन माफ करना, इस दिशा में मैं तुम्हारी कोई मदद नहीं कर सकता।"

"हां, मैं लायवस्की के लिए ही यह रकम मांग रहा हूं," सेमोयलेंको ने कहा। वह खड़ा होकर अपनी दाई बांह हिलाने लगा, "हां, लायवस्की के लिए, लेकिन किसी भी राक्षस या शैतान को मुझे यह बताने का हक नहीं कि मैं अपना पैसा कहां और किस तरह खर्च करूं? तुम मुझे उधार नहीं देना चाहते? कहो।"

पादरी हंसने लगा।

वॉन कोरेन ने कहा–

"गुस्सा मत करो। विवेक से काम लो। मेरे ख्याल में तो मिस्टर लायवस्की को फायदा पहुंचाना उतना ही निरर्थक है, जैसे कांटों में पानी देना या टिडी-दल को खाना खिलाना।"

"मेरे ख्याल में अपने पड़ोसियों की मदद करना हमारा फर्ज है।" सेमोयलेंको चिल्लाया।

"अगर ऐसी बात है, तो उस भूखे तुर्क की मदद करो जो बीमार के पास लेटा है। वह कारीगर है और तुम्हारे लायवस्की से कहीं ज्यादा काम का आदमी है। यह सौ रूबल का नोट उसे दे दो। या सौ रूबल मेरे अभियान के लिए मुझे दे दो।"

"मैं पूछता हूं कि तुम मुझे पैसा दोगे या नहीं?"

"मुझे साफ-साफ बताओ, लायवस्की किसलिए पैसा चाहता है?"

"इसमें कोई राज़ नहीं, वह शनिवार को पीटर्सबर्ग जाना चाहता है।"

"अच्छा तो यह बात है! अहा! मैं समझ गया। वह औरत भी उसके साथ जा रही है क्या? या कोई और इंतजाम किया जा रहा है।?"

"फिलहाल तो वह यहीं रहेगी। पीटर्सबर्ग पहुंचकर वह अपना कोई इंतजाम करेगा और उसे पैसे भेजेगा, तभी वह यहां से जाएगी।"

"इसे कहते हैं चालाकी। स्मार्ट! खूब अच्छी स्कीम बनाई है! वॉन कोरेन ऊंचे स्वर में हंस पड़ा।

वह फुर्ती से सेमोयलेंको के सामने जाकर खड़ा हो गया और उसकी आंखों में आंखें डालकर बोला, "मुझे ईमानदारी से बताओ! क्या वह उस औरत से ऊब गया है? क्यों? क्या वह उससे ऊब गई है? क्यों?"

"हां," सेमोयलेंको ने जवाब दिया। उसे पसीना आ रहा था।

"कैसी घृणित बात है!" वॉन कोरेन के चेहरे पर घृणा की स्पष्ट झलक थी। "दो बातें साफ हैं अलेक्ज़ांद्र देविदिच : या तो तुम उसकी साजिश में शामिल हो या माफ करना, या तुम निरे बुद्ध हो। तुम नहीं देखते कि वह इतनी बेहयाई से बच्चे की तरह तुमसे सलूक करता है? वाह! यह साफ जाहिर है कि वह उस औरत से पल्ला छुड़ाना चाहता है, और उसे यहीं छोड़कर चला जाना चाहता है। तुम्हें उसका बोझ भी संभालना होगा। यह भी साफ जाहिर है कि तुम्हें उसे पीटर्सबर्ग अपने खर्च पर भेजना पड़ेगा। क्या तुम्हारे शानदार दोस्त ने तुम्हारी आंखें इतनी चौंधिया दी है कि तुम्हें यह मामूली-सी बात भी नजर नहीं आती?"

"यह सब तुम्हारी कल्पना है!" सेमोयलेंको ने बैठते हुए कहा।

"कल्पना है? लेकिन वह उस औरत को साथ ले जाने की बजाय उसे छोड़कर क्यों जा रहा है? उसे पूछो कि वह उस औरत को पहले क्यों नहीं भेजता? दगाबाज जानवर!"

अपने दोस्त के बारे में सहसा शंकाएं और संदेह उठने से सेमोयलेंको का उत्साह कुछ ठंडा पड़ गया और उसके लहजे में नर्मी आ गई।

"लेकिन यह नामुमकिन है! वह बेचारा तो इतना दुखी है!" उसे कल रात की याद आई जो लायवस्की ने उसके यहां गुजारी थी।

"तो क्या हुआ? चोर और बदमाश भी दुखी होते हैं?"

"मान लो तुम्हारी बात सच है," सेमोयलेंको ने हिचकिचाते हुए कहा, "माना ...लेकिन वह एक अजनबी नौजवान है...एक विद्यार्थी है। हम लोग भी विद्यार्थी रह चुके हैं, हमारे सिवा उसकी मदद करने वाला कोई नहीं।"

"तुम उसे घृणित कामों में मदद देना चाहते हो, क्योंकि कभी तुम दोनों अलग-अलग यूनिवर्सिटियों के विद्यार्थी रह चुके हो, और तुम दोनों ने अपने

विद्यार्थी-जीवन में कुछ नहीं किया। वॉट नौनसेन्स!"

"बस करो! आओ, ठंडे दिमाग से इस बारे में बात करें। मेरा ख्याल है, कोई न कोई इंतजाम तो किया ही जा सकता है।" सेमोयलेंको ने अपनी उंगलियां चटखाते हुए सोचने की मुद्रा में कहा, "अच्छा देखो, मैं उसकी मदद तो करूंगा, लेकिन उससे कसम ले लूंगा कि एक हफ्ते के भीतर वह नादेज़्दा फ़्योदोरोव्ना को सफर के लिए किराए के पैसे भेज देगा।"

"वह कसम खा लेगा-वह आंसू भी बहाएगा और उसे खुद अपनी नेकनीयती पर यकीन हो जाएगा। लेकिन उसकी कसम का आखिर क्या मूल्य है? वह कभी भी अपना वचन पूरा नहीं करेगा, और एक-दो बरस बाद जब नेवस्की प्रोस्पेक्ट पर तुम्हारी मुलाकात उससे होगी, तो वह किसी नई रखेल की बांहों में बांहें डालकर घूम रहा होगा और वह यह बहाना बनाकर तुमसे माफी मांग लेगा कि सभ्यता ने उसे अपाहिज बना दिया है और वह रूदीन के सांचे में ढला है। ...ईश्वर के लिए उसका साथ छोड़ दो। गंदगी से दूर रहो! अपने दोनों हाथ गंदे मत करो।"

सेमोयलेंको ने क्षण भर के लिए कुछ सोचा, फिर दृढ़ स्वर में कहा–

"लेकिन मैं उसे पैसे तो दूंगा ही, तुम चाहे जो सोचो। मैं कोरी कल्पना के आधार पर ही किसी इंसान की मदद करने से इनकार नहीं कर सकता।"

"बहुत अच्छी बात है, अगर चाहो तो तुम उसे चूम भी सकते हो।"

"तो लाओ, सौ रूबल!" सेमोयलेंको ने भीरु स्वर में कहा।

"मैं नहीं दूंगा।"

इसके बाद खामोशी छा गई। सेमोयलेंको हतोत्साह हो गया था। उसके चेहरे पर सकपकाहट, अपराध और चापलूसी छाई थी। और इस दयनीय, बचकाने, शर्मीले चेहरे वाले लंबे-चौड़े आदमी के बदन पर वर्दी, तमगे और सम्मान के चिह्न बड़े ही विचित्र दिखाई दे रहे थे।

"यहां का बिशप अपने इलाके में गाड़ी की बजाय घोड़े पर सवार होकर जाता है। उसे घोड़े पर बैठा देखकर हृदय द्रवित हो जाता है। उसकी नम्रता और सादगी में बाइबिल का वैभव है।" पादरी ने अपनी कलम एक तरफ रखकर कहा।

"क्या वह शरीफ आदमी है?" वॉन कोरेन ने पूछा। बातचीत का विषय बदला देखकर उसे खुशी हुई।

"और नहीं तो क्या! अगर वह शरीफ आदमी न होता तो तुम्हारा ख्याल है, वह कभी बिशप बन सकता था?"

"बिशपों में नेक और प्रतिभाशाली आदमी भी होते हैं, लेकिन, मुसीबत सिर्फ यह है कि उनमें से कुछ लोग अपने को राजनीतिज्ञ समझने की कमजोरी कर बैठते हैं, कोई रूसीकरण में दिलचस्पी लेने लगता है, और कोई विज्ञान की नुक्ताचीनी

करता है। यह उनका काम नहीं। बेहतर हो, अगर वे अपनी धार्मिक पंचायत की ही देखभाल करें।"

"साधारण लोगों को बिशपों के आचरण पर राय देने का अधिकार नहीं है।"
"क्यों, पादरी। बिशप भी तो हमारी तरह एक इंसान ही है।"

"इंसान तो है, मगर हम लोगों जैसा इंसान नहीं." पादरी ने बुरा मनाया और कलम फिर से उठा ली। "अगर तुम भी वैसे होते तो तुम पर ईश्वर की कृपा होती और तुम भी बिशप होते। चूंकि तुम बिशप नहीं हो, इसलिए तुम वैसे नहीं हो।"

"फिज़ूल की बातें मत करो, पादरी।" सेमोयलेंको ने हताश भाव से कहा, "अच्छा, मैं एक बात बताता हूं। मुझे ये सौ रूबल मत दो। जाड़ों से पहले तीन महीने तक तुम मेरे यहां खाना खाओगे, मुझे तीन महीने का एडवांस दे दो।"

"नहीं दूंगा।"

सेमोयलेंको ने आंखें झपकाई और उसका चेहरा लाल हो गया। उसने यंत्रवत् वह किताब उठाकर देखी, जिसपर एक मरा टिड्डा पड़ा था, और फिर अपना हैट उठाकर खड़ा हो गया।

वॉन कोरेन को उसपर तरस आ गया। उसने एक कागज को ठोकर से कोने में गिराते हुए कहा, "ऐसे लोगों के साथ गुजारा करना कितना मुश्किल है। तुम्हें समझ लेना चाहिए कि यह दयालुता और प्रेम नहीं बल्कि कायरता, ढिलाई और जहर है। बुद्धि से इंसान जो हासिल करता है, हम लोग अपने थुलथुले, निकम्मे दिलों से उसे गंवा देते हैं। जब मैं स्कूल में पढ़ता था, तब एक बार मुझे टाइफाइड हो गया, मुझसे हमदर्दी दिखाने के लिए मेरी चची ने मुझे गुच्छी का अचार खाने के लिए दे दिया, और मैं मरता-मरता बचा। तुम्हें और मेरी चची दोनों की समझ में आना चाहिए कि मानव-प्रेम दिल में, पेट में या आंतों में नहीं होता, बल्कि यहां होता है।"

वॉन कोरेन ने अपने माथे पर मुक्का मारा और सेमोयलेंको के हाथ पर सौ रूबल का नोट पकड़ाते हुए कहा

"यह लो।"

सेमोयलेंको ने नोट तहाते हुए नर्म स्वर में कहा, "नाराज होने की कोई बात नहीं, कोल्या। मैं तुम्हारी बात समझता हूं। लेकिन...तुम मेरी स्थिति में अपने को रखकर सोचो।"

"तुम बुढ़िया हो। बस!"

पादरी हंस पड़ा।

वॉन कोरेन ने गुस्से में कहा–

"मेरी आखिरी मिन्नत सुन लो अलेक्ज़ांद्र देविदिच; इस शर्त पर उसे पैसा देना कि वह अपनी मेम साहब को साथ ले जाए या पहले से भेज दे। उसके साथ

तकल्लुफ से पेश आने की कोई जरूरत नहीं। उसे यह कह देना। अगर न कहोगे तो मैं कसम खाकर कहता हूं कि मैं उसके दफ्तर जाकर ठोकर मारकर उसे सीढ़ियों से नीचे ढकेल दूंगा, और तुमसे मेरी बोलचाल खत्म हो जाएगी, यह समझ लो।"

"ठीक है! उसे साथ ले जाने में या पहले से भेजने में लायवस्की को ज्यादा सुविधा होगी। सचमुच उसे बहुत खुशी होगी। अच्छा, गुडबाई"

उसने स्नेहपूर्वक 'गुडबाई कहा और चला गया, लेकिन दरवाजा बंद करने से पहले उसने क्रुद्ध नजरों से वॉन कोरेन को देखा और कहा–"जर्मनों ने तुम्हें बर्बाद किया है भाई! हां जर्मनों ने।"

बारह

अगले दिन बृहस्पतिवार को, मारया कोन्स्तेंतीनोव्ना ने कोस्त्या का जन्मदिन मनाया। सबको दोपहर के वक्त टिकिया खाने के लिए और शाम के वक्त चाकलेट पीने के लिए निमंत्रण दिया था। शाम के वक्त जब लायवस्की और नादेज़्दा फ़्योदोरोव्ना वहां पहुंचे, तो वॉन कोरेन ने, जो ड्राइंग रूम में बैठा चाकलेट पी रहा था, सेमोयलेंको से पूछा–

"क्या तुमने उससे बात की है?"

"अभी नहीं।"

"देखो, तकल्लुफ मत बरतो! मुझे इन लोगों की गुस्ताखी समझ में नहीं आती। वे अच्छी तरह जानते हैं कि इस परिवार के लोगों की उनके छिनालपन के बारे में क्या राय है, फिर भी वे जबर्दस्ती यहां आते हैं।"

"अगर इंसान हर वहम की तरफ ध्यान देता फिरे तो कहीं नहीं जा पाएगा।" सेमोयलेंको ने कहा।

"तुम कहना चाहते हो कि अनैतिकता और गुप्त प्रेम-संबंध के प्रति जनता के मन में जो ग्लानि पैदा होती है, वह कोरा वहम है?"

"निश्चय ही यह वहम और नफरत है। जब सिपाही लोग किसी ओछी लड़की को देखते हैं, तो वे हंसते और सीटियां मारते हैं, लेकिन ज़रा उनसे पूछो कि वे खुद कैसे हैं।"

"वे बिना कारण के ही सीटियां नहीं बजाते। लडकियां अपने अवैध बच्चों का गला घोंट डालती हैं और उसके लिए जेल की सजा भुगतती हैं। अन्ना कैरेनीना ने ट्रेन के नीचे आकर आत्महत्या कर ली थी। गांवों में लोग फाटकों को कोलतार से रंग देते हैं। तुम और मैं, बिना कारण जाने कात्या जैसी पवित्र लड़की को देखकर खुश होते हैं। हर आदमी के दिल में पवित्र प्रेम की अव्यक्त आकांक्षा रहती है।

हालांकि सब जानते हैं कि ऐसा पवित्र प्रेम मिलना असंभव है–क्या ये सब बातें वहम हैं? यही एक चीज है भाई, जो कुदरत की निर्वाचन प्रणाली में बच पाई है। अगर मर्द और औरत के रिश्ते में यह रहस्यमयी शक्ति काम न कर रही होती तो लायवस्की जैसे लोगों की बन आती और दुनिया दो ही बरसों में सड़ जाती।"

लायवस्की ने ड्राइंग रूम में आकर सबको नमस्कार किया और चापलूसी भरे ढंग से मस्कराते हए वॉन कोरेन से हाथ मिलाया। उपयक्त अवसर पाकर वह सेमोयलेंको से बोला–

"माफ करना, अलेक्ज़ांद्र देविदिच, मुझे तुमसे एक बात करनी है।"

सेमोयलेंको उठ खड़ा हुआ और लायवस्की की कमर में हाथ डालकर निकोदीम अलेक्ज़ेंद्रिच के अध्ययन-कक्ष में चला गया।

लायवस्की ने अपने नाखून कुतरते हुए कहा, "कल शुक्रवार है तुमने जिस चीज का वायदा किया था, वह हो गई।"

"मैं सिर्फ दो सौ रूबल जमा कर पाया हूं। बाकी आज या कल में जमा कर लूंगा। चिंता न करो।"

"ईश्वर का लाख-लाख शुक्र..." लायवस्की ने ठंडी सांस ली और उसके हाथ खुशी से कांपने लगे, "तुम मुझे बचा रहे हो अलेक्ज़ांद्र देविदिच, और मैं ईश्वर की, अपनी खुशी की या जिस चीज की तुम चाहो, सौगंध खाकर कहता हूं कि वहां पहुंचते ही मैं तुम्हारी रकम अदा कर दूंगा, और तुम्हारा पहला कर्ज भी अदा कर दूंगा।"

"देखो वान्या..." सेमोयलेंको का चेहरा सुर्ख हो गया था उसने लायवस्की के कोट का बटन छूकर कहा, "माफ करना, मैं तुम्हारे व्यक्तिगत जीवन में दखल दे रहा हूं, लेकिन..तुम नादेज़्दा फ़्योदोरोव्ना को अपने साथ क्यों नहीं ले जाते?"

"तुम भी अजीब आदमी हो। यह कैसे मुमकिन हो सकता है? हम दोनों में से एक को यहां ठहरना चाहिए, वरना लेनदार आफत मचा देंगे। जानते हो, सात सौ रूबल तो मुझे दूकानदारों को ही देने हैं। देखना, कुछ ही दिनों में मैं उन्हें सारी रकम भेज दूंगा–उनके मुंह बंद हो जाएंगे, फिर नादेज़्दा आ सकती है।"

"समझा...लेकिन नादेज़्दा को पहले क्यों नहीं भेज देते?"।

"हे ईश्वर, मला यह भी मुमकिन है? वाह, वह एक औरत है। वहां वह अकेली क्या करेगी? उसे क्या तजुर्बा है? सिर्फ वक्त और पैसा बेकार होगा?" लायवस्की आतंकित हो गया।

'यह तो ठीक बात है... सेमोयलेंको ने सोचा, लेकिन उसे वॉन कोरेन के साथ हुई अपनी बातचीत याद आ गई, और उसने नीची नजरें करके क्रुद्ध स्वर में कहा, "मैं तुम्हारे साथ सहमत नहीं हो सकता। उसे अपने साथ ले जाओ या पहले भेज दो...वरना मैं तुम्हें पैसे नहीं दूंगा। यह मेरा पक्का फैसला है।"

सेमोयलेंको लड़खड़ाकर दरवाजे से टकराया, और फिर ड्राइंगरूम में चला गया। घबराहट के मारे उसका बुरा हाल था और उसका चेहरा लाल हो गया था।

ड्राइंगरूम में लौटते समय लायवस्की सोच रहा था, 'शुक्रवार...शुक्रवार... शुक्रवार... !'

उसे पीने के लिए चाकलेट का एक प्याला दिया गया। उसने गर्म चाकलेट से अपनी जीभ और ओंठ जला लिए। 'शुक्रवार...शुक्रवार!'–वह सोच रहा था।

किसी कारण से शुक्रवार' शब्द उसके दिमाग में से निकल नहीं पा रहा था। इस शब्द के सिवा वह कोई और बात नहीं सोच सकता था, सिर्फ एक बात उसके सामने साफ थी : दिमाग में नहीं बल्कि दिल के किसी कोने में। वह यह थी कि वह शनिवार को नहीं जाएगा। उसके सामने निकोदीम अलेक्ज़ेंद्रिच खड़े थे। साफ-सुथरे बाल कनपटियों से चिपके हुए थे।

"कुछ खाने को लीजिए।"

मारया कोन्स्तेंतीनोव्ना ने मेहमानों को कात्या की पढ़ाई की रिपोर्ट दिखाई और सोई-सोई-सी आवाज में बोली–

"आजकल स्कूल में नाम हासिल करना बहुत मुश्किल है, बच्चों से बहुत ज्यादा उम्मीद की जाती है..."

"मां!" कात्या बोली। उसकी समझ में नहीं आ रहा था कि प्रशंसा से पैदा हुई अपनी घबराहट को वह कैसे छिपाए?

लायवस्की ने भी रिपोर्ट को देखा और उसकी तारीफ की। बाइबिल, रूसी भाषा, आचरण के पांच और चार नंबर उसकी आंखों के आगे नाचने लगे, साथ ही ये 'शुक्रवार' की प्रेत जैसी टेक भी उसके कानों में गूंज रही थी। निकोदीम अलेक्ज़ेंद्रिच की संवारी हुई जुल्फें और कात्या के लाल गालों ने उसके दिल में बेहद उकताहट पैदा कर दी। उसका आकुल मन क्रंदन कर उठा। उसने मन ही मन सोचा, 'क्या यह संभव है, क्या यह संभव है कि मैं यहां से नहीं जाऊंगा?'

ताश खेलने की दो मेजें साथ-साथ लगा दी गई और सब लोग खेलने बैठे। लायवस्की भी बैठ गया।

उसने मुस्कराकर अपनी जेब में से पेंसिल निकाली और सोचा, 'शुक्रवार... शुक्रवार...'

वह अपनी स्थिति पर विचार करना चाहता था, लेकिन उसे सोचने से डर लग रहा था। इस एहसास ने कि डॉक्टर ने उस धोखे को पहचान लिया है जिसे वह इतने दिनों से अपने-आपसे छिपाने की कोशिश कर रहा था, उसे आतंकित कर दिया था। हर बार जब वह अपने भविष्य की कल्पना करता था, तब वह अपने विचारों को खुली छूट नहीं दे पाता था। वह ट्रेन में बैठकर वहां से चल देगा और इस तरह उसके जीवन की समस्या सुलझ जाएगी, इससे आगे वह अपने विचारों

को नहीं जाने देता था। दूर खेतों में जलती हुई मद्धिम रोशनी की तरह कभी-कभी उसके दिमाग में यह ख्याल टिमटिमाता था कि भविष्य में कभी पीटर्सबर्ग की किसी छोटी गली में नादेज़्दा फ़्योदोरोव्ना से और अपने कर्जों से छुटकारा पाने के लिए उसे छोटे से झूठ का आश्रय लेना पड़ेगा। सिर्फ एक ही झूठ से उसकी नई जिंदगी शुरू हो जाएगी, और वह सही बात थी। एक छोटे से झूठ की कीमत पर उसे इतना बड़ा सच मिल सकता था।

अपने साफ इनकार से डॉक्टर ने बड़े भोंडे ढंग से उसके धोखे की तरफ इशारा किया था। वह समझ गया कि उसे न केवल सुदूर भविष्य में ही, बल्कि आजकल, एक महीने बाद, शायद सारी जिंदगी धोखे की जरूरत पड़ती रहेगी। दरअसल यहां से जाने के लिए उसे नादेज़्दा फ़्योदोरोव्ना से, लेनदारों से, अपने अफसरों से झूठ बोलना पड़ेगा। फिर पीटर्सबर्ग पहुंचकर पैसा पाने के लिए उसे मां से झूठ बोलना पड़ेगा; यह कहना पड़ेगा कि वह नादेज़्दा फ़्योदोरोव्ना के साथ अपना रिश्ता तोड़ चुका है, और मां से भी उसे पांच सौ रूबल से ज्यादा रकम नहीं मिलेगी। इसका मतलब हुआ कि वह डॉक्टर को पहले से ही धोखा दे चुका है, क्योंकि वह डॉक्टर का कर्ज जल्दी अदा नहीं कर पाएगा। बाद में जब नादेज़्दा फ़्योदोरोव्ना पीटर्सबर्ग आएगी तो उससे छुटकारा पाने के लिए लगातार छोटे और बड़े धोखे करने पड़ेंगे। फिर आंसुओं, नीरसता, घृणित अस्तित्व, पश्चात्ताप का सिलसिला शुरू होगा, जिसका मतलब है कि कोई नई जिंदगी शुरू नहीं होगी। धोखे के सिवा कुछ भी नहीं। झूठ का एक बड़ा-सा पहाड़ लायवस्की की कल्पना के आगे खड़ा हो गया। थोड़ा-थोड़ा कूदने की बजाय वह एक ही बार में सारा पहाड़ कूद जाना चाहता था, इसके लिए सख्त, दुराग्रहपूर्ण कार्रवाई करनी पड़ेगी-मिसाल के लिए, उसे बिना एक भी शब्द कहे, अपना हैट पहनकर बिना सफाई दिए या कारण बताए फौरन चले जाना होगा। लेकिन लायवस्की को महसूस हुआ कि उसके लिए यह नामुमकिन है।

शुक्रवार...शुक्रवार...शुक्रवार' वह सोच रहा था।

उधर एक नया खेल शुरू हो रहा था। छोटे-छोटे कागज के छोटे पुर्जों पर कुछ लिखकर उन्हें लपेट दिया गया था और निकोदीम अलेक्जेंद्रिच के पुराने हैट में रख दिया गया था, जब काफी पुर्जे इकट्ठे हो गए तो कोत्स्या ने, जो डाकिये का अभिनय कर रहा था, मेज के इर्द गिर्द घूमकर, सब लोगों को पुर्जे बाटे। पादरी, कात्या और कोत्स्या, को बड़े ही दिलचस्प पुर्जे दिए गए, उन्होंने भी ज्यादा से ज्यादा दिलचस्प पुर्जे लिखने की कोशिश की। उन्हें बेहद खुशी हो रही थी।

नादेज़्दा फ़्योदोरोव्ना ने एक पुर्जे में पढ़ा, "आओ छोटी सी बात करें।" उसने मारया कोन्स्तेंतीनोव्ना की तरफ देखा, मारया कोन्स्तेंतीनोव्ना ने बादामरोगनी मुस्कान के साथ सिर हिलाकर इशारा किया।

'क्या बात करें? अगर इंसान पूरी बात नहीं कर सकता तो बात करने का क्या फायदा?' नादेज़्दा सोच रही थी।

शाम को पार्टी में आने से पहले उसने लायवस्की का गुलुबंद बांधा था। इससे उसकी आत्मा कोमलता और शोक से भर गई थी। लायवस्की के चेहरे की परेशानी, उसकी खोई-खोई नजरें, चेहरे का पीलापन, और पिछले कुछ दिनों से उसमें जो परिवर्तन आया था, और वह रहस्य जिसे वह लायवस्की से छिपाए हुए थी, गांठ बांधते वक्त उसके हाथों का कांपना–ये सारी बातें उसे बता रही थी कि अब वे दोनों ज्यादा दिन एकसाथ नहीं रहेंगे। उसने लायवस्की की तरफ इस तरह देखा जैसे वह कोई मूर्ति हो। उसकी आंखों में पश्चात्ताप और आतंक भरा था, वह मन ही मन कह रही थी, 'मुझे माफ कर दो, माफ कर दो।'

नादेज़्दा के सामने एचमियानोव बैठा था। वह लगातार अपनी काली, प्रेम से विह्वल आंखों से उसकी तरफ देख रहा था। नादेज़्दा के दिल में वासना जागृत हुई। उसे अपने ऊपर शर्म आ रही थी, और उसे डर था कि अपनी दुर्दशा और दुःख के बावजूद अगर आज नहीं तो कल वह अपवित्र वासना के आगे आत्मसमर्पण करने से अपने को रोक नहीं पाएगी–एक शराबी की तरह वह अपने ऊपर काबू नहीं रख सकेगी।

नादेज़्दा ने फैसला किया कि वह यहां से चली जाएगी, ताकि वह इस जिंदगी को खत्म कर सके जो उसके लिए शर्मनाक और लायवस्की के लिए अपमानजनक है। वह रो-रोकर लायवस्की से जाने की इजाजत मांगेगी, अगर लायवस्की ने उसका विरोध किया तो वह चुपके से चली जाएगी। वह इस बीच जो कुछ हुआ वह लायवस्की को नहीं बताएगी ताकि लायवस्की के मन में उसकी स्मृति पवित्र बनी रहे।

'आई लव यू, आई लव यू, आई लव यू.' नादेज़्दा ने पढ़ा। वह पुर्जा एचमियानोव का भेजा हुआ था।

नादेज़्दा सोच रही थी कि वह कहीं दूर जाकर काम करेगी और लायवस्की को 'गुमनाम' पैसा, कढ़ी हुई कमीजें, और तंबाकू भेजा करेगी। सिर्फ बुढ़ापे में या गंभीर बीमारी की हालत में जब लायवस्की को सेवा सुश्रूषा की जरूरत पड़ेगी, तभी वह उसके पास आएगी। बुढ़ापे में या जब लायवस्की को मालूम होगा कि किन कारणों से नादेज़्दा ने उसकी पत्नी बनना स्वीकार नहीं किया था और वह उसे छोड़कर चली गई थी, तो वह उसके त्याग का मूल्य समझेगा और उसे क्षमा कर देगा।

"तुम्हारी नाक लंबी है," एक और पुर्जा आया। जरूर यह पादरी ने या कोत्स्या ने लिखा होगा।

नादेज़्दा कल्पना कर रही थी कि लायवस्की से विदा लेते वक्त वह किस

तरह आवेश में उसका आलिंगन करेगी, उसका हाथ चूमेगी और सौगंध खाकर कहेगी कि वह जिंदगी भर लायवस्की को प्यार करती रहेगी, जिंदगी भर। और फिर जब अपरिचित लोगों के बीच अंधकारपूर्ण जिंदगी बसर करेगी तो हर रोज वह सोचा करेगी कि संसार में कहीं उसका एक दोस्त है, कोई ऐसा व्यक्ति है जिसे वह प्यार करती है–एक पवित्र, नेक और उदात्त व्यक्ति है जिसके मन में नादेज़्दा की स्मृति पवित्र है।

"अगर तुमने आज मुझसे मुलाकात न की, तो मैं भी कसम खाकर कहता हूं कि मैं भी कोई कदम उठाऊंगा। तुम शरीफ लोगों से इस तरह सलूक नहीं कर सकती, तुम्हें यह समझ लेना चाहिए।" यह पुर्जा किरीलिन ने भेजा था।

तेरह

लायवस्की को दो पुर्जे मिले। एक पर लिखा था, "मुझे छोड़कर मत जाओ मेरे डार्लिंग!"

वह सोचने लगा, 'यह पुर्जा किसने लिखा है? सेमोयलेंको ने हरगिज नहीं लिखा होगा, न ही पादरी ने, क्योंकि उसे नहीं मालूम कि मैं यहां से जाना चाहता हूं। शायद वॉन कोरेन ने लिखा हो!'

वॉन कोरेन मेज पर झुककर एक पिरामिड की रेखाएं खींच रहा था। लायवस्की को लगा जैसे वॉन कोरेन आंखों ही आंखों में मुस्करा रहा है।

'हो सकता है, सेमोयलेंको ही बकता रहा हो,' लायवस्की ने सोचा।

दूसरे पुर्जे पर, उसी बनावटी नोकदार लिखावट में, जिसके हर अक्षर के नीचे एक दुम लगी हुई थी, किसी ने लिखा था, "कोई यहां से शनिवार को नहीं जाने पाएगा।"

'कैसा बेवकूफी भरा मजाक है!' लायवस्की ने सोचा, 'शुक्रवार... शुक्रवार...'

उसके गले में कोई चीज अटक गई। उसने अपना कालर छुआ और खांसने लगा, लेकिन खांसी की बजाय उसके गले में से हंसी फूट पड़ी।

"हा-हा-हा!" लायवस्की हंस पड़ा, "हा-हा-हा! मैं भला किस बात पर हंस रहा हूं, हा-हा-हा!"

उसने अपने को रोकने की कोशिश की और हाथ से अपना मुंह ढांप लिया लेकिन मारे हंसी के उसका गला और छाती रुंध गए और वह हाथ से अपना मुंह न ढांप सका।

मारे हंसी के उसके पेट में बल पड़ गए और वह सोचने लगा, "कैसी बेवकूफी की बात है? कहीं मेरा दिमाग तो नहीं खराब हो गया?"

लायवस्की की हंसी कर्कश होती गई और कुत्ते के भौंकने की आवाज की तरह सुनाई देने लगी। उसने अपनी जगह से उठने की कोशिश की, लेकिन उसकी टांगों ने चलने से इनकार कर दिया और उसका दायां हाथ अपने आप विचित्र और उन्मत्त ढंग से मेज पर नाचने लगा और कागज के टुकड़ों को दबोचने-मरोड़ने लगा। वह लोगों के चेहरों की हैरानी, सेमोयलेंको का गंभीर और भयभीत चेहरा, वॉन कोरेन की आंखों का नीरस व्यंग्य और ग्लानि देखकर समझ गया कि उसे हिस्टीरिया का दौरा पड़ा है।

अपने चेहरे पर गर्म आंसुओं का स्पर्श पाकर उसने सोचा, 'छि: कैसी घृणित और शर्मनाक बात है! ओह...ओह, कैसा अपमान है। ऐसा तो मुझे कभी नहीं हुआ...'

लोगों ने उसे बगल से पकड़ लिया और सिर थामकर सहारा दिया। फिर वे उसे भीतर ले गए। उसकी आंखों के आगे एक गिलास चमक रहा था, जो उसके दांतों से टकराया और पानी उसकी छाती पर गिर गया। उसने अपने को एक छोटे से कमरे में पाया, जिसके बीचोबीच दो पलंग साथ-साथ रखे थे, और दो बर्फ जैसी सफेद रजाइयां पड़ी थीं। वह एक पलंग पर गिरकर सिसकने लगा।

"कुछ नहीं, कुछ नहीं, ऐसा हो ही जाता है...हो ही जाता है," सेमोयलेंको लगातार कह रहा था।

नादेज़्दा फ़्योदोरोव्ना भय से ठंडी पड़ गई थी। किसी अनिष्ट की आशंका से उसका सारा बदन कांप रहा था। वह लायवस्की के सिरहाने खड़ी होकर बार-बार पूछ रही थी–

"क्या बात है? तुम्हें क्या हो गया है? ईश्वर के लिए मुझे बताओ!"

वह मन ही मन सोच रही थी, 'कहीं किरीलिन ने तो कुछ नहीं लिखा?'

"कुछ नहीं, यहां से चली जाओ, डार्लिंग..." लायवस्की ने एक-साथ हंसते और रोते हुए कहा।

उसके चेहरे पर नफरत, ग्लानि कुछ न था। नादेज़्दा फ़्योदोरोव्ना समझ गई कि वह कुछ नहीं जानता। उसे कुछ तसल्ली हुई और वह ड्राइंगरूम में चली गई।

"अपने को परेशान न करो माई डियर!" मारया कोन्स्तेंतीनोव्ना नादेज़्दा के पास बैठकर उसके हाथ सहलाते हुए कहा, "सब ठीक हो जाएगा। हम गरीब गुनहगारों की तरह मर्द भी कमजोर दिल के होते हैं। तुम दोनों एक संकट में से गुजर रहे हो...कोई भी सारे मामले को समझ सकता है। अच्छा तो माई डियर, मैं अपने मतलब के जवाब का इंतजार कर रही हूं। आओ ज़रा सी बातें करें।"

"नहीं, हमारे बीच कोई बात नहीं होगी।" नादेज़्दा फ़्योदोरोव्ना लायवस्की की सिसकियां सुन रही थी। उसने कहा, "मेरा मन उदास हो गया है...मुझे घर जाने की इजाजत दीजिए।"

"क्या मतलब है, क्या मतलब है, माई डियर!" मारया कोन्स्तेंतीनोव्ना घबराकर बोली, "तुम सोचती हो कि मैं तुम्हें बिना खाना खिलाए यहां से जाने दूंगी? हम सब खाना खाएंगे, फिर तुम मेरा आशीर्वाद लेकर चली जाना।"

"मेरी बुरी हालत हो रही है..." नादेज़्दा फ़्योदोरोव्ना ने कहा और उसने गिरने से बचने के लिए दोनों हाथों से कुर्सी की बांह थाम ली।

"उसे हल्का सा हिस्टीरिया का दौरा पड़ा है।" वॉन कोरेन ने ड्राइंगरूम में आकर प्रफुल्ल स्वर में कहा। लेकिन नादेज़्दा फ़्योदोरोव्ना को देखकर वह चौंका और पीछे हट गया।

जब दौरा हट गया तो लायवस्की उस विचित्र पलंग पर बैठकर सोचने लगा–

कैसी शर्मनाक बात है! मैं किसी मुसीबतजदा लड़की की तरह चीखता-चिल्लाता रहा हूं। सचमुच लोग मुझे हास्यास्पद और घृणित समझते होंगे। मुझे घर के पिछवाड़े की सीढ़ियों के रास्ते चले जाना चाहिए...लेकिन लोग सोचेंगे कि दौरे से मैं बहुत परेशान हो गया था। मुझे दौरे को एक मजाक समझना चाहिए...'

वह कुछ देर तक आईने में अपनी शक्ल देखता रहा, और फिर ड्राइंगरूम में वापस चला गया।

उसने मुस्कराते हुए कहा, "लीजिए मैं आ गया।" वह बेहद शर्म महसूस कर रहा था। उसे लगा कि उसकी मौजूदगी में और लोगों को भी शर्म आ रही थी। उसने बैठते हुए कहा, "कैसी अजीब बात है, मैं यहां बैठा था और अचानक मेरी कमर में भयंकर दर्द शुरू हुई...मेरे स्नायु उस दर्द को बर्दाश्त न कर सके और ...इसी वजह से यह सारी बेवकूफी हुई। यह जमाना ही स्नायुओं का है, क्या किया जाए।"

रात के खाने के समय उसने शराब पी और बीच-बीच में वह ठंडी सांस लेकर अपनी कमर मलने लगा जैसे उसे अब भी दर्द हो रहा हो। नादेज़्दा फ़्योदोरोव्ना के सिवा किसी ने उसपर यकीन नहीं किया, यह वह देख रहा था।

नौ बजे के बाद सब लोग वृक्षों से आच्छादित सड़क पर सैर करने के लिए गए। नादेज़्दा फ़्योदोरोव्ना को डर था कि कहीं किरीलिन उससे छेड़छाड़ न करे, इसलिए सारा वक्त वह मारया कोन्स्तेंतीनोव्ना और उसके बच्चों के पास रही। भय और दुःख से उसे कमजोरी आ गई थी और उसे लग रहा था कि उसे बुखार चढ़ने वाला है। वह थक गई थी। उसकी टांगें मुश्किल से हिल पा रही थीं लेकिन वह अपने घर इसलिए नहीं गई क्योंकि उसे डर था कि किरीलिन या एचमियानोव या शायद दोनों एकसाथ ही उसका पीछा न करने लगें। किरीलिन उसके पीछे-पीछे निकोदीम अलेक्ज़ेंद्रिच के साथ आ रहा था और दबी जबान से गुनगुना रहा था–

"मैं लोगों को अपने साथ खेलने की इजाजत नहीं देता, नहीं देता।"

सड़क पार करके वे लोग पैविलियन में आ गए और फिर समुद्र के किनारे जाकर बहुत देर तक समुद्र के पानी की दीप्ति देखते रहे। वॉन कोरेन ने उन्हें समझाना शुरू किया कि रात को पानी में दीप्ति क्यों दिखाई देती है।

चौदह

"ताश खेलने का वक्त हो गया है...वे लोग मेरा इंतजार कर रहे होंगे। गुडबाई दोस्तो!" लायवस्की ने कहा।

"ठहरो, मैं भी तुम्हारे साथ आऊंगी।" नादेज़्दा फ़्योदोरोव्ना ने लायवस्की की बांह पकड़ ली।

दोनों गुडबाई कहकर चले गए। किरीलिन ने भी जाने की इजाजत मांगी और कहा कि वह भी उसी रास्ते से जा रहा है। वह उन लोगों के साथ चल पड़ा।

"जो होना है, हो जाएगा...ऐसा ही सही," नादेज़्दा फ़्योदोरोव्ना ने सोचा।

और उसे लगा कि उसके मन की सारी कलुषित स्मृतियां साकार होकर अंधेरे में उसके साथ हांफती हुई चल रही हैं और वह स्याही की दवात में गिरी मक्खी की तरह है। वह फुटपाथ पर रेंग रही है और लायवस्की की कमर और बांहों को कलुषित कर रही है।

वह सोच रही थी कि अगर किरीलिन ने कोई ऐसी-वैसी बात की तो दोष किरीलिन का नहीं बल्कि उसका अपना ही होगा। एक वक्त था जब कोई भी आदमी उससे बात करने की जुर्रत नहीं कर सकता था। उसने अपनी सुरक्षा को धागे की तरह तोड़कर हमेशा के लिए नष्ट कर डाला था। दोष किसका था? वासना से प्रेरित होकर वह एक अपरिचित आदमी को देखकर मुस्कराई थी, सिर्फ इसलिए क्योंकि वह लंबा-चौड़ा नौजवान था। दो मुलाकातों के बाद ही वह उससे ऊब गई थी, और क्या अब उस आदमी को नादेज़्दा से मनमाना सलूक करने का अधिकार नहीं है?

"अब मैं तुमसे रुखसत लूंगा, डार्लिंग। इल्या मिहालिच तुम्हें घर तक पहुंचा आएंगे।"

उसने किरीलिन से विदा ली और फौरन सड़क पार करके उस गली में घुस

गया जहां शेस्कोवस्की के मकान की खिड़कियों में रोशनी हो रही थी। लायवस्की के फाटक खोलकर भीतर जाने की आवाज सुनाई दी।

"मैं तुमसे जवाबदेही चाहता हूं" किरीलिन ने कहा। "एचकासोव, लेचकासोव, जत्कासोव नहीं हूं...न मैं कोई छोकरा ही हूं...मैं गंभीरता की मांग करता हूं।"

नादेज़्दा फ़्योदोरोव्ना का दिल जोर से धड़कने लगा। वह खामोश रही।

"तुम्हारा बदला हुआ रुख देखकर पहले तो मैं समझा था कि तुम नखरे कर रही हो। लेकिन अब मैं समझ गया हूं कि तुम्हें यह तमीज नहीं कि शरीफ लोगों के साथ किस तरह पेश आना चाहिए। तुम मेरी भावनाओं से खेलना चाहती थीं, जिस तरह तुम उस कम्बख्त आर्मोनियन छोकरे के साथ खेल रही हो, लेकिन मैं शरीफ आदमी हूं और चाहता हूं कि तुम मुझे एक शरीफ आदमी समझकर मेरे साथ पेश आओ–बंदा हाजिर है।..."

"मैं बहुत दुखी हूं।" नादेज़्दा फ़्योदोरोव्ना ने रोना शुरू कर दिया और आंसू छिपाने के लिए मुंह दूसरी तरफ फेर लिया।

"दुखी तो मैं भी हूं। उससे क्या हुआ?" किरीलिन कुछ दूर तक खामोश रहा, फिर उसने साफ और जोरदार शब्दों में कहा–

मैं फिर कहता हूं मैडम, अगर आपने आज रात को मुझसे मुलाकात न की तो मैं आज ही आपकी बदनामी फैला दूंगा।"

"आज रात मुझे छोड़ दो," नादेज़्दा फ़्योदोरोव्ना ने कहा। उसकी आवाज इतनी क्षीण और दयनीय थी कि वह खुद अपनी आवाज को नहीं पहचान सकी।

"मैं तुम्हें सबक देना चाहता हूं...मैं सख्ती के लिए माफी चाहता हूं, लेकिन तुम्हें सबक देना जरूरी है। हां, मुझे अफसोस से कहना पड़ता है कि मैं तुम्हें सबक देना चाहता हूं। मैं दो मुलाकातें चाहता हूं, आज और कल। कल के बाद तुम्हें पूरी आजादी है, तुम चाहे जहां और चाहे जिसके साथ जा सकती हो। आज और कल।"

नादेज़्दा फ़्योदोरोव्ना अपने घर के फाटक के आगे रुक गई। उसका सारा बदन कांप रहा था। अंधेरे में किरीलिन की सफेद कमीज के सिवा उसे कुछ नजर नहीं आ रहा था।

"मुझे जाने दो। तुम ठीक कहते हो, मैं एक गंदी औरत हूं...कसूर मेरा है, लेकिन मुझे जाने दो। मैं तुम्हारी मिन्नत करती हूं...तुमसे भीख मांगती हूं।"

किरीलिन के ठंडे हाथ के स्पर्श से उसके सारे शरीर में कंपकंपी दौड़ गई।

किरीलिन ने ठंडी आह भरकर कहा, "अफसोस! तुम्हें जाने देना मेरी स्कीम का हिस्सा नहीं है। मैं तो सिर्फ तुम्हें सबक सिखाना चाहता हूं, इसके अलावा, मैडम, मुझे औरतों पर कतई भरोसा नहीं है।"

"मैं दुखी हूं..."

नादेज़्दा फ़्योदोरोव्‌ना ने समुद्र की लहरों का एक-सा स्वर सुना। तारों से जड़े आकाश को देखा और उसके मन में तुरंत उस जीवन के अभिशप्त संवेदन से छुटकारा पाने की आकांक्षा पैदा हुई जिसमें समुद्र, सितारे, आदमी और बुखार है।

"चाहे कुछ हो, मेरे घर में नहीं। मुझे कहीं और ले चलो।" नादेज़्दा ने नीरस स्वर में कहा।

"मुरीदोव के यहां चलो। यह बेहतर होगा।"

"उसका घर किधर है?"

"पुरानी दीवार के पास।"

नादेज़्दा तेज चाल से सड़क पार करके गली में उस तरफ मुड़ी जो पहाड़ी की तरफ जाती थी। अंधेरा था फुटपाथ पर, खिड़कियों में से आती हुई रोशनी की पीली रेखाएं छनकर आ रही थीं। नादेज़्दा को लगा कि वह एक मक्खी की तरह बार-बार स्याही में गिरकर फिर रोशनी में आ रही थी। एक जगह किरीलिन ठोकर खाकर गिरता-गिरता बचा और ठहाका मारकर हंस पड़ा।

नादेज़्दा फ़्योदोरोव्‌ना ने सोचा, 'यह नशे में है...कोई बात नहीं...कोई बात नहीं ...ऐसा ही सही।'

एचमियानोव भी जल्दी ही सब लोगों से विदा लेकर नादेज़्दा फ़्योदोरोव्‌ना को नौका-विहार के लिए ले जाने के इरादे से उसके पीछे-पीछे चल पड़ा था। नादेज़्दा के घर पहुंचकर उसने दीवार पर से झांककर देखा। खिड़कियां खुली थीं लेकिन भीतर अंधेरा था।

"नादेज़्दा फ़्योदोरोव्‌ना!" उसने आवाज दी।

एक मिनिट बाद उसने फिर आवाज दी।

"कौन है?" उसे ओल्गा की आवाज सुनाई दी।

"क्या नादेज़्दा फ़्योदोरोव्‌ना घर में हैं?"

"नहीं, वे अभी तक नहीं आईं।"

'ताज्जुब है...बड़ी अजीब बात है। वह घर गई थी,' एचमियानोव ने घबराकर सोचा।

वह वृक्षों से आच्छादित सड़क पर चलता गया। फिर उसने शेस्कोवस्की की खिड़कियों की तरफ देखा। लायवस्की कोट पहने बगैर मेज के आगे बैठा था और ध्यान से अपने ताश के पत्तों की तरफ देख रहा था।

"ताज्जुब है, ताज्जुब है!" एचमियानोव बड़बड़ाया। लायवस्की के हिस्टीरिया के दौरे की याद से उसे शर्म आ गई। 'अगर वह घर में नहीं है, तो फिर कहां गई?'

वह फिर नादेज़्दा के घर गया और अंधेरी खिड़कियों को देखकर सोचने लगा—

यह धोखा है...धोखा!' उसे याद आया कि आज दोपहर मारया कोन्स्तेंतीनोव्ना के यहां नादेज़्दा ने वादा किया था कि वह रात को उसके साथ किश्ती में सैर करने चलेगी।

किरीलिन जिस मकान में रहता था, उसकी खिड़कियों में अंधेरा छाया था। फाटक के पास बेंच पर एक पुलिसमैन बैठा सो रहा था।

एचमियानोव की समझ में सारी स्थिति आ गई। उसने अपने घर लौटने का फैसला किया और घर की दिशा में चल भी पड़ा, लेकिन न जाने कैसे उसने फिर अपने-आपको नादेज़्दा फ़्योदोरोव्ना के घर के पास खड़ा पाया। वह फाटक के पास रखी बेंच पर बैठ गया। उसने अपना हैट उतार दिया। उसका सिर ईर्ष्या और क्षोभ से जल रहा था।

शहर के गिर्जे की घड़ी चौबीस घंटों में सिर्फ दो बार, दोपहर को और आधी रात को घंटे बजाती थी। आधी रात का घंटा बजने के बाद ही उसे किसी के तेज कदमों की आहट सुनाई दी।

"अच्छा तो कल शाम के आठ बजे फिर मुरीदोव के यहां मुलाकात होगी। गुडबाई!" एचमियानोव ने किरीलिन की आवाज पहचान ली।

नादेज़्दा फ़्योदोरोव्ना. बाग के नजदीक दिखाई दी। उसने बेंच पर बैठे एचमियानोव की ओर बिल्कुल ध्यान नहीं दिया और परछाई की तरह उसके पास से गुजर गई। उसने फाटक खोला, और उसे खुला छोड़कर घर के भीतर चली गई। अपने कमरे में पहुंचकर उसने मोमबत्ती जलाई और जल्दी से कपड़े उतारे, लेकिन बिस्तर में जाने की बजाय वह घुटने टेककर एक कुर्सी के आगे बैठ गई और उसने कुर्सी के गिर्द बांहें लपेटकर उस पर अपना सिर टिका दिया।

जब लायवस्की घर लौटा तो रात के दो बज चुके थे।

पंद्रह

यह फैसला करने के बाद कि वह सारा झूठ एकसाथ बोलने की बजाय थोड़ा-थोड़ा करके बोलेगा, लायवस्की अगले दिन एक बजे के बाद सेमोयलेंको से पैसा मांगने गया, ताकि वह शनिवार को निश्चित रूप से वहां से जा सके। हिस्टीरिया के दौरे के बाद से उसके मन में उदासी के साथ-साथ शर्मिंदगी भी आ गई थी और अब वह उस शहर में रहने की कल्पना भी न कर सकता था। उसने सोचा कि अगर सेमोयलेंको ने अपनी शर्तों को मनवाने की जिद की तो वह उन्हें मान लेगा और अगले दिन जाने से पहले कह देगा कि नादेझ़्दा फ़्योदोरोव्ना ने जाने से इनकार कर दिया है। वह उसी दिन शाम को उसे समझा देगा कि यह इंतजाम उसी की भलाई के लिए किया गया है। अगर सेमोयलेंको ने, साफ जाहिर है कि वह वॉन कोरेन के असर में है, पैसे देने से इनकार कर दिया या नई शर्तें लगाई तो लायवस्की उसी रात को किसी माल जहाज में या किश्ती में बैठकर नोवी एथोन या नोवोरोसिस्क चला जाएगा। वहां से एक अपमानपूर्ण तार भेजेगा और जब तक उसकी मां सफर के किराए के लिए रकम नहीं भेजती, तब तक वह वहीं रहेगा।

जब वह सेमोयलेंको के यहां पहुंचा तो उसने वॉन कोरेन को ड्राइंगरूम में देखा। वह अभी-अभी दोपहर के खाने के लिए आया था और हमेशा की तरह एलबम के पन्ने पलट रहा था और हैट पहने आदमियों और टोपी वाली औरतों की तस्वीर देख रहा था।

'कैसी बदकिस्मती है! हो सकता है यह मेरी राह का रोड़ा साबित हो,' लायवस्की ने मन ही मन सोचा। फिर कहा–

"गुड मार्निंग।"

"गुड मार्निंग!" वॉन कोरेन ने उसकी तरफ देखे बगैर ही जवाब दिया।

"क्या अलक्ज़ांद्र देविदिच घर में हैं?"

"हां, रसोईघर में हैं।"

लायवस्की रसोई में गया, लेकिन दरवाजे से यह देखकर कि सेमोयलेंको सलाद बनाने में व्यस्त है, वह ड्राइंगरूम में आकर बैठ गया। वॉन कोरेन की मौजूदगी में उसे हमेशा घबराहट होती थी और अब उसे डर लग रहा था कि कहीं उसके हिस्टीरिया के दौरे की चर्चा न छिड़ जाए। काफी देर तक खामोशी छाई रही। सहसा वॉन कोरेन ने नजरें ऊपर उठाकर पूछा–

"कल के दौरे के बाद कैसी तबीयत है?"

"बिल्कुल ठीक है," लायवस्की का चेहरा शर्म से लाल हो गया, कोई खास बात नहीं थी।..."

"कल तक मेरा ख्याल था कि सिर्फ औरतों को ही हिस्टीरिया का दौरा पड़ता है, और मैंने सोचा था कि तुम्हारे सिर पर संत वाईतस सवार है।"

लायवस्की चापलूसी से मुस्कराया और सोचने लगा–

'कैसी अशिष्टता है। इसे अच्छी तरह मालूम है कि यह प्रसंग मेरे लिए कितना अप्रिय है।...' पर उसने मुस्कराकर कहा, "हां, बड़ी ही हास्यास्पद घटना थी, मैं आज सारी सुबह उस घटना की याद से हंसता रहा हूं। हिस्टीरिया के दौरे में सबसे अजीब बात यह है कि यह जानते हुए भी कि वह हास्यास्पद बात है, आप मन ही मन हंसते हैं, फिर भी आप सिसकते हैं। इस विक्षिप्त जमाने में हम लोग अपने स्नायुओं के गुलाम हैं। स्नायु हमारे मालिक हैं, जैसा चाहते हैं हमसे करवाते हैं, इस जमाने में सभ्यता ने मानव-जाति का बहुत नुकसान किया है..."

यह देखकर कि वॉन कोरेन संजीदगी से उसकी बातें सुन रहा है और गौर से उसके चेहरे का अध्ययन कर रहा है, लायवस्की घबरा उठा। उसे अपने-आपसे भी चिढ़ हो रही थी क्योंकि वॉन कोरेन से नफरत करते हुए भी वह अपने चेहरे की चापलूसी भरी मुस्कान को नहीं हटा पा रहा था।

लायवस्की बोला, "मैं मानता हूं कि इस दौरे के कई पर्याप्त तात्कालिक कारण भी थे, पिछले कुछ दिनों से मेरी सेहत तबाह हो गई है। इन बातों के अलावा, यहां का उकता देने वाला वातावरण, पैसे की कमी...मनपसन्द मित्र-मंडली और बाकी चीजों का न होना, जिनमें दिलचस्पी ली जा सके, मेरी हालत तो किसी गवर्नर से भी गई-बीती है।"

"हां, तुम्हारी हालत गई-बीती है।" वॉन कोरेन ने जवाब दिया।

इन शांत, नीरस शब्दों से–जिनमें व्यंग्य और अनियंत्रित भविष्यवाणी छिपी थी–उसे कल वॉन कोरेन की आंखों में छिपा व्यंग्य और घृणा की याद आई। कुछ देर खामोश रहने के बाद उसने संजीदा ढंग से पूछा–

"आपको मेरी हालत का पता कैसे चला?"

"तुम खुद अभी इसकी चर्चा कर रहे थे। इसके अलावा तुम्हारे दोस्त तुमसे

इतनी गहरी दिलचस्पी लेते हैं कि दिन भर मुझे तुम्हारी ही चर्चा सुनने को मिलती है।

"कौन से दोस्त? शायद सेमोयलेंको!"

"हां वह भी।"

"मैं अलेक्जांद्र देविदिच और अपने तमाम दोस्तों से कह दूंगा कि मेरे लिए इतनी परेशानी न दिखाएं।"

"यह लो, सेमोयलेंको भी आ गए। इनसे कह दो कि तुम्हारे लिए परेशान न हों।"

"मुझे तुम्हारा लहजा समझ में नहीं आता।" लायवस्की बुड़बुड़ाया सहसा जैसे उसे पहली बार आभास हुआ था कि वॉन कोरेन उससे नफरत करता है, उसका मजाक उड़ा रहा है और उसका सबसे पक्का और गहरा दुश्मन है।

"इस लहजे में किसी और से बात किया करो," लायवस्की ने धीरे से कहा। उसकी छाती और गला नफरत से रुंध रहा था, ठीक उसी तरह जैसे कल हंसी से रुंध रहा था।

सेमोयलेंको कमीज पहने वहां आया। रसोईघर की घुटन और गर्मी से उसका चेहरा लाल और पसीने से तर हो रहा था।

"अच्छा तो तुम यहां हो? गुड मार्निंग मेरे अजीज! तुम खाना खाकर आए हो? तकल्लुफ मत करो। क्या खाना खाकर आए हो?" सेमोयलेंको ने पूछा।

लायवस्की उठ खड़ा हुआ, "अलेक्जांद्र देविदिच, मैंने एक निजी मामले में आपकी मदद जरूर मांगी थी, लेकिन इसका मतलब यह हरगिज नहीं था कि आप दूसरों के व्यक्तिगत मामलों में इज्जत और सोच से काम न लें। मैंने आपको यह अधिकार तो नहीं दिया था।"

"बात क्या है?" सेमोयलेंको ने ताज्जुब से पूछा।

लायवस्की ने ऊंची और उत्तेजित आवाज में बारी-बारी से दोनों पैर पटकते हुए कहा, "अगर आपके पास पैसे नहीं है तो मत दीजिए, इनकार कर दीजिए। लेकिन हर गली-कूचे में यह अफवाहें फैलाने की क्या जरूरत है कि मेरी हालत गई-गुजरी है वगैरह वगैरह। मैं इस तरह की नेकी और किसी दोस्त की मदद नहीं चाहता जहां कौड़ी की मदद के लिए ढेरों बातें की जाएं! आप अपनी नेकी की चाहे जितनी डींग हांक सकते हैं, लेकिन मेरे निजी मामलों के बारे में अफवाहें फैलाने का अधिकार आपको किसी ने नहीं दिया!"।

"कौन सा निजी मामला!" सेमोयलेंको ने हैरानी और गुस्से से पूछा, "अगर तुम यहां गाली-गलौज करने आए हो तो बेहतर है कि यहां से चले जाओ। बाद में आकर फिर बात कर लेना।"

सेमोयलेंको को यह नियम याद था कि अगर पड़ोसी पर गुस्सा आए तो सौ

तक गिनती गिननी चाहिए। इससे गुस्सा शांत हो जाता है। उसने गिनती शुरू कर दी।

लायवस्की कह रहा था, "मेहरबानी करके मेरे बारे में कोई चिंता न करें, न ही मेरी तरफ कोई ध्यान ही दें। मैं क्या करता हूं और कैसे रहता है. इसमें दखल देने का किसको अधिकार है? हां, मैं यहां से चला जाना चाहता हूं। हां, मुझ पर कर्ज है, मैं शराब पीता हूं, मैं पराई औरत के साथ रहता हूं, मैं विक्षिप्त हूं, मैं साधारण आदमी हूं। मैं कुछ लोगों की तरह विद्वान् नहीं हूं, लेकिन इससे किसी को क्या? दूसरे लोगों की प्राइवेट जिंदगी की इज्जत करनी चाहिए।"

सेमोयलेंको ने अभी तक पैंतीस तक ही गिना था। वह बोला, "माफ करना भाई, लेकिन..."

"दूसरों के व्यक्तित्व की कद्र करना सीखो।" लायवस्की ने बीच में टोककर कहा। दूसरे लोगों के मामलों की लगातार नुक्ताचीनी करना, आहें भरना, जासूसी करना, छिपछिपकर बातें सुनना, यह दोस्ती भरी हमदर्दी...जहन्नुम में जाएं ये सब! लोग मुझे कर्ज देते हैं और इस तरह की शर्तें रखते हैं जैसे मैं कोई स्कूल का विद्यार्थी होऊं। मेरे साथ जैसा सलूक होता है, वह शैतान ही जानता है। मुझे कुछ न चाहिए।" लायवस्की जोर से चिल्लाया। उत्तेजना से उसके पैर लड़खड़ा रहे थे और उसे डर लग रहा था कि कहीं हिस्टीरिया का दौरा फिर से न पड़ जाए। 'मैं फिर शनिवार को यहां से नहीं जा पाऊंगा।' यह विचार उसके मन में कौंधा। उसने कहा, "मुझे कुछ नहीं चाहिए। मैं सिर्फ इतना ही चाहता हूं कि आप मेरी देखभाल करने की तकलीफ न करें और अपने संरक्षण से मुझे छुटकारा दें। मैं कोई लड़का नहीं हूं, न ही मैं पागल हूं। मैं आपसे विनती करता हूं कि आप मेरी देखभाल करना छोड़ दें।"

पादरी ने भीतर आकर देखा कि लायवस्की का चेहरा जर्द हो रहा है। वह हाथ पटक-पटककर प्रिंस वोरोन्त्सोव की तस्वीर के आगे ऊल-जलूल बक रहा है। पादरी को जैसे काठ मार गया और वह दरवाजे के पास खामोश खड़ा रहा।

लायवस्की कह रहा था, "मेरी आत्मा पर यह लगातार जासूसी मेरी इंसानी शालीनता का अपमान है और मैं इन वालंटियर जासूसों से प्रार्थना करता हूं कि अपनी जसूसी बंद कर दें। बहुत हो चुका!"

"क्या कहा...अभी तुमने क्या कहा?" सेमोयलेंको ने पूछा, उसने सौ तक गिनती पूरी कर ली थी। उसका चेहरा लाल-सुर्ख हो गया था। वह लायवस्की के पास आकर खड़ा हो गया।

"बस, बहुत हो चुका!" लायवस्की ने हांफते हुए कहा और अपनी टोपी उठा ली।

सेमोयलेंको ने जोर देकर कहा, "मैं एक रूसी डॉक्टर हूं, कुलीन खानदान

में मेरा जन्म हुआ है, और मैं एक सिविल काउंसलर भी हूं। मैंने कभी जासूसी नहीं की, न मैं किसी को अपनी बेइज्जती करने की इजाजत ही देता हूं। जबान संभालकर बोलो!" डॉक्टर ने अंतिम शब्द पर जोर दिया।

पादरी ने डॉक्टर को कभी इतनी शानदार और शालीन मुद्रा में हीं देखा था। डॉक्टर ने कभी इतना खूंखारपन नहीं दिखाया था, न ही उसका चेहरा कभी इतना लाल हुआ था। पादरी अपने मुंह पर हाथ रखकर बाहर बरामदे में आया और हंसते-हंसते उसके पेट में बल पड़ गए।

लायवस्की ने जैसे धुंध में वॉन कोरेन को उठकर पतलून की जेबों में हाथ डालते देखा। वॉन कोरेन आशापूर्ण मुद्रा में यह देखने के लिए खड़ा था कि अब क्या होता है। लायवस्की को वॉन कोरेन का यह व्यवहार गुस्ताखी भरा और अपमानजनक मालूम हुआ।

"मेहरबानी करके अपने शब्द वापिस लो।" सेमोयलेंको चिल्लाया।

लायवस्की को यह भी याद न रहा था कि उसने क्या शब्द कहे थे। वह बोला–

"मुझे मेरे रहम पर छोड़ दो! मैं कुछ नहीं मांगता। मैं सिर्फ यही चाहता हूं कि आप और यहूदी घराने के जर्मन, जिन्हें नया-नया पद मिला है, मेरे कामों में दखल न दें, वरना मुझे कोई न कोई कदम उठाना होगा। मैं आपसे लडूंगा।"

"अब हम समझ गए," वॉन कोरेन ने मेज के पीछे से उठते हुए कहा, यहां से जाने से पहले मिस्टर लायवस्की द्वंद्व युद्ध से अपना मनोरंजन करना चाहते हैं। मैं उनका यह शौक पूरा कर सकता हूं। मिस्टर लायवस्की मुझे आपका चैलेंज मंजूर है।"

लायवस्की ने वॉन कोरेन के पास जाकर नफरत से उसके सांवले माथे और धुंघराले बालों की तरफ देखते हुए धीमी आवाज में कहा, "चैलेंज! चैलेंज! जरूर मैं तुमसे नफरत करता हूं। मैं तुमसे नफरत करता हूं!"

"बड़ी खुशी हुई। कल तड़के कर्बाले के घर के नजदीक मुलाकात होगी। बाकी सब मैं तुम्हारी रुचि पर छोड़ता हूं–और अब यहां से फौरन निकल जाओ।"

"मुझे तुमसे नफरत है!" लायवस्की ने हांफते हुए कहा, "मैं बहुत दिनों से तुम्हें नफरत करता आ रहा हूं। द्वंद्व युद्ध! हां!"

"इससे फौरन छुटकारा पा लो अलेक्ज़ांद्र देविदिच, वरना मैं यहां से चला जाऊंगा। यह मुझे काट लेगा!" वॉन कोरेन ने कहा।

वॉन कोरेन के शांत लहजे से डॉक्टर भी सुस्थिर हो गया। सहसा वह होश में आ गया और उसका विवेक लौट आया। उसने दोनों बाहें लायवस्की की कमर में डाल दी और उसे वॉन कोरेन से दूर ले गया। उसकी आवाज भावावेश से कांप रही थी।

"मेरे दोस्तो...तुम लोग आपा खो बैठे हो, बस बहुत हो गया...बहुत हो गया, मेरे दोस्तो।"

सेमोयलेंको की कोमल, मैत्रीपूर्ण आवाज को सुनकर लायवस्की को लगा कि कोई अनोखी पैशाचिक बात उसके मन में अभी उठी थी, जैसे वह किसी ट्रेन के नीचे आते-आते बचा है। उसकी आंखों में आंसू आ गए। उसने हाथ हिलाकर अभिवादन किया और कमरे से बाहर चला गया।

जब यह महसूस हो कि कोई आपसे नफरत करता है, और आप उसी के आगे अपने को नंगा करते हैं, अत्यंत दयनीय, घृणित और निरीह ढंग से...हे ईश्वर! इसे बर्दाश्त करना कितना मुश्किल है। पैविलियन में बैठकर लायवस्की सोच रहा था। उसे लग रहा था जैसे वॉन कोरेन की नफरत ने उसके शरीर को क्षत-विक्षत कर दिया है।

कैसे असभ्यता है! हे मेरे ईश्वर!'

ठंडे पानी में पड़ी हुई ब्रांडी पीकर उसे ज़रा होश आया। उसकी आंखों के आगे वॉन कोरेन का शांत, गुस्ताखी भरा चेहरा स्पष्ट नजर आने लगा। कल उसकी आंखों से छिपे भाव की स्मृति ने कालीन जैसी मोटी कमीज, आवाज, सफेद हाथ और एक भारी, तीव्र, नफरत ने उसके दिल को कड़वा कर दिया और वह बदला लेने के लिए व्याकुल हो उठा। कल्पना में उसने वॉन कोरेन को जमीन पर गिरा दिया और पैरों तले कुचल दिया। उसे ब्योरेवार सारी घटनाएं याद आई और ताज्जुब हुआ कि वह इस मामूली आदमी के आगे क्यों इतनी चापलूसी से मुस्कराया था। उन ओछे और कमीने लोगों की, जिन्हें कोई नहीं जानता, जो एक मनहूस छोटे से शहर में रहते हैं–उस शहर में, जिसका देश के नक्शे तक में कोई स्थान नहीं–जिन्हें पीटर्सबर्ग का एक भी शरीफ आदमी नहीं जानता, ऐसे लोगों की राय की उसने भला परवाह ही क्यों की? अगर इस मनहूस छोटे शहर में आग लगने की खबर तार से रूस में भेजी जाए तो लोग उसमें इतनी ही दिलचस्पी दिखाएंगे, जितनी कि सैकेंड हैंड फर्नीचर की फरोख्त के इश्तिहार में। कल अगर उसने वॉन कोरेन को जान से मार डाला या जिंदा रहने दिया, तब भी बात बेकार और नीरस ही होगी। इससे बेहतर होगा कि वह वॉन कोरेन की टांग या हाथ को गोली मारकर जख्मी कर दे, उस पर हंसे, और लंगड़े कीड़े-मकोड़े की तरह उसे घास में छोड़ दे–वह अपनी क्षुद्र वेदनाओं को लेकर अपने ही जैसे क्षुद्र और साधारण लोगों के बीच रहे।

लायवस्की शेस्कोवस्की के पास गया। उसे सारी बात बताई, और उसे द्वंद्व युद्ध में अपना सहायक बनने के लिए कहा। फिर दोनों डाक और तार-विभाग के सुपरिन्टेंडेंट के पास गए और उसे भी सहायक बनने के लिए कहा। दोनों ने वहीं खाना खाया। खाने के वक्त खूब हंसी-मजाक चलता रहा। लायवस्की अपना मजाक

उड़ाता रहा। उसका कहना था कि उसे पिस्तौल तक चलाना नहीं आता। वह अपने को शाही तीरंदाज और विलियम टेल कह रहा था।

"इस भले मानस को सबक सिखाना चाहिए..." वह बोला।

खाने के बाद वे लोग ताश खेलने बैठ गए। लायवस्की ने ताश खेली, शराब पी और सोचने लगा कि द्वंद्व युद्ध बेकार और बेवकूफी की चीज है, क्योंकि वह किसी सवाल को हल करने की बजाय उसे और भी उलझा देती है। लेकिन कई बार उसके बगैर भी काम नहीं चलता। मिसाल के लिए वॉन कोरेन के खिलाफ कोई कार्रवाई नहीं की जा सकती थी, और द्वंद्व युद्ध का यह फायदा जरूर था कि उसके बाद लायवस्की का शहर में रहना नामुमकिन हो जाएगा। उसपर थोड़ा-सा नशा चढ़ गया था, वह खेल में दिलचस्पी लेने लगा और उसके मन की चिंता दूर हो गई।

लेकिन सूरज डूबने के बाद जब अंधेरा हुआ, तो लायवस्की परेशान सा हो गया। वह मौत से नहीं डरता था, खाना खाते और खेलते वक्त न जाने क्यों उसे यकीन हो गया था कि द्वंद्व युद्ध से कोई नतीजा नहीं निकलेगा। वह किसी अज्ञात चीज से डर रहा था, जो उसकी जिंदगी में पहली बार कल सुबह होने जा रही है, उसे रात का डर था...वह जानता था कि रात लंबी होगी और उसे नींद नहीं आएगी। वॉन कोरेन के प्रति अपनी नफरत के साथ ही साथ उसे झूठ के उस पहाड़ के बारे में भी सोचना पड़ेगा, जिसे उसे पार करना है, लेकिन जिसे पार करने की शक्ति या योग्यता उसमें नहीं है। उसे लगा कि सहसा वह बीमार हो गया है। सहसा ताश के खेल में और अन्य लोगों में उसकी सारी दिलचस्पी खत्म हो गई। वह बेचैन हो गया और उसने लोगों से घर जाने की इजाजत मांगी। वह बिस्तर में बिना हिले-डुले लेटने के लिए और रात की चिंता की तैयारी करने के लिए बेचैन हो रहा था। शेस्कोवस्की और सुपरिन्टेंडेंट उसे घर तक पहुंचा आए और फिर द्वंद्व युद्ध का प्रबंध करने वॉन कोरेन के यहां गए।

अपने घर के पास लायवस्की की मुलाकात एचमियानोव से हुई। उत्तेजना से एचमियानोव की सांस फूल रही थी।

"मैं तुम्हें तलाश कर रहा हूं, ईवान एंद्रिच, मेहरबानी करके जल्दी चलो..." एचमियानोव ने कहा।

"कहां?"

"कोई आदमी तुमसे मिलना चाहता है, उसे बहुत जरूरी काम है। तुम उसे नहीं जानते। वह चाहता है कि तुम सिर्फ एक मिनट आकर उसकी बात सुन लो ...उसके लिए यह जिंदगी और मौत का सवाल है..."

उत्तेजना में एचमियानोव आर्मेनियन ढंग से शब्दों का उच्चारण कर रहा था।

"वह आदमी कौन है?" लायवस्की ने पूछा।

"उसने मुझे नाम बताने से मना कर दिया है।"

"उसे कह दो कि मैं काम में व्यस्त हूं। अगर वह चाहे तो कल..."

"यह कैसे हो सकता है?" एचमियानोव स्तब्ध रह गया।

"वह आदमी तुम्हें एक बहुत जरूरी बात बताना चाहता है। जो तुम्हारे लिए बहुत महत्त्वपूर्ण है...बहुत महत्त्वपूर्ण है। अगर तुम नहीं आए तो कोई भयंकर घटना हो जाएगी।"

"ताज्जुब है!" लायवस्की बड़बड़ाया। उसकी समझ में नहीं आ रहा था कि एचमियानोव इतना उत्तेजित क्यों था और उस नीरस, निकम्मे शहर में कौन सी रहस्यपूर्ण घटनाएं हो सकती हैं।

एचमियानोव तेज कदमों से आगे चलने लगा। लायवस्की उसके पीछे-पीछे था। सड़क पार करके वे एक गली में मुड़ गए।

"मैं तंग आ गया हूं।" लायवस्की ने कहा।

"सिर्फ एक मिनट, बस एक मिनट...हम नजदीक आ पहुंचे हैं।"

शहर की पुरानी फसील के नजदीक, दो खाली बाड़ों में से होते हुए वे लोग एक अहाते में आए और एक छोटे मकान की तरफ बढ़े।

"यह तो मुरीदोव का घर है न?" लायवस्की ने पूछा।

"हां!"

"लेकिन पिछवाड़े के रास्ते से यहां आने की क्या जरूरत थी, यह मेरी समझ में नहीं आता; हम सड़क से भी यहां पहुंच सकते थे–वह रास्ता ज्यादा नज़दीक है..."

"कोई हर्ज नहीं, कोई हर्ज नहीं..."

लायवस्की को यह देखकर भी ताज्जुब हुआ कि एचमियानोव उसे पीछे के एक दरवाजे की तरफ ले जा रहा है, और जैसे चुपचाप आने का इशारा कर रहा है।

"इधर, इधर..." एचमियानोव ने सावधानी से दरवाजा खोला और पंजों के बल बरामदे में जाता हुआ बोला, "खामोशी से, खामोशी से, मैं तुम्हारी मिन्नत करता हूं...कहीं वे लोग सुन न लें।"

एचमियानोव ने दरवाजे से कान लगाए, एक गहरी सांस ली और फुसफुसाया—

"वह दरवाजा खोलकर भीतर चले आओ...डरो मत।"

लायवस्की घबरा गया और दरवाजा खोलकर एक कमरे में चला गया जिसकी छत नीची थी और खिड़कियों पर पर्दे लटके हुए थे।

मेज पर एक मोमबत्ती जल रही थी।

"क्या चाहिए? मुरीदोव?" पास वाले कमरे से किसी ने पूछा।

लायवस्की पास वाले कमरे में चला गया। उसने किरीलिन और नादेज़्दा फ़्योदोरोव्ना को साथ-साथ बैठे देखा।

उसे क्या कहा गया, उसने नहीं सुना। वह लड़खड़ाते हुए कदमों से बाहर निकल आया और न जाने कैसे उसने अपने-आपको सड़क पर पाया। वॉन कोरेन के लिए उसके मन की नफरत और घबराहट फौरन काफूर हो गई। वह बड़े फूहड़ ढंग से अपनी दाईं बांह हिलाने लगा और अपने पैरों तले की जमीन को गौर से देखने लगा। वह नर्म जगह पर कदम रखने की कोशिश कर रहा था। घर पहुंचकर वह अपने स्टडीरूम में हाथ मलता हुआ फूहड़ ढंग से कंधे सिकोड़ता हुआ, जैसे उसकी जैकेट और कमीज बेहद तंग हो, इधर से उधर चहलकदमी करने लगा। फिर उसने एक मोमबत्ती जलाई और मेज के आगे बैठ गया...

सोलह

"जिन 'मानव-समस्याओं के अध्ययन' की तुम चर्चा करते हो उससे मानव-ज्ञान तभी संतुष्ट हो सकेगा, जब उस अध्ययन का तथा विज्ञानों के साथ मेल बैठेगा और साथ-साथ उसका विकास होगा। यह मेल किसी नए माइक्रोस्कोप के जरिए होगा, किसी नए हैमलेट के स्वगत-भाषण में, या किसी नए धर्म में, यह तो मैं नहीं जानता, लेकिन मुझे उम्मीद है कि ऐसा होने से पहले ही धरती पर बर्फ की एक पर्त चढ़ जाएगी। मानवीय ज्ञान में सबसे अधिक सजीव और स्थायी ज्ञान ईसा मसीह के उपदेश हैं। लेकिन देखो, इन उपदेशों की व्याख्या भी कितने भिन्न-भिन्न ढंगों से की जाती है। कुछ लोग कहते हैं कि हमें अपने सभी पड़ोसियों से प्यार करना चाहिए, लेकिन सैनिकों, अपराधियों और पागलों को छोड़ देना चाहिए। लोग सैनिकों को युद्ध में मारे जाने की इजाजत देते हैं, अपराधियों को समाज से अलहदा रखने और उन्हें फांसी देने की इजाजत देते हैं, और पागलों को शादी करने की इजाजत नहीं देते। दूसरे व्याख्याकारों का कहना है कि हमें बिना किसी भेदभाव के सब पड़ोसियों से प्रेम करना चाहिए, बिना गुण-दोष विचारे। उनके कहने के मुताबिक अगर कोई तपेदिक का मरीज, हत्यारा या मिर्गी का मरीज आपकी लड़की से शादी करना चाहता है, तो आपको फौरन शादी की इजाजत दे देनी चाहिए। अगर कोई अस्वस्थ, मानसिक रोगी, शरीर और मन से स्वस्थ लोगों से लड़ाई करता है तो अपनी रक्षा मत करो। प्रेम की खातिर प्रेम की यह वकालत, 'कला कला के लिए वाले सिद्धांत की तरह अगर कभी दुनिया में छा गई तो सारी दुनिया तबाह हो जाएगी और दुनिया का सबसे बड़ा और भयंकर अपराध बन जाएगी। इसके अलावा और भी बहुत सी व्याख्याएं हैं। चूंकि उनकी संख्या इतनी ज्यादा है, इसलिए गंभीर विचारक उनमें से एक से भी संतुष्ट नहीं होता और अपनी व्यक्तिगत व्याख्या दे डालता है। इसीलिए तुम्हें कभी भी दार्शनिक या तथाकथित

ईसाइयत के आधार पर कोई सवाल नहीं पूछना चाहिए, ऐसा करने से तुम समस्या को समाधान से और भी दूर हटा देते हो।"

पादरी ने गौर से वॉन कोरेन की बात सुनी और कुछ देर सोचने के बाद सवाल किया—

"क्या दार्शनिकों ने किसी ऐसे नैतिक सिद्धांत की खोज की है जो हर इंसान में निहित है, या ईश्वर ने शरीर के साथ ही उसकी भी रचना की थी?"

"मैं नहीं जानता। लेकिन यह सिद्धांत सब युगों के सब लोगों में इतना सार्वभौमिक है कि मेरे ख्याल में इस सिद्धांत को इंसान से एकदम जुड़ा हुआ मानना चाहिए। यह कोई ईजाद नहीं है बल्कि इसका अस्तित्व है और हमेशा रहेगा। मेरे कहने का मतलब यह नहीं कि किसी दिन यह माइक्रोस्कोप में नजर आएगा, लेकिन इंसान के साथ इसके संबंध के सबूत हैं। मस्तिष्क की विकृतियां, तथाकथित मानसिक रोग, जहां तक मुझे यकीन है, नैतिक सिद्धांत के फलस्वरूप ही प्रकट होते हैं।"

"ठीक, तो जिस तरह हमारा पेट हमें खाने की प्रेरणा देता है, उसी तरह हमारी नैतिक अंत:प्रवृत्ति हमें अपने पड़ोसियों से प्रेम करने की प्रेरणा देती है। क्या ऐसी बात है? लेकिन हमारा प्राकृतिक इंसान आत्मरति के कारण अंतरात्मा और विवेक की आवाज का विरोध करता है और इससे कई सिरदर्द पैदा करने वाले सवाल पैदा होते हैं। अगर तुम इन सवालों को दार्शनिक ढंग से पेश करने की मनाही करते हो तो हम इनके समाधान के लिए किसका आसरा लें?"

"जो थोड़ा-बहुत तथ्य-विज्ञान हमारे पास है, उसका आसरा लो। सबूत और तथ्यों के तर्क पर विश्वास करो। यह सच है कि यह विज्ञान अभी बहुत छोटा है लेकिन यह फिलॉसफी से कम तरल और अस्थिर है। हम मान लेते हैं कि नैतिक सिद्धांत आपसे कहता है आप अपने पड़ोसी से प्रेम करें। क्यों? तब तो प्रेम का प्रदर्शन इस बात में होना चाहिए कि आप हर चीज को उस रास्ते से हटा दें जो इंसान को नुकसान पहुंचाती है और अभी या भविष्य में कभी खतरनाक साबित हो सकती है। हमारा ज्ञान और यह सबूत हमें शिक्षा देता है कि नैतिक और शारीरिक विकृतियों वाले लोग मानवता के लिए खतरनाक हैं। इसका मतलब यह हुआ कि आपको इन विकृतियों से लड़ना चाहिए। अगर आप इन्हें सामान्य स्तर तक नहीं उठा सकते तो आप में इतनी शक्ति और योग्यता होनी चाहिए कि आप उन्हें ऐसा बना दें कि वे समाज को हानि न पहुंचा सकें–यानी उन्हें नष्ट कर सकें।"

"तो प्रेम का मतलब हुआ कि ताकतवर लोग कमजोर लोगों पर काबू पा लें।"

"बेशक!"

"लेकिन तुम जानते हो कि ताकतवर लोगों ने ही हमारे प्रभु ईसा मसीह को

सूली पर चढ़ाया था!" पादरी ने क्रोध से कहा।

"असलियत यह है कि उन्हें सूली पर चढाने वाले लोग ताकतवर नहीं, बल्कि कमजोर थे। मानव-संस्कृति व्यक्ति को कमजोर बना देती है, जीवन-संघर्ष और प्राकृतिक निर्वाचन को खत्म कर देती है। इसीलिए कमजोरों की संख्या तेजी से बढ़ रही है और ताकतवर व्यक्तियों से ज्यादा हो गई है। मान लीजिए कि आप शहद की मक्खियों को मानव-प्रेम की प्रारंभिक और अधूरी-सी शिक्षा देने में सफल हो जाते हैं। इसका क्या नतीजा होगा? जिन आलसी मक्खियों को खत्म कर देना चाहिए, वे तो जिंदा रहेंगी, शहद पी जाएंगी और मधुमक्खियों को भ्रष्ट करेंगी, उनपर अत्याचार करेंगी। नतीजा यह होगा कि कमजोर ताकतवरों पर हुकूमत करेंगे और ताकतवर क्षीण होते जाएंगे। यही क्रिया मानव-जाति में भी चल रही है। कमजोर ताकतवरों को दबा रहे हैं। असभ्य जातियों में सबसे अधिक ताकतवर, योग्य, नैतिक व्यक्ति ही समाज का नेतृत्व करता है। वही सरदार और स्वामी होता है, लेकिन हम सभ्य इंसानों ने ईसा मसीह को सूली पर चढ़ा दिया और अब भी यही करते जा रहे हैं। इसका मतलब है कि हम लोगों में किसी चीज की कमी है...और हर चीज हमें अपने अंदर पैदा करनी चाहिए, वरना इन गलतियों की कोई सीमा न रहेगी।"

"लेकिन तुम्हारे पास कौन सी कसौटी है, जिससे ताकतवर और कमजोर का भेद जाना जा सके?"

"ज्ञान और प्रमाण से। तपेदिक और कंठमाला का मरीज अपनी बीमारी से पहचाना जाता है, पागल और अनैतिक आदमी अपने कार्यों से।"

"लेकिन इंसान गलतियां भी तो कर सकता है?"

"हां, लेकिन जब प्रलय आने का डर हो तो मन में यह डर नहीं होना चाहिए कि पैर गीले हो जाएंगे।"

"यह तो फिलॉसफी की बातें हैं।" पादरी ने कहा और हंस पड़ा।

"बिलकुल नहीं! मठ की फिलॉसफी से तुम्हारा दिमाग इतना भ्रष्ट हो गया है कि तुम हर चीज में सिवा धुंध के कुछ नहीं देखना चाहते। जिस अमूर्त ज्ञान से तुम्हारा नौजवान दिमाग ठसाठस भरा हुआ है, उसे इसलिए अमूर्त कहा जाता है क्योंकि जो मूर्त है, स्पष्ट है, यह ज्ञान उससे तुम्हारा ध्यान हटाता है। शैतान की आंखों में सीधे आंखें डालकर देखो, अगर वह शैतान है तो उससे कह दो कि वह शैतान है, सफाई देने के लिए उसे कांट या हीगल कहने की जरूरत नहीं है।"

वॉन कोरेन ने कुछ रुककर फिर कहना शुरू किया—

"दो दूनी चार होता है, और पत्थर पत्थर ही है। कल द्वंद्व युद्ध होने वाला है। हम दोनों कहेंगे कि द्वंद्व युद्ध बेवकूफी भरी हास्यास्पद दकियानूसी चीज है, अभिजात-वर्ग के लोगों के द्वंद्व युद्ध में और शराबखाने के शराबियों के उपद्रव में

कोई फर्क नहीं, फिर भी हम नहीं बाज आएंगे, कल वहां जाकर लड़ेंगे। साफ जाहिर है कि हमारी विवेक-शक्ति से भी बड़ी कोई बड़ी ताकत संसार में है। हम चिल्लाते हैं कि युद्ध का मतलब लूट, डाका, जुल्म, अपने भाइयों की हत्या करना है। खून देखते ही हमें गश आ जाता है! लेकिन फ्रेंच और जर्मन अगर हमारा अपमान करें तो फौरन हमें जोश आ जाता है। हम सच्चे दिल से 'हुर्रा' चिल्लाते हैं, और दुश्मन पर हमला करने के लिए दौड़ते हैं। आप ईश्वर से अपने हथियारों के लिए आशीर्वाद मांगते हैं, और सब लोगों में आपकी बहादुरी के प्रति उत्साह पैदा होता है। इससे यह नतीजा निकलता है कि हमसे और हमारी फिलॉसफी से बड़ी भी कोई ताकत है। हम इसे नहीं रोक सकते; जिस तरह हम समुद्र के ऊपर आकाश पर उड़ते हुए बादल को नहीं रोक सकते, पाखंड मत करो, छिप-छिपकर इस ताकत को मुंह मत चिढ़ाओ, यह मत कहो, आह! यह दकियानूसी है! मूर्खतापूर्ण है। आह! यह तो बाइबिल से मेल नहीं खाता।' बल्कि अच्छी तरह आंखें खोलकर उसे देखो, उसमें अगर कोई तर्क-संगत औचित्य दिखाई दे तो उसे मानो; मिसाल के लिए अगर वह ताकत किसी सड़ी-गली, कंठमाला की मरीज, भ्रष्ट कौम को नष्ट करना चाहती है तो अपनी गोलियों और बाइबिल के गलत-सलत उद्धरणों से उसे मत रोको। लेस्कोव ने नेक दानीला की कहानी लिखी है, जिसे शहर के बाहर एक कोढ़ी दिखाई दिया था। दानीला ने उसे खाना दिया, ईसा मसीह और प्रेम के नाम पर उसकी सेवा की। अगर उस दानीला को सचमुच मानव-जाति से प्रेम होता तो वह उस कोढ़ी को शहर से जितनी दूर ले जा सकता था, ले जाता और उसे एक गड्ढे में फेंक देता। फिर लौटकर स्वस्थ लोगों को बचाता। मेरे ख्याल में ईसा मसीह ने हमें ऐसा प्रेम करना सिखाया था जो तर्कसंगत, बुद्धिमत्तापूर्ण और व्यावहारिक हो।"

"तुम भी अजीब आदमी हो," पादरी हंस पड़ा, "तुम्हें ईसा मसीह में विश्वास नहीं है, फिर क्यों इतनी बार उनका नाम लेते हो?"

"हां, मुझे ईसा मसीह में विश्वास है, लेकिन अपने ढंग से। तुम्हारे ढंग से नहीं। ओह पादरी! कहो, कल हमारे साथ द्वंद्व युद्ध में चलोगे?" वॉन कोरेन ने शोखी भरी हंसी हंसते हुए पादरी की कमर में बांहें डाल दी।

"मुझे ऐसा हुक्म नहीं, वरना मैं जरूर चलता।"

"हुक्म से क्या मतलब?"

"मेरा जीवन धर्म को अर्पित हो चुका है। मैं इस समय पवित्र हूं।"

"ओह पादरी, पादरी, मुझे तुमसे बातें करना बहुत अच्छा लगता है।" वॉन कोरेन ने हंसते हुए कहा।

"तुम कहते हो कि तुम आस्था रखते हो। किस किस्म की आस्था? मेरे एक चचा हैं। वे पादरी हैं, उनके मन में इतनी आस्था है कि अकाल के दिनों में जब

वे खेतों में प्रार्थना करने जाते हैं तो अपना छाता और चमड़े का ओवर कोट साथ ले जाते हैं, ताकि वापसी पर भीग न जाएं। इसे कहते हैं आस्था! जब वे ईसा मसीह का नाम लेते हैं तो उनके चेहरे पर नर बरसता है, सारे किसान मर्द और औरतें, आंसुओं की नदी बहा देते हैं। मेरे चचा उस बादल को रोक सकते हैं और जिन शक्तियों का तुम जिक्र करते हो, उन्हें छिन्न-भिन्न कर सकते हैं। हां...आस्था से पर्वत भी हिल जाते हैं।" पादरी ने हंसकर वॉन कोरेन के कंधे थपथपाए। और कहने लगा—

"हां...तुम यहां सारा वक्त शिक्षा देते हो। समुद्र की गहराइयां मापते हो, कमजोरों और ताकतवरों का विभाजन करते हो, किताबें लिखते हो, लोगों को द्वंद्व युद्धों की चुनौती देते हो–लेकिन दुनिया वैसी की वैसी ही है। लेकिन देखो! कोई पतला-दुबला आदमी अगर पवित्र हृदय से एक शब्द भी बोल देगा, या एक नया मुहम्मद, हाथ में तलवार लेकर अरब से घोड़ा दौड़ाता हुआ आएगा तो दुनिया में उथल-पुथल मच जाएगी और यूरोप की ईंट से ईंट बज उठेगी।"

"देखो पादरी, वह तो किस्मत के फैसले पर निर्भर करता है।"

"बिना काम के आस्था निष्प्राण है, लेकिन बिना आस्था के काम करना और भी बदतर है–यह सिर्फ वक्त की बर्बादी है और कुछ नहीं।"

समुद्र के किनारे डॉक्टर दिखाई दिया। पादरी और वॉन कोरेन को देखकर वह वहीं पर आ गया।

डॉक्टर ने हांफते हुए कहा, "मेरे ख्याल में तो सारी तैयारी हो गई है। गोवोरोवस्की और बोयको तुम्हारे सहायक रहेंगे। वे तड़के पांच बजे ही उठकर चल देंगे। कैसे बादल छा गए हैं।" उसने आकाश की ओर देखकर कहा, "कुछ दिखाई नहीं देता, फौरन वर्षा होगी।"

"तुम भी हमारे साथ आ रहे हो न?" वॉन कोरेन ने पूछा।

"नहीं, ईश्वर मुझे बचाए। मैं पहले से ही परेशान हूं। मेरी जगह उस्तीमोविच जा रहा है, मैंने उससे कह दिया है।"

दूर समुद्र में बिजली चमकी, और बादलों की खोखली गर्जन सुनाई दी।

"तूफान से पहले कितनी उमस छा जाती है।" वॉन कोरेन बोला, "मैं शर्त लगाकर कहता हूं कि तुम लायवस्की के यहां गए थे और उसके सीने पर सिर रखकर आंसू बहाते रहे थे।"

"मैं उसके पास क्यों जाऊं? कैसी फिजूल बात है!" डॉक्टर ने घबराकर जवाब दिया।

सूरज छिपने से पहले डॉक्टर, इस उम्मीद में कि शायद लायवस्की से मुलाकात हो जाए, कई बार पेड़ों से आच्छादित सड़क के चक्कर काट आया था। उसे अपनी जल्दबाजी और बाद में होने वाले मैत्री भाव के आकस्मिक विस्फोट

पर शर्म आ रही थी, वह मजाक ही मजाक में लायवस्की से माफी मांगना चाहता था, उसे तसल्ली देना चाहता था और यह कहना चाहता था कि द्वंद्व युद्ध मध्ययुग की बर्बरता की निशानी है–और खुद किस्मत ने उनकी सुलह कराने के लिए यह द्वंद्व युद्ध भेजा है! दोनों बड़े ही समझदार और शानदार आदमी हैं। कल गोलियों के आदान-प्रदान के बाद दोनों एक-दूसरे के गुणों की तारीफ करेंगे और पक्के दोस्त बन जाएंगे। लेकिन लायवस्की कहीं नजर न आया।

"मैं भला किसलिए उससे मिलूंगा?" सेमोयलेंको ने पूछा, "मैंने उसकी बेइज्जती नहीं की, बल्कि उसी ने मेरी बेइज्जती की थी। मैंने उसे क्या नुकसान पहुंचाया है? मैं ड्राइंगरूम में गया, और बिना किसी बात के वह चिल्लाया, 'जासूस!' बहुत खूब, मुझे बताओ कि यह झगड़ा शुरू कैसे हुआ? तुमने उससे क्या कहा था?"

"मैंने उससे कहा था कि आजकल उसकी हालत खराब है। यह बात थी भी सच। कठिन परिस्थितियों का सामना या तो ईमानदार आदमी कर सकता है, या फिर बदमाश आदमी। लेकिन जो आदमी एक साथ ही ईमानदार और बदमाश होना चाहे–उसकी हालत तो खराब होती ही है। सज्जनो, ग्यारह बज गए हैं, और हमें कल सुबह जल्दी उठना है।"।

सहसा हवा का एक तेज झोंका आया, जिससे समुद्र-तट की धूल आवर्तों में उड़ने लगी, जिसकी आवाज में समुद्र का गर्जन खो गया।

"तूफान! चलो भीतर चलें, आंखों में धूल पड़ रही है।" पादरी ने कहा।

भीतर जाते वक्त सेमोयलेंको ने एक ठंडी सांस ली और वह अपना हैट उठाकर बोला—

"लगता है, आज रात मुझे नींद नहीं आएगी।"

वॉन कोरेन ने हंसकर कहा, "उत्तेजित मत होओ। निश्चित रहो। द्वंद्व युद्ध का कोई नतीजा नहीं निकलेगा। लायवस्की सहृदयतापूर्वक हवा में फायर करेगा। इसके सिवा वह कुछ कर भी नहीं सकता; और मैं अभी से कहे देता हूं कि मैं बिल्कुल फायर नहीं करूंगा। लायवस्की इस काबिल नहीं कि मैं उसकी खातिर अपने को गिरफ्तार कराऊं और अपना वक्त बर्बाद करूं। सुनो, द्वंद्व युद्ध की कानून में क्या सजा होती है?"

"गिरफ्तारी, और अगर आपका विरोधी मर जाए तो किले में ज्यादा से ज्यादा तीन बरस की कैद!"

"संत पीटर और संत पॉल के किले में?"

"नहीं, मेरा ख्याल है, फौजी किले में भेज देते हैं?"

"फिर भी इस भलेमानस को एक सबक तो मिलना ही चाहिए।"

उनके पीछे समुद्र में बिजली चमकी, जिससे घरों की छतें और एक क्षण

के लिए आलोकित हो उठे। पेड़ों से आच्छादित सड़क पर आकर दोस्तों ने एक-दूसरे से विदा ली। जब डॉक्टर अंधेरे में अदृश्य हो गया, और उसके कदमों की आहट भी गायब हो गई तो वॉन कोरेन ने पीछे से चिल्लाकर कहा—

"उम्मीद है, कल मौसम से यह सारा मामला गड़बड़ नहीं होगा।"

"शायद कल मौसम खराब होगा। ईश्वर करे, ऐसा ही हो।"

"गुड नाइट!"

"कैसी रात है, क्यों क्या खयाल है?"

हवा और समुद्र के गर्जन तथा बादलों की गड़गड़ाहट की वजह से कुछ सुनाई न दे सका।

"कुछ नहीं!" वॉन कोरेन चिल्लाया। और तेज कदमों से घर की तरफ चल पड़ा।

सत्रह

शोक-भार से बोझिल मेरे मन पर
विचारों की भीड़ आ जुटती है,
खामोशी में, स्मृति खोल देती है,
अपने लंबे लेखपत्र मेरी आंखों के आगे।
घृणा से कंपित हो जाता है मन, मैं कोसता हूं
मेरा यह विलाप व्यर्थ है,
मेरी आंखों के कड़वे आंसू,
उन पंक्तियों को नहीं धो पाते। –पुश्किन

कल सुबह चाहे वे लोग उसे मार डालें या उसका उपहास उड़ाएं–अर्थात् उसे जिंदा रहने दें। हर हालत में वह तो तबाह हो ही जाएगा। शोकाकुल या शर्मिंदा होकर यह बदनाम औरत चाहे आत्महत्या कर ले या अपने दयनीय जीवन को घसीटती रहे–हर हालत में वह भी बर्बाद होकर ही रहेगी।"

रात के वक्त लायवस्की, अपने हाथ मलता हुआ सोच रहा था। सहसा धड़ाके से कमरे की खिड़कियां खुल गई। और तेज हवा का एक झोंका कमरे में आया। मेज पर रखे कागज बिखर गए। लायवस्की ने खिड़कियां बंद कर दी और वह कागज समेटने के लिए नीचे झुका। उसके शरीर में एक किस्म का नया-सा फूहड़पन आ गया था, जो उसने पहले कभी महसूस नहीं किया था। उसे अपनी हरकतें अजीब मालूम हो रही थीं। वह भीरु भाव से अपनी कुहनियों को झटकता और कंधे सिकोड़ता हुआ चल रहा था। वापस मेज पर आकर बैठने के बाद उसने फिर हाथ मलने शुरू कर दिए। उसके शरीर का लचीलापन नष्ट हो गया था।

मौत से पहले अपने सबसे नजदीक के रिश्तेदार को खत लिखना चाहिए,

यह सोचकर लायवस्की ने कलम उठाई और कांपते हुए हाथों से लिखने लगा—"मां!"

"वह मां से मिन्नत करना चाहता था कि ईश्वर के नाम पर, जिस ईश्वर में मां इतनी आस्था रखती है, वह एक दुखी औरत को शरण दे, उस पर दया दिखाए, जो लायवस्की की वजह से बर्बाद हो चुकी है, जो गरीबी, कमजोरी और एकाकीपन की जिंदगी काट रही है। या पुरानी सब बातों को भूल जाए और उसे माफ कर दे। इससे वह अपनी कुर्बानी से अपने बेटे के भयंकर पाप का कुछ सीमा तक प्रायश्चित कर सकेगी। लेकिन लायवस्की को याद आया कि उसकी मां, जो भरकम शरीर की मोटी औरत थी, अपनी लेस वाली टोपी पहनकर सुबह बाग में घूमने जाया करती थी। उसके पीछे-पीछे उसकी संगिनी कुत्ता लेकर चलती थी; लायवस्की को याद आया कि उसकी मां कैसी सख्त आवाज में माली और बाकी नौकरों से बोलती थी। उसके चेहरे पर कितना अहंकार और धृष्टता थी—लायवस्की ने जो लिखा था, वह काट दिया।

तीनों खिड़कियों में बिजली चमकी और बहुत देर तक कानों को बहरा करने वाली भयंकर गड़गड़ाहट होती रही, जो शुरू में खोखली थी. लेकिन बाद में उसकी तीव्रता से खिड़कियां तक हिलने लगी थीं। लायवस्की उठकर खिड़की के पास चला गया और उसने अपना सिर खिड़की के शीशे से टिका दिया। बाहर भयंकर तूफान था। क्षितिज पर बिजली की सफेद धाराएं तूफानी बादलों में से समुद्र में गिर रही थीं, जिनसे समुद्र में उठती हुई लहरें दूर-दूर तक आलोकित हो उठती थी, दाएं-बाएं सारे घर पर बिजली चमक रही थी।

"तूफान!" लायवस्की फुसफुसाया। उसके मन में किसी के सम्मुख प्रार्थना करने की इच्छा जागृत हुई, चाहे वे बिजली और तूफानी बादल ही हों। उसने कहा, "प्यारे तूफान!"

उसे याद आया कि बचपन में जब तूफान आता था तो वह सिर पर टोपी लगाए बगैर ही भागकर बाग में चला जाता था। सुनहले बालों और नीली आंखों वाली दो नन्ही लड़कियां उसके पीछे-पीछे भागती थीं, सब बारिश में गीले हो जाते थे, और खुशी से हंसते थे, लेकिन जब जोर से गड़गड़ाहट होती थी तो लड़कियां बड़े विश्वास से उसके साथ लिपट जाती थीं और वह अपने शरीर पर क्रास का चिह्न बनाकर कहता था, 'पवित्र, पवित्र, पवित्र...' ओह, वे सब कहां खो गए! पवित्र, सुंदर आग के वे उगते दिन किस समुद्र में डूब गए? उसे अब तूफान से डर नहीं रहा, कुदरत से कोई प्यार नहीं रहा। उसका कोई ईश्वर नहीं, जिन सारी लड़कियों ने उसपर विश्वास किया था, उसने उन सबको बर्बाद कर दिया था। जिंदगी भर उसने अपने बाग में एक भी वृक्ष नहीं लगाया था, घास का एक भी तिनका नहीं उगाया था; जिंदगी रहते हुए, उसने मक्खी तक के प्राणों की रक्षा नहीं की थी।

उसने तबाही और बर्बादी के सिवा, झूठ बोलने के सिवा कुछ भी नहीं किया था।

'अतीत में क्या मैंने एक भी ऐसा काम किया है जो पापमय नहीं था!' उसने किसी आलोकित स्मृति का सहारा लेने की कोशिश की, जिस तरह खड्‌डे में गिरता हुआ आदमी झाड़ियों को पकड़ता है।

स्कूल? यूनिवर्सिटी? लेकिन वह सब पाखंड था। उसने पढ़ाई-लिखाई से जी चुराया था, और जो पढ़ा-लिखा था, वह सब भूल गया था। देश-सेवा? वह भी पाखंड था, क्योंकि उसने कोई सेवा नहीं की। मुफ्त में तनख्वाह लेता रहा, सरकार को उसने लूटा है, इस घृणित दगाबाजी के लिए उसे सजा नहीं मिली।

सत्य को जानने की उसके मन में कभी कोई आकांक्षा नहीं रही, न उसने सत्य को पाने की कोई कोशिश ही की थी। पाप और झूठ से मंत्रमुग्ध-सी होकर उसकी अंतरात्मा सोती रही थी या खामोश हो गई थी। एक अजनबी, किसी दूसरे ग्रह से आए हुए आदमी की तरह उसने इंसानों के साधारण जीवन में कोई हिस्सा नहीं लिया था। इंसान की यातनाओं, विचारों, धर्म, विज्ञान, आकांक्षाओं और संघर्षों के प्रति उसने उदासीनता दिखाई थी। जिंदगी में उसके मुंह से एक भी अच्छा शब्द नहीं निकला था। उसने एक भी ऐसी पंक्ति नहीं लिखी थी जो बेकार और बेहूदी न हो। अपने साथी इंसानों की उसने रत्ती भर सेवा नहीं की, लेकिन उसने उनकी दी हुई रोटी खाई, शराब पी, उनकी बीवियों को भ्रष्ट किया, उनके विचारों पर जिंदा रहा, उनकी और अपनी नजरों में अपनी घृणित जोंक जैसी जिंदगी को उचित ठहराने के लिए हमेशा यह दिखाने की कोशिश की कि वह उन लोगों से ऊंचा है। झूठ, झूठ, झूठ..."

उस रोज शाम को उसने जो दृश्य मुरीदोव के यहां देखा था, उसकी स्मति से उसका हृदय शोक और घृणा से भर गया। किरीलिन और एचमियानोव भी घृणित जीव थे, लेकिन वे उसी काम को आगे बढ़ा रहे थे जिसे लायवस्की ने शुरू किया था। वे उस साजिश में उसके साथी और चेले थे। इस कमजोर और नौजवान औरत ने लायवस्की को अपना भाई समझ कर उसपर विश्वास किया था और वह उस औरत को उसके पति, मित्र और देश तक से वंचित करके यहां ले आया–यहां की गर्मी, बुखार और नीरस वातावरण को झेलने के लिए; दिन-ब-दिन आईने की तरह वह औरत लायवस्की की दुष्टता और झूठ को प्रतिबिंबित करती जा रही थी। अपने कमजोर निरुत्साहपूर्ण, दयनीय जीवन को भरने के लिए उसके पास सिर्फ यही चीज बच रही थी। फिर लायवस्की उससे ऊब गया था, उससे नफरत करने लगा था, लेकिन उसमें इतना साहस न था कि उस औरत को छोड़ देता। उसने उस बेचारी को झूठ के जाल में और भी जकड़ने की कोशिशें की थीं–इन आदमियों ने बाकी का काम पूरा कर दिया था।

लायवस्की पहले जाकर मेज के आगे बैठ गया फिर खिड़की के पास जाकर

खड़ा हो गया। उसने मोमबत्ती बुझाकर फिर जला दी। वह ऊंची आवाज में अपने-आपको कोसने लगा, रोकर विलाप करने लगा और माफी मांगने लगा। कई बार शोकाकुल होकर वह मेज की तरफ भागा और उसने लिखा–"मां!"

मां के सिवा न उसका कोई नजदीकी रिश्तेदार था न दोस्त। लेकिन मां उसकी मदद कैसे कर सकती थी? वह कहां थी? उसके मन में आया कि जाकर नादेज़्दा फ़्योदोरोव्ना के कदमों पर गिर पड़े। उसके हाथ-पैर चूमे और माफी मांगे, लेकिन नादेज़्दा उसके द्वारा सताई गई थी। उसे नादेज़्दा से इस तरह डर लगता था जैसे वह कोई लाश हो।

"मेरी जिंदगी बर्बाद हो गई है। मैं अभी तक क्यों जिंदा हूं! मेरे ईश्वर!..." उसने हाथ मलते हुए कहा।

उसने अपनी किस्मत के धुंधले सितारे को आकाश से नीचे फेंक दिया था। सितारा गिर पड़ा था। रात के अंधेरे में उसका रास्ता खो गया था। वह सितारा आकाश में कभी नहीं लौटेगा क्योंकि जिंदगी सिर्फ एक बार मिलती है, दूसरी बार नहीं आती। अगर वह बीते हुए दिन और बरस लौटा सकता तो वह झूठ की जगह सच को रख देता, निकम्मेपन की जगह परिश्रम और विरक्ति की जगह सुख को रख देता। जिनकी पवित्रता उसने छीनी थी, उन्हें उनकी पवित्रता लौटा देता। उसे भी ईश्वर और अच्छाई मिल जाती, लेकिन यह उतना ही असंभव था, जैसा कि गिरे हुई तारे को आकाश में फिर से पहुंचा देना। चूंकि यह सब असंभव था, इसलिए वह शोकाकुल हो रहा था।

जब तूफान खत्म हो गया, तो वह खुली खिड़की के पास बैठकर अपने भविष्य के बारे में सोचने लगा। ज्यादा संभावना इस बात की है कि वॉन कोरेन उसे मार डालेगा। वॉन कोरेन का साफ, हृदयहीन सिद्धांत कहता है कि समाज के सड़े-गले और निकम्मे लोगों को नष्ट कर देना चाहिए। लायवस्की के प्रति वॉन कोरेन के मन में जो घृणा और ग्लानि थी, शायद वही उसके प्राण बचा सकेगी। अगर वॉन कोरेन का निशाना चूक गया या अपने दुश्मन को मजाक उड़ाने के लिए वह सिर्फ उसे जख्मी कर दे या हवा में गोली चलाए तो लायवस्की क्या करेगा? कहां जाएगा?

'पीटर्सबर्ग चला जाऊंगा?' लायवस्की ने मन ही मन पूछा। लेकिन इसका मतलब होगा कि उस जिंदगी की फिर से शुरुआत होगी जिसे वह कोसता आया है। जो आदमी अपनी मुसीबतों से छुटकारा पाने के लिए एक जगह छोड़कर दूसरी जगह जाता है, अपना घर छोड़कर दूसरे देश में भटकता फिरता है, उसे दूर देश में बसने वाले पक्षी की तरह कहीं भी मुक्ति नहीं मिलती, क्योंकि उसे सारी दुनिया एक-सी दिखाई देती है। नए लोगों में मुक्ति ढूंढ़ी जाए? किसमें और कैसे? वॉन कोरेन की नफरत और पादरी की हंसी की तरह सेमोयलेंको की दयालुता और

सहृदयता भी उसे नहीं बचा सकेगी। उसे अपने अंदर मुक्ति ढूंढ़नी होगी, अगर मुक्ति न मिली तो समय क्यों बर्बाद किया जाए? उसे फौरन आत्महत्या कर लेनी चाहिए। बस...

उसे घोड़ागाड़ी की आवाज सुनाई दी। पौ फट रही थी। गाड़ी नजदीक से निकल गई, फिर मुड़कर उसके घर के पास गीली रेत में खड़ी हो गई। गाड़ी में दो आदमी बैठे थे।

"एक मिनट रुको। मैं फौरन आ रहा हूं।" लायवस्की ने खिड़की से सिर निकालकर कहा। "मैं सो नहीं रहा। अभी वक्त तो नहीं हुआ होगा?"

"हां, चार बज गए हैं। वहां पहुंचते-पहुंचते..."

लायवस्की ने अपना ओवरकोट और टोपी पहनी। जेब में कुछ सिगरेट डाली और हिचकिचाहट में चुपचाप खड़ा हो गया। उसे लगा कि उसे कोई और काम करना चाहिए। नीचे सड़क पर दोनों आदमी धीमी आवाज में बातें कर रहे थे। घोड़े नथुने फुलाकर 'फूं-फूं' कर रहे थे। सीली सुबह में, जब सब लोग सो रहे थे, और पूरी तरह से दिन भी नहीं निकला था, इन आवाजों ने लायवस्की की आत्मा में एक ऐसी बेचैनी भर दी जो किसी बड़े अमंगल की सूचक थी। वह कुछ देर हिचकिचाहट में वहीं खड़ा रहा। फिर सोने के कमरे में चला गया।

नादेज़्दा फ़्योदोरोव्ना पलंग पर सिर से पैर तक एक कंबल ओढ़े लेटी थी। वह हिल-डुल नहीं रही थी, उसका सारा हुलिया, खास तौर पर उसका सिर, एक मिश्री ममी* से मिलता था। लायवस्की ने दूर से उसकी तरफ देखकर मन ही मन उससे माफी मांगी और सोचने लगा कि अगर सचमुच कोई ईश्वर है और आकाश खाली नहीं है तो ईश्वर उस औरत की जरूर रक्षा करेगा; अगर ईश्वर नहीं है तो उस औरत के लिए नष्ट हो जाना ही बेहतर रहेगा—कोई ऐसी चीज नहीं जिसके लिए वह जिंदा रहे।

सहसा नादेज़्दा उठकर बैठ गई, अपना पीला चेहरा उठाकर उसने आतंकित दृष्टि से लायवस्की की तरफ देखा, "तुम यहां आए हो? क्या तूफान खत्म हो गया?"

"हां।"

नादेज़्दा को कुछ याद आया। उसने दोनों हाथों से अपना सिर थाम लिया और थर-थर कांपने लगी।

"मैं कितनी दुखी हूं! काश, तुम जान सकते कि मैं कितनी दुखी हूं! मुझे उम्मीद थी कि तुम मुझे मार डालोगे या बारिश और तूफान में घर से निकाल दोगे,

---

* प्राचीनकाल में मिस्र के लोग अपने शासकों के मरने पर उनके शरीरों को मसाले में सुरक्षित रखते थे।

लेकिन तुम देर कर रहे हो...देर कर रहे हो," नादेज़्दा ने अधमुंदी आंखों से कहा।

लायवस्की ने आवेश में आकर नादेज़्दा को अपनी बांहों में ले लिया और उसके हाथों और घुटनों को चूमने लगा। फिर जब वह कुछ बड़बड़ाई और पिछली बातों को याद करके कांपने लगी तो लायवस्की ने उसके बाल सहलाए और उसके चेहरे को देखकर भांप गया कि यही दुखी, गुनहगार औरत उसकी एकमात्र रिश्तेदार है, जिसका स्थान कोई नहीं ले सकता।

जब वह घर से बाहर निकलकर गाड़ी में बैठा तो उसके दिल में जिंदा वापस लौटने की आकांक्षा पैदा हुई।

अठारह

पादरी ने उठकर कपड़े पहने और अपनी मोटी, ऐंठी हुई छड़ी लेकर चुपचाप घर से बाहर निकल आया। बाहर अभी अंधेरा था। जब वह बाहर निकला तो उसे अपनी सफेद छड़ी तक दिखाई नहीं दी। आसमान में एक भी तारा नहीं था और मालूम होता था कि फिर बारिश होगी। गीली रेत और समुद्र की गंध आ रही थी।

"उम्मीद है कि पहाड़ी लोग हमला नहीं करेंगे," पादरी ने फुटपाथ पर अपनी छड़ी की आवाज सुनकर सोचा। रात की निस्तब्धता में छड़ी की आवाज बहुत ऊंची और सूनी लग रही थी।

जब वह शहर से बाहर निकल आया तो उसे सड़क और छड़ी दोनों चीजें दिखाई देने लगीं। काले आसमान में इधर-उधर काले बादलों के टुकड़े थे। जल्द ही एक तारा बाहर झांकने लगा और डरकर अपनी एक आंख झपकाने लगा। पादरी ऊंचे चट्टानों वाले किनारे पर चल रहा था। उसे समुद्र दिखाई नहीं दे रहा था। समुद्र नीचे सो रहा था और उसकी अदृश्य अलसाई और मंद लहरें किनारे से टकरा रही थी और उनमें से इस तरह की आवाज आ रही थी जैसे कोई 'उफ!' कहकर ठंडी आहे भर रहा हो।

और वे कितनी मंद लहरें थीं! एक लहर टूट गई। पादरी ने गिनकर आठ कदम रखे। फिर दूसरी लहर टूटी और छह कदमों के बाद तीसरी। पहले की तरह अब भी कुछ दिखाई नहीं दे रहा था। अंधेरे में समुद्र की अलसाई, नींद भरी गर्जन सुनाई दे रही थी। समुद्र की इस गर्जन में उस सुदूर अतीत का स्वर सुनाई देता था जब ईश्वर ने अराजकता को बांधकर सृष्टि की थी।

पादरी को एक अलौकिक अनुभूति हुई। वह सोचने लगा कि कहीं ईश्वर उसे नास्तिकों की सोहबत में रहने के लिए और उनके द्वंद्व युद्ध देखने के लिए सजा न दे। द्वंद्व युद्ध बिल्कुल मूर्खतापूर्ण और हास्यास्पद होगा। उसमें रक्तपात शायद

न भी हो, लेकिन आखिर होगा तो वह अधार्मिक दृश्य ही, एक धर्मोपदेशक का वहां मौजूद रहना अशोभन होगा। वह रुक गया और सोचने लगा—'क्या मैं वापस लौट जाऊं?' लेकिन एक तीव्र आकुलता भरी जिज्ञासा ने उसके संदेहों पर जीत पा ली और वह चलता गया।

"नास्तिक होते हुए भी वे अच्छे लोग हैं, ईश्वर जरूर उनकी रक्षा करेगा, जरूर करेगा।" पादरी ने सिगरेट सुलगाते हुए ऊंची आवाज में कहा।

इंसान के गुणों को परखने के लिए किस पैमाने से जांचा जाए? पादरी को अपने दुश्मन की याद आई जो पादरियों के स्कूल का इंस्पेक्टर था, जो ईश्वर में विश्वास करता था, पवित्र जीवन व्यतीत करता था, जिसने कभी द्वंद्व युद्धों में हिस्सा नहीं लिया था, लेकिन वह पादरी को रेत-मिले आटे की रोटी खिलाया करता था। एक बार तो उसने इतनी जोर से पादरी का कान खींचा था कि कान फटते-फटते बचा था। अगर मानव-जीवन का विधान इतना फूहड़ है कि हर आदमी इस निर्दय, बेईमान, सरकार का आटा चुराने वाले इंस्पेक्टर का आदर करता है, स्कूलों में इस इंस्पेक्टर की सेहत और मुक्ति के लिए प्रार्थनाएं होती हैं, तो क्या वॉन कोरेन और लायवस्की जैसे लोगों से सिर्फ इसीलिए बचना चाहिए क्योंकि वे नास्तिक हैं?' पादरी मन ही मन इस सवाल पर गौर कर रहा था, लेकिन उसे याद आया कि कल सेमोयलेंको कितना हास्यास्पद दिखाई दे रहा था। इससे उसका विचार-सूत्र टूट गया। आज कितना मजा आएगा। पादरी कल्पना करने लगा कि आज वह एक झाड़ी में छिपकर सारा दृश्य देखेगा और आज जब खाने के वक्त वॉन कोरेन अपनी बहादुरी की डींग हांकेगा तो पादरी हंस पड़ेगा और द्वंद्व युद्ध का पूरा ब्यौरा सुनाएगा।

'तुम्हें सारी बातें कैसे पता चली?' वॉन कोरेन पूछेगा।

"यही तो मजे की बात है! घर रहकर भी मुझे सब कुछ पता चल गया।"

इस द्वंद्व युद्ध का व्यंग्यपूर्ण वर्णन लिखना भी ठीक रहेगा। उसके ससुर इस वर्णन को पढ़कर हंसी से लोटपोट हो जाएंगे। उसके ससुर को अच्छी कहानी, चाहे वह जबानी सुनाई जाए या लिखकर, खाने-पीने से भी ज्यादा अच्छी लगती थी।

पीली नदी की घाटी उसके सामने फैली थी। बारिश की वजह से नदी की धार पहले से चौड़ी और तेज हो गई थी, कलकल ध्वनि तेज हरहराहट में बदल गई थी। पौ फटने लगी थी। भूरी, धुंधला सुबह, तूफानी बादलों को पकड़ने की कोशिश में पश्चिम की तरफ भागते हुए बादल, कोहरे में लिपटे पहाड़, गीले पेड़–ये सब पादरी को बदसूरत और मनहूस दिखाई दिए। झरने के पास जाकर वह नहाया और उसने प्रार्थना की। उसका मन चाय, गर्म रोलों और खट्टी मलाई के लिए तरसने लगा, जो हर रोज सुबह उसके ससुर के यहां परसे जाते थे। उसे अपनी बीवी की और 'वे दिन जो लौट नहीं सकते' नामक गीत को याद आई जिसे उसकी बीवी प्यानो पर बजाया करती थी। वह कैसी औरत थी? एक हफ्ते के

भीतर ही दोनों का परिचय, सगाई, ब्याह सभी कुछ हो गया था। शादी को अभी एक महीना भी नहीं हुआ था कि उसे यहां आने का हुक्म मिला। उसे अपनी बीवी को अच्छी तरह जानने का मौका भी नहीं मिला था। फिर भी उसे बीवी की याद आती थी।

'मुझे एक अच्छा-सा खत उसे लिखना चाहिए...' उसने सोचा।

चाय-घर का झंडा बारिश से भीगकर लटक गया था, चाय-घर की छत भी भीग गई थी और इमारत पहले से काली और नीची दिखाई दे रही थी। दरवाजे के पास एक छकड़ा खड़ा था। कर्बाले, दो पहाड़ी और एक तातार युवती—जिसने पतलून पहन रखी थी; निःसंदेह जो कर्बाले की बीवी या लड़की थी—मिलकर चाय-घर से बोरियां लाकर छकड़े में बिछी मकई की करब पर रख रहे थे।

छकड़े के पास दो गधे सिर लटका कर खड़े थे। जब सारी बोरियां छकड़े में रख दी गईं तो पहाड़ियों और तातार औरत ने बोरियों को करब से ढक दिया। कर्बाले ने जल्दी से गधों को गाड़ी में जोतना शुरू किया।

"शायद ये लोग चोरी से कहीं माल पहुंचा रहे हैं।" पादरी ने सोचा।

चीड़ की सूखी सुइयों, गिरे हुए पेड़ और आग से काले हुए घास के हिस्से को देखकर पादरी को पिकनिक की सारी घटनाओं, पहाड़ियों के गीतों, बिशप बनने के सुखद सपनों और गिर्जाघरों के जलूस की याद आ गई...काली नदी बारिश से और भी काली और चौड़ी हो गई थी। पादरी सावधानी से तंग पुल पर चल रहा था, जिस तक गंदले पानी की ऊपरी सतह छू रही थी। झाड़ी के रास्ते वह उस शैड के पास पहुंचा जहां अनाज सुखाया जाता था।

वह भूसे पर लेट गया और वॉन कोरेन के बारे में सोचने लगा—

उसका दिमाग तो बहुत शानदार है-ईश्वर उसकी सेहत बनाए रखे; उसमें कोई ऐब नहीं, सिर्फ निर्दय है...

'...वह लायवस्की से क्यों नफरत करता है और लायवस्की को उससे किसलिए नफरत है? दोनों में किस लिए द्वंद्व युद्ध हो रहा है? बचपन से ही अगर पादरी की तरह वे भी गरीबी से परिचित होते, अगर उन्हें मूर्ख, कठोरहदय, लालची, उजड़ और अशिष्ट लोगों के बीच रखा जाता, जो किसी को रोटी का एक कौर भी नहीं खिला सकते, जो फर्शों पर थूकते हैं, खाने और प्रार्थना के वक्त जिन्हें हिचकियां आती हैं; अगर बचपन से ही इन्हें सुखद वातावरण में रखकर बिगाड़ा न जाता, उनके गिने-चुने दोस्त न होते तो दोनों एक-दूसरे के दोषों को नजरंदाज कर देते और एक-दूसरे की अच्छाइयों की कद्र करते! संसार में ऐसे लोगों की संख्या भी कम है जो बाहर से सभ्य हों! यह सच है कि लायवस्की चंचल, दुराचारी और विलक्षण आदमी है, लेकिन वह चोरी नहीं करता, न जोर से जमीन पर थूकता ही है; वह अपनी बीवी को गालियां नहीं देता, न उससे कहता है—तुम ठूंस-ठूसकर

खाती हो, लेकिन काम करते मौत आती है। वह घोड़े की लगामों से किसी बच्चे को नहीं मारेगा, न ही अपने नौकरों को सड़ा हुआ गोश्त खाने के लिए देगा—क्या इतना करना ही काफी नहीं कि उससे हमदर्दी दिखाई जाए? इसके अलावा अपनी कमजोरियों का सबसे बड़ा शिकार वह खुद है, जिस तरह कोई आदमी अपने फोड़ों की वजह से दुःख पाता है, यहां के नीरस वातावरण से ऊबकर, और किसी गलतफहमी की वजह से एक-दूसरे के अध:पतन, तबाही, वंशानुगत दुर्गुणों और ऐसी ही दुर्बोध बातों में दिलचस्पी लेने की बजाय, क्या यह बेहतर नहीं होगा कि वे ज़रा नीचे उतरकर अपनी नफरत और गुस्से को उस तरफ मोड़ें जहां फूहड़ अज्ञान, लालच, डांट-फटकार, अपवित्रता, गाली-गलौज और औरतों की चीखों से सारी गलियां गूंजती रहती हैं... ?'

एक गाड़ी की आवाज ने पादरी की विचारधारा को तोड़ दिया। उसने शैड के दरवाजे में से झांककर देखा। गाड़ी में लायवस्की, शेस्कोवस्की और डाकघर का सुपरिटेंडेंट बैठे थे।

"रोको!" शेस्कोवस्की ने कहा।

तीनों गाड़ी से बाहर निकल आए और एक-दूसरे का मुंह ताकने लगे।

"वे लोग अभी नहीं पहुंचे।" शेस्कोवस्की ने कीचड़ झाड़ते हुए कहा, "अच्छा, शो शुरू होने से पहले चलकर कोई ठीक जगह तलाश कर लें; यहां तो मुड़ने के लिए भी काफी जगह नहीं है।"

वे नदी की तरफ बहुत आगे चले गए और जल्दी ही आंखों से ओझल हो गए। तातार ड्राइवर अपने कंधों पर सिर रखकर सो गया। दस मिनिट तक इंतजार करने के बाद पादरी शैड से बाहर निकला, और उसने अपना काला हैट उतार लिया ताकि कोई उसे पहचान न ले। वह झाड़ियों और मकई के खेतों में से होता हुआ, नदी के किनारे-किनारे दुबककर चारों तरफ देखता हुआ चलने लगा। घास और मकई गीली थी, पेड़ों और झाड़ियों से पानी की बड़ी-बड़ी बूंदें उसके सिर पर टपक रही थीं। कैसी अपमानजनक स्थिति है!' पादरी अपने गीले और मिट्टी से सने चोगे को उठाकर बड़बड़ाया, "अगर मुझे पहले से मालूम होता तो मैं यहां न आता।"

जल्दी ही उसे आवाजें सुनाई दी और वे लोग दिखाई भी दे गए। लायवस्की तेजी से इधर-उधर जंगली मैदान में चक्कर काट रहा था। उसकी पीठ झुकी हुई थी और उसने आस्तीनों में हाथ डाल रखे थे। उसमें दोनों सहायक नदी के किनारे सिगरेट सुलगा रहे थे।

पादरी लायवस्की की चाल को न पहचान सका। उसने मन ही मन सोचा, 'कैसी अजीब बात है। यह तो बूढ़ा सा दिखाई देता है!"

डाकघर के सुपरिटेंडेंट ने अपनी घड़ी की तरफ देखते हुए कहा, "वे लोग

कैसे बदतमीज हैं। हो सकता है देरी से आना ही विद्वान् लोगों का शिष्टाचार हो, लेकिन मेरे ख्याल में तो वह बिल्कुल सुअरों जैसी बात है।"

शेस्कोवस्की ने, जो काली दाढ़ी वाला बलिष्ठ आदमी था, कान लगाकर सुना, फिर वह बोला —

"वे लोग आ रहे हैं।"

उन्नीस

"मैंने जिंदगी में पहली बार ऐसा दृश्य देखा है! कितना खूबसूरत!" वॉन कोरेन ने पूर्व दिशा में फैले हुए घास के मैदान की तरफ इशारा करते हुए कहा।

पूर्व में पहाड़ों के पीछे प्रकाश की दो हरी रेखाएं थीं, जो सचमुच बड़ी खूबसूरत थीं। सूरज निकल रहा था।

वॉन कोरेन ने लायवस्की के सहायकों को सिर हिलाकर अभिवादन किया, "गुड मार्निंग, मुझे आने में देरी तो नहीं हो गई। क्यों?"।

उसके पीछे-पीछे उसके सहायक बोयको और गोवोरोवस्की थे। दोनों एक ही कद के तरुण अफसर थे। दोनों ने सफेद कोट पहन रखे थे। साथ में डॉक्टर उस्तीमोविच भी था जो दुबला-पतला, असामाजिक प्राणी था। उसके एक हाथ में बैग-सा था और दूसरे हाथ में हमेशा की तरह एक बेंत था; उसका हाथ पीठ की तरफ था। उसने किसी को अभिवादन किए बगैर अपना दूसरा हाथ भी पीछे कर लिया और मैदान में चहलकदमी करने लगा।

लायवस्की को एक किस्म की थकान और घबराहट महसूस हो रही थी, जैसा कि मरणासन्न व्यक्ति को होती है; इसी कारण से सब लोगों का ध्यान उसी पर केंद्रित था। वह चाहता था कि उसे जल्दी से जल्दी खत्म कर दिया जाए या घर ले जाया जाए। उसने जिंदगी में अब पहली बार सूर्योदय देखा, उसे लगा कि प्रभात का, प्रकाश को हरी किरणों का, वातावरण में छाई आर्द्रता का और गीले बूटों वाले आदमियों का उसकी जिंदगी से कोई संबंध नहीं था। वे बिल्कुल बेकार और परेशान करने वाली चीजें थीं कल रात उसने जो कुछ झेला था, उसके मन में जो विचार उठे थे, उसकी अपराध-भावना से इन सारी चीजों का कोई संबंध नहीं था। द्वंद्व युद्ध का इंतजार किए बगैर ही वह इस संसार से चले जाना चाहता था।

वॉन कोरेन की उत्तेजना साफ झलक रही थी, जिसे छिपाने के लिए वह हरी

किरणों में बहुत ज्यादा दिलचस्पी लेने का अभिनय कर रहा था। उसके सहायक घबराकर एक-दूसरे का इस तरह मुंह ताक रहे थे, जैसे उन्हें ताज्जुब हो रहा हो कि वे वहां किसलिए आए हैं और उन्हें इस मौके पर क्या करना चाहिए।

"मेरा ख्याल है कि और आगे जाने की जरूरत नहीं है, यही जगह ठीक रहेगी।" शेस्कोवस्की बोला।

"हां, बिल्कुल ठीक है।" वॉन कोरेन ने सहमति प्रकट की।

इसके बाद खामोशी छा गई। उस्तीमोविच ने सहसा तेजी से लायवस्की की तरफ मुड़कर उसके चेहरे पर अपनी सांस फेंकते हुए धीमी आवाज में कहा—

"शायद इन लोगों ने अभी तक तुम्हें मेरी शर्तें नहीं बताईं। दोनों पक्षों को मुझे पंद्रह-पंद्रह रूबल देने होंगे और अगर दोनों में से किसी की मौत हो गई तो जो बचेगा वह मुझे तीस रूबल देगा।"।

लायवस्की पहले से इस आदमी से परिचित था, लेकिन अब पहली बार उसने उस आदमी की निस्तेज आंखों, अकड़ी हुई मूंछों, उसकी सूखी तपेदिक के मरीजों की सी गर्दन को अच्छी तरह देखा। वह डाक्टर नहीं, बल्कि पैसा लूटने वाला प्रेत था। उसके मुंह से गोश्त की गंदी सी बू आ रही थी।

'इस दुनिया में कैसे-कैसे लोग हैं!' लायवस्की ने मन ही मन सोचा और जवाब दिया, 'ठीक है।'

डॉक्टर ने सिर हिलाया और फिर चहलकदमी करने लगा। साफ जाहिर था कि उसे पैसों की कोई जरूरत नहीं थी, बल्कि सिर्फ नफरत की वजह से उसने यह मांग की थी। सब लोग महसूस कर रहे थे कि द्वंद्व युद्ध शुरू होना चाहिए, या यूं कहें कि जिस काम की शुरुआत या अंत करने की बजाय वे लोग इधर-उधर खड़े थे, चहलकदमी कर रहे थे और सिगरेट पी रहे थे। तरुण अफसरों को जिन्हें जिंदगी में पहली बार द्वंद्व युद्ध में मौजूद होने का मौका मिला था, अभी तक इस सिविलियन और उनकी राय में बेकार द्वंद्व युद्ध में विश्वास नहीं हो रहा था। वे अपने कोटों का निरीक्षण कर रहे थे और अपनी आस्तीनों को सहला रहे थे। शेस्कोवस्की ने उसके पास जाकर धीमी आवाज में कहा, "सज्जनो, हमें इस द्वंद्व युद्ध को रोकने की पूरी कोशिश करनी चाहिए; दोनों की सुलह हो जानी चाहिए।"

उसका चेहरा लाल हो गया और उसने कहा, "कल रात किरीलिन मेरे यहां आया था और शिकायत कर रहा था कि लायवस्की ने उसे नादेज़्दा फ़्योदोरोव्ना के साथ देख लिया था और इसी किस्म की बातें..."

"हां, हमें भी यह बात मालूम है।" बोयको ने जवाब दिया।

"अच्छा तो आप समझ गए होंगे...लायवस्की के हाथ कांप रहे हैं, वगैरह वगैरह...अब उससे पिस्तौल उठाया तक नहीं जाएगा। उसके साथ लड़ना उतना ही अमानुषिक होगा जितना कि किसी नशे में बेसुध आदमी का या किसी टाइफाइड

के मरीज से लड़ना। अगर समझौता नहीं हो सकता तो हमे इस द्वंद्व युद्ध को स्थगित करवा देना चाहिए, सज्जनो; या इसी किस्म की कोई चीज करनी चाहिए...मुझसे यह जी मिचलाने वाला दृश्य नहीं बर्दाश्त होगा।"

"वॉन कोरेन से बात करो।"

"मुझे द्वंद्व युद्ध के नियम मालूम नहीं, न मैं उन्हें जानना ही चाहता हूं, जहन्नुम में जाएं ये सारे नियम! शायद वह सोचेगा कि लायवस्की अपनी बात से मुकर रहा है और उसने मुझे उसके पास भेजा है। लेकिन वह जो सोचना चाहता है सोचे–मैं उससे बात करूंगा।"

—शेस्कोवस्की हिचकिचाकर ज़रा-सा लंगड़ाता हुआ वॉन कोरेन की तरफ बढ़ा, इस तरह, जैसे उसकी टांग सो गई हो। उसने अपना गला साफ किया। उस वक्त तक वह आलस्य की मूर्ति दिखाई दे रहा था।

"मुझे आपसे एक बात कहनी है, जनाब," उसने गौर से वॉन कोरेन की कमीज पर लगे फूलों को देखकर कहा, "यह एक प्राइवेट बात है। मुझे द्वंद्व युद्ध के नियमों के बारे में कुछ पता नहीं है, न मैं जानना ही चाहता हूं। जहन्नुम में जाएं सारे नियम, मैं इस सारे मामले को एक सहायक की दृष्टि से नहीं, बल्कि एक इंसान की दृष्टि से देखता हूं। बस इतनी सी बात है।"

"ठीक है, तो फिर?"

"जब सहायक लोग समझौते की बात करते हैं तो आम तौर पर कोई भी उनकी बात नहीं सुनता, क्योंकि इसे सिर्फ औपचारिकता समझा जाता है। लेकिन मैं आपसे विनती करता हूं कि ज़रा गौर से ईवान एंद्रिच की तरफ देखिए। उसका मन संतुलित हालत में नहीं है। आज उसका दिमाग गड़बड़ है और वह दयनीय दिखाई दे रहा है। उसे एक बदकिस्मती का सामना करना पड़ा है। मैं किसी भी बदनामी को बर्दाश्त नहीं कर सकता..."

—यह कहकर शेस्कोवस्की ने चारों तरफ देखा। उसका चेहरा लाल हो गया था :

"लेकिन द्वंद्व युद्ध को दृष्टि में रखते हुए, मैं आपको यह बता देना जरूरी समझता हूं कि कल रात लायवस्की ने अपनी मैडम को मुरीदोव के यहां...किसी और आदमी के साथ देख लिया था।"

"कैसी गंदी बात है। छिः !" वॉन कोरेन बड़बड़ाया। उसका चेहरा पीला पड़ गया, माथे पर त्यौरियां पड़ गई और उसने जोर से जमीन पर थूक दिया।

उसका निचला होंठ कांपने लगा और वह शेस्कोवस्की से दूर चला गया। वह इससे आगे और बातें नहीं सुनना चाहता था। मालूम होता था कि सहसा उसने कोई कड़वी चीज चख ली है। उसने फिर जोर से थूका और पहली बार नफरत भरी नजरों से लायवस्की को देखा। उसकी उत्तेजना और घबराहट खत्म हो गई।

उसने सिर को झटका देकर ऊंची आवाज में कहा, "सज्जनो, मैं जानना चाहता हूं कि हम किस बात का इंतजार कर रहे हैं। द्वंद्व युद्ध क्यों नहीं करते?"

शेस्कोवस्की ने अफसरों की तरफ देखा और अपने कंधे सिकोड लिए। फिर उसने सब लोगों को संबोधित करते हुए कहा, "सज्जनो, हम लोगों का सुझाव है कि आपका समझौता हो जाना चाहिए।"

"आइए, जल्दी से सारी औपचारिक कार्रवाइयां खत्म कर लें। समझौते की चर्चा हो चुकी है। इसके बाद कौन सी औपचारिकता होती है, जल्दी। सज्जनो! वक्त हमारी खातिर रुकेगा नहीं।" वॉन कोरेन ने कहा।

"लेकिन हम फिर समझौते के लिए आग्रह करेंगे." शेस्कोवस्की ने अपराध भरे स्वर में कहा, जैसे वह मजबूरी से दूसरों के मामलों में दखल दे रहा हो। उसका चेहरा लाल हो गया, उसने अपने दिल पर हाथ रख कर कहा, "सज्जनो, हमें तो किसी कसूर को द्वंद्व युद्ध से जोड़ देने का कोई आधार दिखाई नहीं देता, न ही इन दोनों में कोई संबंध है। इंसानी कमजोरियों की वजह से कभी-कभी हम एक-दूसरे के खिलाफ ऐसे अपराध कर बैठते हैं। आप लोग यूनिवर्सिटी में पढ़े-लिखे सुसंस्कृत लोग हैं। निश्चय ही आपको द्वंद्व युद्ध मूर्खतापूर्ण और दकियानूसी किस्म की औपचारिकता मालूम होती होगी, वगैरह, वगैरह। हम खुद भी यही समझते हैं, वरना यहां न आते, क्योंकि हम इस बात की इजाजत नहीं दे सकते कि हमारी आंखों के सामने लोग एक-दूसरे पर गोली चलाएं, वगैरह, वगैरह।" शेस्कोवस्की ने अपने माथे से पसीना पोंछा और कहा, "सज्जनो, अपनी गलतफहमी दूर कीजिए, हाथ मिलाइए, आइए सब लोग घर चलकर अमन के लिए जाम पिएं। मुझे अपने स्वाभिमान की कसम है, सज्जनो!"

वॉन कोरेन खामोश रहा। यह देखकर कि सभी लोगों की नजरें उसी पर गड़ी हैं, लायवस्की ने कहा–

"मेरे मन में तो निकोलाई वैसीलिव के खिलाफ कुछ नहीं, फिर भी अगर वे समझते हैं कि कसूर मेरा है, तो मैं उनसे माफी मांगने के लिए तैयार हूं।"

वॉन कोरेन को बुरा लगा। उसने कहा—

"सज्जनो, साफ जाहिर है कि आप चाहते हैं, मिस्टर लायवस्की एक सहृदय और शूरवीर आदमी की तरह घर लौटे, लेकिन मैं आप लोगों को यह संतोष नहीं पाने दूंगा। तड़के उठकर, शहर से बाहर आठ मील घोड़ागाड़ी में हम लोग सिर्फ अमन के लिए जाम पीने और नाश्ता करने नहीं आए, न आप लोग मुझे सिर्फ यह समझाने के लिए आए हैं कि द्वंद्व युद्ध दकियानूसी औपचारिकता है। द्वंद्व युद्ध तो द्वंद्व युद्ध है, उसमें जितना झूठ और मूर्खता है, उससे अधिक उसे मूर्खतापूर्ण बनाने की कोई जरूरत नहीं। मैं लड़ना चाहता हूं।"

इसके बाद एक खामोशी छा गई। बोयको ने एक संदूक में से दो पिस्तौल

निकाले और दोनों प्रतिद्वंद्वियों में बांट दिए। इसके बाद एक ऐसी कठिनाई पैदा हुई जिसने वॉन कोरेन और सहायकों का कुछ देर के लिए मनोरंजन किया। मालूम होता था कि जो लोग वहां मौजूद थे उनमें से किसी ने भी कभी कोई द्वंद्व युद्ध नहीं देखा था और उन्हें यह भी ठीक से नहीं पता था कि किसे कहां खड़ा होना चाहिए और सहायकों को क्या कहना और करना चाहिए। लेकिन इसी वक्त बोयको को कुछ याद आया और उसने मुस्कराकर समझाना शुरू किया–

"सज्जनो! आपमें से किसे लमोंतोफ के द्वंद्व युद्ध का वर्णन याद है? तुर्गनेव की रचना में भी बाजारोव ने किसी से द्वंद्व युद्ध किया था....।"

वॉन कोरेन ने हंसते हए कहा, "इन बातों को याद करने की कोई जरूरत नहीं, फासला नाप लो, बस!"

और उसने जैसे यह दिखाने के लिए कि फासला कैसे मापा जाता है, तीन कदम उठाए। बायको ने कदम गिने और उसके साथी ने अपनी तलवार निकालकर धरती में सीमा की लकीर बना दी। दोनों प्रतिद्वंद्वी खामोशी से अपनी-अपनी जगहों पर आकर खड़े हो गए।

"छछूंदर कहीं के!" झाडियों में बैठे पादरी ने मन ही मन सोचा

शेस्कोवस्की ने कुछ कहा। बायको ने फिर कोई बात समझाई, लेकिन लायवस्की ने नहीं सुना–बल्कि यूं कहना चाहिए कि सुना तो, लेकिन उसकी समझ में कुछ न आया। वक्त आने पर उसने पिस्तौल की नली ऊपर की ओर करके निशाना साधा। उसे अपने ओवरकोट के बटन बंद करने की भी सुध न रही। उसे कंधे और बांहों के नीचे से, कोट कसा-कसा-सा मालूम हुआ। वह इतने फूहड़ ढंग से बांहें उठा रहा था, जैसे आस्तीन कपड़े की बजाय टीन की हो। उसे याद आया कि कल रात उसके मन में वॉन कोरेन के सांवले चेहरे और घुंघराले बालों के प्रति कितनी नफरत पैदा हुई थी। उसे लगा कि तीव्र नफरत और क्रोध के क्षणों में भी वह किसी आदमी को गोली नहीं मार सकता था। उसे डर था कि कहीं संयोग से भी गोली वॉन कोरेन को न लग जाए, इसलिए वह अपने पिस्तौल को लगातार ऊंचा उठाता गया। उसे महसूस हुआ कि उसकी यह सहृदयता आवश्यकता से अधिक प्रत्यक्ष और अशिष्टतापूर्ण है, और यह चाहे कुछ हो, सहृदयता नहीं है। लेकिन ऐसे मौके पर कुछ और करने का न तो उसे ज्ञान था न इतनी सामर्थ्य ही थी। उसने वॉन कोरेन के पीले चेहरे की तरफ देखा, जिसपर व्यंग्य भरी मुस्कराहट थी, वॉन कोरेन को शुरू से ही यकीन था कि उसका प्रतिद्वंद्वी हवा में फायर करेगा–यह बात साफ जाहिर थी। यह सोचकर कि जल्द ही सारा खेल खत्म हो जाएगा, लायवस्की ने मन ही मन ईश्वर को धन्यवाद दिया। उसे सिर्फ जोर से पिस्तौल का घोड़ा दबाना था।...उसके कंधे पर जोर से आघात लगा; उसकी गोली की आवाज हुई और पहाड़ों में उसकी गूंज सुनाई दी। सनसनाहट और घंटी बजने

की सी आवाजें हुईं।

वॉन कोरेन ने अपना पिस्तौल उठाया और उस्तीमोविच की तरफ देखा जो पूर्ववत् दोनों हाथ पीठ पर रखे, अपने-आपमें मस्त चहलकदमी कर रहा था।

वॉन कोरेन ने कहा, "डॉक्टर, मेहरबानी करके घड़ी के पेंडुलम की तरह मत हिलो। तुम्हें देखकर मेरा सिर चकरा जाता है।"

डॉक्टर बिना हिले-डुले खड़ा हो गया। वॉन कोरेन ने लायवस्की की तरफ निशाना साधा।

'बस अब जिंदगी का अंत होने वाला है।' लायवस्की ने सोचा।

पिस्तौल की नली उसके चेहरे की सीध में थी। वॉन कोरेन की भावंगिमा और व्यवहार में छिपी नफरत ने, इस विचार ने कि दिन-दहाड़े एक शरीफ आदमी का खून दूसरे शरीफ आदमियों के सामने हो रहा था, वातावरण की निस्तब्धता ने और एक अज्ञात शक्ति ने लायवस्की को बिना हिले-डुले अपनी जगह पर खड़ा रहने के लिए मजबूर कर दिया ये सारी बातें कितनी रहस्यमय, बुद्धि की पहुंच से परे और खौफनाक थीं।

जब वॉन कोरेन निशाना साध रहा था, वह क्षण लायवस्की को एक रात से भी लंबा मालूम हुआ। उसने याचना भरी दृष्टि से अपने सहायकों की तरफ देखा। उनके चेहरे पीले पड़ गए थे और वे हिलडुल तक नहीं रहे थे।

जल्दी से गोली चलाओ!' लायवस्की ने मन ही मन कहा। उसे लगा कि उसके पीले, कंपित और दयनीय चेहरे को देखकर वॉन कोरेन की नफरत और भी भड़क उठेगी।

'मैं इसे फौरन खत्म कर दूंगा।' वॉन कोरेन ने लायवस्की के माथे की ओर निशाना लगाते हुए सोचा। उसकी उंगलियां घोड़े पर पहुंच चुकी थीं, 'हां जरूर, मैं इसे खत्म कर दूंगा...'

"यह उसे मार डालेगा!" सहसा कहीं नजदीक से एक शोकाकुल चीख सुनाई दी।

फौरन एक गोली की आवाज गूंज उठी। लायवस्की को अपनी जगह सही-सलामत खड़ा देखकर सबकी नजरें उस तरफ मुड़ गई जहां से आवाज आई थी। उन्होंने पादरी को देखा। उसका चेहरा पीला पड़ गया था और भीगे बाल माथे और गालों से चिपके थे। उसके सारे कपड़े कीचड़ में सने थे, वह मकई के खेत में खड़ा विचित्र ढंग से मुस्करा रहा था और अपना गीला हैट हिला रहा था। शेस्कोवस्की खुशी से हंसने लगा। उसकी आंखों में आंसू आ गए और वह चला गया...

बीस

कुछ देर बाद वॉन कोरेन और पादरी की मुलाकात छोटे पुल के पास हुई। पादरी आवेश में था। उसकी सांस फूल गई थी और वह लोगों से नजरें चुरा रहा था। उसे अपने आतंक और कीचड़ से सने कपड़ों पर शर्म आ रही थी।

"मेरा ख्याल था कि तुम उसे मार डालना चाहते थे...यह बात मानव-प्रकृति के कितनी विरुद्ध है! कितनी अस्वाभाविक है!" पादरी ने कहा।

"लेकिन तुम यहां कैसे पहुंचे!" वॉन कोरेन ने पूछा।

"यह मत पूछो! शैतान मुझे फुसलाकर यहां ले आया। शैतान ने कहा, 'जाओ ...जाओ।' सो मैं चला आया, मकई के खेत में डर के मारे मैं मरा जा रहा था। लेकिन अब, ईश्वर का धन्यवाद है...मैं तुमसे बेहद खुश हूं। बूढ़े मकड़े दादा को भी बड़ी खुशी होगी...कैसी अजीब बात है! मैं तुमसे गंभीरतापूर्वक विनती करता हूं कि कहीं किसी को यह मत बता देना कि मैं भी वहीं मौजूद था, वरना अधिकारी लोग मेरी आफत कर देंगे। वे कहेंगे–पादरी भी द्वंद्व युद्ध में सहायक बनकर गया था।"

वॉन कोरेन ने कहा, "सज्जनो, पादरी कह रहा है कि आप किसी से न कहिएगा कि आपने उसे यहां देखा था, वरना उसकी शामत आ जाएगी।"

"यह मानव-स्वभाव के एकदम विपरीत है। माफ करना तुम्हारा चेहरा इतना भयंकर हो गया था कि मुझे विश्वास हो गया कि तुम उसे मार डालोगे।" पादरी बोला।

"मन में तो आया था कि उस बदमाश का खात्मा कर दूं, लेकिन तुम चिल्ला पड़े और मेरा निशाना चूक गया। जो द्वंद्व युद्ध का आदी नहीं उसके लिए यह सारी कार्रवाई अत्यंत घृणित है। मैं थक गया हूं पादरी, बेहद थक गया हूं। आओ चलें..."

"नहीं, मैं पैदल आऊंगा। मेरे कपड़े गीले हैं, मुझे ठंड लग रही है।"

"अच्छा जैसा चाहो," वॉन कोरेन ने निराश भाव से गाड़ी में बैठते हुए क्लांत स्वर में कहा और अपनी आंखें बंद कर ली, "जैसी तुम्हारी मर्जी.."

जब वे लोग गाड़ियों में बैठ रहे थे, उस समय कर्बाले सड़क के बीचोबीच खड़ा था। उसने दोनों हाथों से अपना पेट पकड़कर सबको नमस्कार किया। उसके दांत चमक रहे थे। उसका ख्याल था कि वे लोग प्राकृतिक दृश्यों का आनंद लूटने और चाय पीने के लिए वहां आए थे। उसकी समझ में न आया कि वे गाड़ियों में बैठकर वापिस क्यों जा रहे हैं। सब लोग खामोशी से विदा हुए, सिर्फ पादरी वहीं रह गया।

"आइए, चाय पीजिए। मुझे भूख लगी है।" कर्बाले अच्छी तरह रूसी भाषा बोल लेता था, लेकिन पादरी का ख्याल था कि तातार को टूटी-फूटी रूसी जल्द समझ में आ जाएगी। उसने कहा, "आमलेट बनाओ, पनीर लाओ।"

"आओ, आओ, धर्मपिता, मैं तुम्हें सारी चीजें दूंगा। मैं शराब और पनीर दूंगा ...जो मन में आए खाना।" कर्बाले ने सलाम करते हुए कहा।

"तातारी भाषा में 'ईश्वर' को क्या कहते हैं।"।

"तुम्हारा ईश्वर और मेरा ईश्वर एक ही है।" कर्बाले ने कहा। उसे पादरी की बात समझ में नहीं आई थी। "सब इंसानों का ईश्वर एक ही है, सिर्फ इंसान अलग-अलग हैं, कुछ रूसी हैं, कुछ तुर्क हैं, कुछ अंग्रेज हैं...इंसानों की किस्में बहुत सी हैं लेकिन ईश्वर एक ही है।"

"ठीक है। अगर सब इंसानों का एक ही ईश्वर है, तो फिर तुम मुसलमान लोग ईसाइयों को अपना जानी दुश्मन क्यों समझते हो?"

"तुम नाराज क्यों होते हो?" कर्बाले ने दोनों हाथ अपने पेट पर रखकर कहा। "तुम पादरी हो; मैं एक मुसलमान हूं। तुम कहते हो, 'मुझे भूख लगी है'—मैं तुम्हें खाना देता हूं...सिर्फ अमीर लोग ही तुम्हारे ईश्वर में और मेरे ईश्वर में भेदभाव करते हैं; गरीबों को कोई फर्क नहीं पड़ता–लो चाय तैयार है।"।

इधर यह धर्म-संबंधी वार्तालाप हो रहा था, उधर लायवस्की गाड़ी में बैठकर अपने घर लौट रहा था और सोच रहा था कि आज सुबह-सुबह जबकि सड़कें, चट्टानें, पहाड़ गीले और अंधेरे थे, जब भविष्य एक अनिश्चित, भयानक खाई की तरह मालूम हो रहा था जिसका तला तक नहीं दीख रहा था, उसका गाड़ी में बैठकर आना कैसा भयंकर दृश्य था। इस समय घास और पत्थरों पर पडी पानी की बूंदें हीरों की तरह चमक रही थीं। प्रकृति हर्ष से मुस्करा रही थी। भयंकर भविष्य पीछे छूट गया था। उसने शेस्कोवस्की के क्षुब्ध चेहरे को देखा, जिस पर आंसुओं के निशान थे; उसने अपने आगे वाली दो घोड़ागाड़ियों को देखा जिसमें वॉन कोरेन, उसके सहायक और डॉक्टर बैठे थे। उसे महसूस हुआ जैसे वे सब किसी कब्रिस्तान

से किसी ऐसे आदमी को दफनाकर लौटे हों जो घृणित और दूसरों को सताने वाला हो।

'सब खत्म हो गया, वह सावधानी से अपनी गर्दन को छूकर अपने अतीत के बारे में सोच रहा था।

गर्दन की दाईं तरफ उसकी तर्जनी के बराबर हिस्से पर सूजन थी। उसे दर्द हो रहा था। मालूम होता था, किसीने गर्म सलाख उसकी गर्दन पर फेर दी थी। गोली से उसे जरा सी चोट आई थी।

बाद में जब वह घर लौटा तो उसके जीवन में एक अद्‌भुत, लंबा, मधुर दिन शुरू हुआ जो विस्मृति की तरह धुंधला था। जेल या अस्पताल से छूटकर आए व्यक्ति की तरह वह घर की चिरपरिचित चीजों की तरफ देखने लगा। उसे ताज्जुब हुआ कि खिड़कियों, कुर्सियों, मेजों और समुद्र को देखकर उसके मन में एक तीव्र, बालसुलभ हर्ष उत्पन्न हो रहा था, जैसा कि उसने बहुत बरस पहले कभी महसूस किया था। पीली और क्लांत नादेज़्दा फ़्योदोरोव्‌ना उसकी मधुर आवाज और विलक्षण हरकतों का अर्थ नहीं समझ सकी। उसने फौरन लायवस्की को सारी घटनाएं सुना दी...उसे लगा कि शायद वह उसकी बातों को सुन और समझ नहीं रहा है। अगर उसे सब कुछ पता चल गया तो वह उसे गालियां देगा और मार डालेगा, लेकिन उसने नादेज़्दा की बातें सुनीं, उसके चेहरे और बालों को सहलाया, उसकी आंखों में आंखें डालकर देखा, और कहा

"संसार में तुम्हारे सिवा मेरा कोई नहीं है।" इसके बाद वे बहुत देर तक एक-दूसरे से सटकर बाग में बैठे रहे। दोनों खामोश थे, अपने भावी सुखी जीवन के सपनों की वे जबान से या टूटे-फूटे संक्षिप्त वाक्यों से चर्चा कर रहे थे, फिर भी लायवस्की को लग रहा था कि वह कभी इतनी देर तक और इतने प्रभावशाली ढंग से नहीं बोला।

इक्कीस

तीन महीने से ज्यादा वक्त गुजर चुका था।

आखिर वह दिन आ पहुंचा जो वॉन कोरेन ने प्रस्थान के लिए निश्चित कर रखा था। सुबह से ही जोरों की बारिश हो रही थी, ठंडक छा गई थी, उत्तरपूर्वी हवा बह रही थी, समुद्र की लहरें ऊंची उठ रही थीं; लोगों का कहना था कि ऐसे मौसम में स्टीमर बंदरगाह तक शायद ही पहुंच सकेगा। टाइम टेबल के मुताबिक तो स्टीमर को सुबह दस बजे ही पहुंच जाना चाहिए था, लेकिन वॉन कोरेन को, जो दोपहर के समय और फिर खाने के बाद समुद्र के किनारे गया था, अपनी दूरबीन में से भूरी लहरों और बारिश से ढके क्षितिज के सिवा कुछ दिखाई न दिया।

शाम के वक्त बारिश रुक गई और हवा भी बंद होती दिखाई देने लगी। वॉन कोरेन फैसला कर चुका था कि वह उस दिन नहीं जा पाएगा, वह सेमोयलेंको के साथ जमकर शतरंज खेल रहा था, लेकिन अंधेरा होने के बाद अर्दली ने खबर दी कि समुद्र में रोशनी दिखाई दे रही है और जहाज ने आने की सूचना देने के लिए एक गोला भी छोड़ा है।

वॉन कोरेन ने जल्दी से अपना बस्ता कंधे पर डाल लिया और सेमोयलेंको और पादरी का माथा चूमा। उसने सारे कमरों का चक्कर एक बार फिर काटा हालांकि इसकी कतई जरूरत नहीं थी। उसने अर्दली और बावर्ची से विदा ली। जब वह सड़क पर पहुंचा तो उसे महसूस हुआ कि वह डॉक्टर के यहां या अपने मकान पर कोई चीज भूल आया है। सेमोयलेंको उसके साथ-साथ चल रहा था, पादरी एक संदूक उठाकर पीछे आ रहा था। उसके पीछे अर्दली चमड़े के दो बैग उठाए चला आ रहा था। सिर्फ सेमोयलेंको और अर्दली को ही समुद्र पर धीमी रोशनी नजर आ रही थी। बाकी जने अंधेरे में आंखें फाड़कर देख रहे थे, फिर भी उन्हें कुछ नजर नहीं आ रहा था। स्टीमर किनारे से बहुत दूर रुक गया था।

"जल्दी करो, जल्दी करो! मुझे डर है कि स्टीमर कहीं चल न पड़े!" वॉन

कोरेन ने कहा।

जब वे लोग तीन खिड़कियों वाले मकान के आगे से गुजरे जिसमें लायवस्की द्वंद्व युद्ध के बाद से आकर रहने लगा था तो वॉन कोरेन खिड़की के भीतर झांके बगैर न रह सका। लायवस्की खिड़की की ओर पीठ किए कुछ लिख रहा था।

वॉन कोरेन ने धीमी आवाज में कहा, "मुझे इस आदमी को देखकर ताज्जुब होता है। इसने अपने मन पर कितना काबू पा लिया है।"

हां, ताज्जुब की तो बात ही है। वह सुबह से लेकर रात तक बैठा, अपने कर्ज चुकाने के लिए मेहनत करता है, और भाई, वह भिखारी से भी बदतर हालत में रहता है।"

इसके बाद एक क्षण तक खामोशी छाई रही। वॉन कोरेन, पादरी और डॉक्टर खिड़की में से लायवस्की को लगातार देखते रहे।

"बेचारा यहां से नहीं जा सका। याद है उसने यहां से जाने की कितनी कोशिश की थी?" सेमोयलेंको ने पूछा।

"हां, उसने अपने ऊपर काबू पा लिया है। उसका शादी कर लेना, जिस ढंग से वह दिन-रात अपनी रोटी के लिए मेहनत करता है, उसके चेहरे का नया भाव, उसकी बदली हुई चाल-ये सब बातें इतनी असाधारण हैं कि मेरी समझ में नहीं आता कि इसे क्या कहूं।"–वॉन कोरेन ने सेमोयलेंको की बांह पकड़कर भावुक स्वर में कहा—

"तुम इससे और इसकी पत्नी से कह देना कि यहां से जाते वक्त मैं उनकी तारीफ कर रहा था और उनके सुख की कामना कर रहा था...मेरी प्रार्थना है कि अगर संभव हो सके तो वह मेरे प्रति मन में कोई दुर्भावना न रखे। वह मुझे अच्छी तरह जानता है। वह जानता है कि अगर मैं पहले से ही उसके इस परिवर्तन को देख सकता तो उसका पक्का दोस्त बन सकता था।"

"भीतर जाकर उसे गुडबाई कह आओ।"

"नहीं, उससे कोई फायदा नहीं होगा।"

"क्यों? कौन जानता है, शायद तुम उसे फिर कभी न मिलो।"

वॉन कोरेन ने सोचकर कहा—

"यह सच है।"

सेमोयलेंको ने उंगलियों से खिड़की खटखटाई। लायवस्की ने चौंककर चारों तरफ देखा।

"वान्या, निकोलाई वैसीलिच तुमसे विदा लेना चाहते हैं। वे अभी जा रहे हैं।"

लायवस्की मेज छोड़कर उठ खड़ा हुआ और दरवाजा खोलने के लिए बरामदे में आया। तीनों आगंतुक भीतर दाखिल हुए।

वॉन कोरेन ने अपने रबर के जूतों को बरामदे में उतार दिया। उसे अफसोस

हो रहा था कि वह बिना बुलाए भीतर क्यों आ गया था। "मैं सिर्फ एक मिनिट के लिए आया हूं।" फिर वह सोचने लगा, 'लगता है मैं जबरदस्ती अपने को इस पर लाद रहा हूं। मैं भी कितना बेवकूफ हूं।'

लायवस्की के साथ कमरे में पहुंचकर उसने कहा, "तुम्हारे काम में विघ्न डालने के लिए मैं माफी चाहता हूं, लेकिन मैं अभी यहां से जा रहा हूं। मन में तुमसे मिलने की इच्छा हुई, कौन जाने फिर हमारी मुलाकात होगी या नहीं।"

"आपसे मिलकर बड़ी खुशी हुई...मेहरबानी करके भीतर आइए।" लायवस्की ने कहा और उसने बड़े ही फूहड़ ढंग से मेहमानों के लिए कुर्सियां बिछाई। कमरे के बीचोबीच खड़े होकर वह इस तरह हाथ मलने लगा जैसे उन लोगों का रास्ता रोकना चाहता हो।

'अगर मैं अपने श्रोताओं को बाहर गली में छोड़ आता तो अच्छा होता,' वॉन कोरेन ने सोचा। फिर वह दृढ़ स्वर में बोला, "मेरे प्रति मन में कोई दुर्भावना न रखना, ईवान एंद्रिच। पिछली बातों को भूल जाना तो नामुमकिन है—वह बड़ा दर्दनाक प्रसंग है और मैं यहां तुमसे माफी मांगने या यह कहने नहीं आया कि मेरी गलती नहीं थी। मैंने सच्चे दिल से सब कुछ किया था और तब से मेरे विचारों में कोई फर्क नहीं आया।...यह सच है कि मुझे यह देखकर खुशी हुई है कि मुझे तुम्हारे बारे में गलतफहमी हो गई थी, लेकिन सीधी सड़क पर भी गलत कदम रखना आसान होता है, दरअसल यह इंसान का स्वभाव है। लोग अगर असली बात में गलती न भी करें तो ब्यौरे में गलती कर जाते हैं। सत्य को कोई नहीं जानता।"

"नहीं, सत्य को कोई नहीं जानता।" लायवस्की ने कहा।

"अच्छा गुडबाई...ईश्वर तुम्हें सुखी रखे।"

वॉन कोरेन ने अपना हाथ आगे बढ़ाया। लायवस्की ने हाथ पकड़ लिया और सिर झुका दिया।

वॉन कोरेन ने कहा, "मेरे लिए मन में दुर्भावना न रखना। अपनी पत्नी को मेरा नमस्कार कहना। मुझे अफसोस है कि मैं उन्हें गुडबाई नहीं कह सका।"

"वह घर में ही है।"

लायवस्की साथ वाले कमरे के दरवाजे पर गया और बोला—

"नादया, निकोलाई वसीलिच तुम्हें गुडबाई कहना चाहते हैं।"

नादेज़्दा फ़्योदोरोव्ना भीतर आई। वह दहलीज के पास ठिठक गई और शर्मीली नजरों से आगंतुकों की तरफ देखने लगी। उसके चेहरे पर अपराध और क्षोभ का भाव था। उसने इस तरह से हाथ आगे बढ़ाए जैसे किसी स्कूल में पढ़ने वाली बच्ची को डांट पड़ रही हो।

"मैं अभी यहां से जा रहा हूं नादेज़्दा फ़्योदोरोव्ना, मैं गुडबाई कहने आया हूं!" वॉन कोरेन ने कहा।

नादेज़्दा ने अनिश्चित भाव से हाथ आगे बढ़ाया। लायवस्की ने सिर झुकाकर नमस्कार किया।

वॉन कोरेन सोच रहा था, 'ये कितने दयनीय जीव हैं। वे अपनी नई जिंदगी के आदी नहीं हुए।' फिर उसने कहा, "मैं मास्को और पीटर्सबर्ग जा रहा हूं। वहां से आपको कोई चीज भेजूं?"

"ओह!" नादेज़्दा फ़्योदोरोव्ना ने घबराकर अपने पति की तरफ देखा, "नहीं, मेरे ख्याल में तो हमें किसी चीज की जरूरत नहीं.."

"नहीं, किसी चीज की जरूरत नहीं!" लायवस्की ने अपने दोनों हाथ मलते हुए कहा, "हमारा नमस्कार!"

वॉन कोरेन की समझ में न आया कि उसे क्या कहना चाहिए या वह क्या कह सकता था, हालांकि भीतर आते वक्त उसने सोचा था कि वह बहुत-सी हार्दिक, नेक और महत्त्वपूर्ण बातें कहेगा। उसने खामोशी से लायवस्की और उसकी पत्नी से हाथ मिलाए और उदास दिल लेकर वहां से चला आया।

"कैसे लोग हैं! हे मेरे ईश्वर, कैसे लोग हैं।" पादरी ने धीमी आवाज में कहा, "सचाई से ईश्वर ने अपने दाएं हाथ से इस अंगूर की बेल को लगाया है। हे ईश्वर! एक आदमी हजारों की तबाही करता है और दूसरा आदमी लाखों की तबाही करता है। निकोलाई वैसीलिच!" पादरी ने गद्गद स्वर में कहा, "मैं तुम्हें बता दूं कि आज तुमने इंसान के सबसे बड़े दुश्मन—अहंकार को जीत लिया।"

"खामोश! पादरी! हम भी कैसे विजेता हैं! विजेताओं को तो बाजों की तरह दिखाई देना चाहिए। जबकि वह एक दयनीय, डरपोक और कुचला हुआ व्यक्ति है, वह चीनी गुड़िया की तरह सिर झुकाता है और मैं उदास हूं.."

उन्हें अपने पीछे से किसी के कदमों की आहट सुनाई दी। यह लायवस्की था जो उनसे विदा लेने के लिए तेजी से आ रहा था। अर्दली घाट पर चमड़े के बैग लिए खड़ा था। थोड़ी दूरी पर चार मल्लाह खड़े थे।

"हवा तो है...! समुद्र में काफी भयंकर तूफान होगा, तुम अच्छे वक्त पर नहीं जा रहे कोल्या!" सेमोयलेंको ने कहा।

"मुझे समुद्र-यात्रा की बीमारी से डर नहीं लगता।"

"सवाल यह नहीं है..मैं चाहता हूं, कहीं ये बदमाश तुम्हें तंग न करें। तुम्हें एजेंट की नाव में जाना चाहिए था। एजेंट की नाव किधर है?" सेमोयलेंको ने कड़ककर मल्लाहों से पूछा।

"वह तो चली गई है, योर एक्सेलेंसी।"

"और कस्टमवालों की बोट?"

"वह भी चली गई है।"

"तुम लोगों ने पहले हमें क्यों नहीं बताया? गधे कहीं के!"

"कोई फर्क नहीं पड़ता। चिंता न करो," वॉन कोरेन ने कहा, "अच्छा गुडबाई। ईश्वर तुम्हें सलामत रखे!"

सेमोयलेंको ने वॉन कोरेन को गले से लगाया और तीन बार उसके शरीर पर क्रास का चिह्न बनाया।

"हमें भूलना मत कोल्या...खत लिखना। अगले वसंत में हम फिर तुम्हारा इंतजार करेंगे।"

"गुडबाई पादरी," उसने पादरी से हाथ मिलाते हुए कहा, "तुम्हारी सुखद बातचीत और साथ का धन्यवाद! अभियान के बारे में सोचना!"

"ओह ईश्वर जरूर! मैं धरती के छोर तक तुम्हारे साथ जाने को तैयार हूं। मुझे कोई एतराज नहीं!" पादरी ने हंसकर जवाब दिया।

वॉन कोरेन ने अंधेरे में लायवस्की को पहचान लिया और बिना कुछ कहे अपना हाथ आगे बढ़ाया। मल्लाह अब नीचे नाव को पकड़कर खड़े थे। लहरों की रोकथाम करने वाले बांध के बावजूद नाव पुल से टकरा रही थी। वॉन कोरेन सीढ़ी के रास्ते नीचे उतरा और कूदकर पतवार के पास नाव में बैठ गया।

सेमोयलेंको ने जोर से कहा, "खत लिखना, अपना ध्यान रखना।"

'किसी को असली सत्य का ज्ञान नहीं, लायवस्की अपने कोट का कालर ऊपर मोड़कर और अपने हाथ आस्तीनों में डालकर सोचने लगा।

नाव तेजी से बंदरगाह छोड़कर खुले समुद्र में चली गई और लहरों में खो गई, लेकिन फौरन एक ऊंची लहर पर थिरकने लगी। किनारे पर खड़े लोगों को नाव में बैठे आदमी, यहां तक कि चप्पू भी दिखाई देने लगे। नाव तीन गज आगे बढ़ती थी, और दो गज पीछे खिंच आती थी।

"खत लिखना!" सेमोयलेंको चिल्लाया, "तुम बेहद खतरनाक मौसम में जा रहे हो!!"

'हां, कोई असली सत्य को नहीं जानता...' लायवस्की अंधेरे, अशांत समुद्र की तरफ देखकर सोच रहा था।

उसने सोचा, 'समुद्र नाव को पीछे की तरफ फेंक रहा है। नाव दो कदम आगे बढ़ती है, तो एक कदम पीछे हट आती है लेकिन मल्लाह हठीले हैं, वे लगातार चप्पू चलाते जा रहे हैं, उन्हें ऊंची लहरों से डर नहीं लगता। नाव आगे बढ़ती जा रही है। लो नजर से ओझल हो गई! लेकिन आध घंटे बाद मल्लाहों को स्टीमर की रोशनी साफ दिखाई देगी और घंटे भर के भीतर वे स्टीमर की सीढ़ी के नजदीक पहुंच जाएंगे। जीवन में भी ऐसा ही होता है...सत्य की तलाश में इंसान दो कदम आगे रखता है और एक कदम पीछे हटता है। दुःख, गलतियां और जीवन की थकान उसके कदमों को पीछे हटा देती हैं, लेकिन सत्य की पिपासा और प्रबल इच्छाशक्ति उसे हमेशा आगे की तरफ ले जाएगी। और क्या पता? शायद इंसान

के कदम अंत में असली सत्य तक पहुंच ही जाएं।'

"गु...ड...ऽ...बा...ई...ऽऽ।" सेमोयलेको चिल्लाया।

"न वे दिखाई दे रहे हैं, न उनकी कोई आवाज ही आ रही है," पादरी ने कहा, "ईश्वर करे, वान्या सही-सलामत घर पहुंचे।"

बारिश के छींटे पड़ने लगे।

●●●